LES SIRÈNES DES ABYSSES

LES SIRÈNES DES ABYSSES

FINNEGAN JONES

CONTENTS

1 Prologue : L'attrait de l'abîme — 1
2 Chapitre 1 : L'appel de l'océan — 5
3 Chapitre 2 : Les échos du passé — 25
4 Chapitre 3 : La première rencontre — 45
5 Chapitre 4 : Le chant de la sirène — 65
6 Chapitre 5 : Tentations venues des profondeurs — 87
7 Chapitre 6 : Le prix de la curiosité — 107
8 Chapitre 7 : Dans l'abîme — 129
9 Chapitre 8 : La vérité des sirènes — 149
10 Chapitre 9 : La tentation finale — 171
11 Chapitre 10 : Briser la malédiction — 191
12 Chapitre 11 : Les conséquences — 213
13 Épilogue : La Veille éternelle — 237

Copyright © 2024 by Finnegan Jones
All rights reserved. No part of this book may be reproduced in any manner whatsoever without written permission except in the case of brief quotations embodied in critical articles and reviews.
First Printing, 2024

CHAPTER 1

Prologue : L'attrait de l'abîme

La mer était une bête agitée, ses vagues s'écrasaient sur le rivage rocheux comme si elles cherchaient à reconquérir la terre. La nuit était épaisse de brouillard, la lune, un pâle fantôme planant au-dessus de l'horizon, sa lumière engloutie par l'immense obscurité noire de l'océan. L'air était lourd d'une odeur de sel et d'algues, et un vent froid soufflait dans les rues étroites de la petite ville côtière, emportant avec lui une mélodie ancienne et envoûtante.

Au cœur de la ville, une silhouette solitaire se tenait au bord des falaises, contemplant les eaux tumultueuses en contrebas. Le vieil homme, le visage patiné par le temps et l'air marin âpre, serrait fermement un manteau de laine usé autour de ses épaules frêles. Ses yeux, bien que ternis par l'âge, étaient fixés sur l'océan avec un mélange de peur et de révérence. Il avait vécu toute sa vie au bord de la mer, avait entendu ses murmures et ressenti son attraction, mais ce soir-là, c'était différent. Ce soir-là, la mer était animée de quelque chose de plus que le flux et le reflux habituels – ce soir-là, les sirènes chantaient.

Il avait entendu des histoires, transmises de génération en génération, sur de magnifiques créatures surnaturelles qui vivaient dans les profondeurs de l'abîme. On disait qu'elles possédaient des voix si envoûtantes qu'aucun homme ne pouvait résister à leur appel. Ceux qui entendaient le chant des sirènes étaient condamnés à le suivre, entraînés dans les profondeurs de l'océan, pour ne plus jamais être revus. Beaucoup avaient rejeté ces histoires comme n'étant rien d'autre que des superstitions, les imaginations fantaisistes de marins et de pêcheurs, mais le vieil homme savait mieux que ça. Il en avait vu trop au cours de sa longue vie, il avait été le témoin direct de la faim de la mer.

C'était une famine qui avait emporté de nombreux habitants de la ville au fil des ans, des hommes forts et compétents qui s'étaient aventurés en mer pour ne jamais revenir. Leurs disparitions étaient toujours entourées de mystère, mais les habitants connaissaient la vérité, même s'ils n'osaient pas la dire à haute voix. Les sirènes étaient réelles et leur chant était une condamnation à mort pour quiconque l'entendait.

Les pensées du vieil homme furent interrompues par une brise soudaine et glaciale qui lui fit froid dans le dos. La mélodie devint plus forte, plus insistante, se faufilant à travers le brouillard et emplissant la nuit d'un rythme étrange et hypnotique. Il sentit son attraction, au plus profond de ses os, une envie primitive de se rapprocher du bord, de s'abandonner à l'étreinte sombre de la mer.

Mais il résista, enfonçant ses talons dans la terre, ses mains agrippant la pierre rugueuse de la falaise. Il avait appris depuis longtemps à ignorer le chant des sirènes, à se concentrer sur le sol solide sous ses pieds plutôt que sur l'appel séduisant des profondeurs. Il avait survécu aussi longtemps parce qu'il connaissait les dangers qui se cachaient sous les vagues et qu'il n'avait aucune intention de devenir la prochaine victime de l'océan.

Pourtant, tandis que le vieil homme se tenait là, la chanson tourbillonnant autour de lui comme un être vivant, il ne pouvait s'empêcher de ressentir un pincement au cœur pour ceux qui avaient été perdus dans l'abîme. C'étaient des hommes bons, des hommes courageux, qui avaient simplement sous-estimé le pouvoir de la mer. Et maintenant, alors que le brouillard s'épaississait et que la mélodie atteignait son crescendo, il savait qu'une autre âme serait bientôt réclamée par la cruelle maîtresse de l'océan.

Le vieil homme se détourna des falaises, le cœur lourd du poids du passé. Alors qu'il regagnait la sécurité de sa maison, il jeta un dernier coup d'œil par-dessus son épaule vers les eaux sombres et agitées. La mer lui avait pris tant de choses : ses amis, sa famille, sa tranquillité d'esprit. Mais elle ne le prendrait pas. Pas ce soir.

Et pourtant, alors qu'il disparaissait dans l'ombre de la ville, le chant des sirènes persistait dans l'air, rappel obsédant que l'océan était toujours en attente, toujours affamé. Pour ceux qui osaient l'écouter, l'abîme offrirait ses tentations, et le prix de la reddition serait leur âme même.

CHAPTER 2

Chapitre 1 : L'appel de l'océan

Retour à la ville natale

Le soleil baissait dans le ciel, projetant une lueur dorée sur la petite ville côtière tandis qu'Amelia Greene empruntait la route étroite et sinueuse qui menait à la maison de son enfance. La ville, avec ses maisons en bardeaux érodés par le temps et ses fenêtres couvertes de sel, ressemblait presque exactement à ce qu'elle s'en souvenait, comme si le temps avait décidé de laisser cet endroit intact. Pourtant, alors qu'elle contournait le dernier virage et qu'elle apercevait pour la première fois l'océan, une vague de malaise l'envahit.

La mer était une présence constante ici, son immensité visible de presque toutes les rues, de toutes les fenêtres. Elle faisait partie de la ville autant que les gens qui y vivaient, façonnant leur vie au gré de ses marées, de ses tempêtes, de son rythme sans fin. Pour Amelia, elle avait toujours été comme une vieille amie, une amie réconfortante, familière, mais quelque peu imprévisible. Mais maintenant, alors qu'elle contemplait les eaux sombres et bouillonnantes au loin, elle ne pouvait s'empêcher de penser que quelque chose avait changé. Ou peut-être était-ce elle qui avait changé.

Ses mains se crispèrent sur le volant tandis qu'elle croisait des repères familiers : le phare battu par les intempéries qui montait la garde au bord des falaises, le petit magasin général où elle avait l'habitude d'acheter des bonbons à un sou, la vieille église dont la cloche sonnait encore les heures. Tout était pareil, mais il y avait une lourdeur dans l'air, une impression de quelque chose qui l'attendait juste sous la surface.

Amelia secoua la tête, essayant de dissiper ces pensées troublantes. C'était juste de la nostalgie, se dit-elle. Cela faisait des années qu'elle n'était pas revenue et elle laissait les souvenirs la rattraper. La ville avait toujours eu un côté étrange, surtout à la lumière déclinante du jour. Mais cela faisait partie de son charme, n'est-ce pas ?

En s'engageant dans la rue où elle avait grandi, les souvenirs lui revinrent en mémoire. Elle pouvait presque se voir plus jeune courir pieds nus sur le trottoir, les cheveux au vent, alors qu'elle courait vers la plage avec ses amis. Le son de leurs rires, mêlé au rugissement des vagues, semblait résonner dans ses oreilles, fantomatique et lointain.

Elle ralentit la voiture en s'approchant de la maison, le cœur serré à sa vue. La vieille maison victorienne avec sa peinture écaillée et son porche affaissé semblait telle qu'elle était quand elle était enfant. Les hortensias dans la cour de devant étaient encore en pleine floraison, leurs pétales bleus brillant doucement dans la pénombre. Mais la maison, autrefois si pleine de vie, semblait maintenant abandonnée, les fenêtres sombres et vides.

Amelia gara la voiture et resta assise un moment, à contempler la maison, l'esprit en proie à des émotions qu'elle ne parvenait pas à nommer. Revenir ici avait été une décision difficile, avec laquelle elle avait lutté pendant des mois. Mais elle savait, au fond d'elle-même, que c'était quelque chose qu'elle devait faire. Il y avait trop de questions en suspens, trop de questions qui l'avaient hantée au fil des ans. Et il y avait l'océan, bien sûr. L'océan, qui l'avait toujours appelée, même à des kilomètres de distance.

Amelia inspira profondément et ouvrit la portière de la voiture. L'air frais du soir l'enveloppa, emportant avec lui l'odeur du sel et des algues. Elle ferma les yeux un instant, laissant les sons et les odeurs de la ville l'envahir. Elle avait l'impression de remonter le temps, comme si elle n'était jamais partie.

Mais tandis qu'elle se tenait là, le sentiment de malaise revint, plus fort maintenant, rongeant les bords de son esprit. L'océan était proche, si proche qu'elle pouvait entendre les vagues s'écraser contre les rochers, le son profond et rythmé, comme un battement de cœur. Et sous lui, faible mais insistant, il y avait autre chose. Une mélodie, peut-être, ou juste le murmure du vent. Elle n'aurait pas pu le dire exactement, mais cela lui fit frissonner le dos.

Amelia ouvrit les yeux et regarda vers la mer, une ligne sombre à l'horizon. C'était beau, comme toujours, mais il y avait quelque chose de différent à ce sujet maintenant. C'était comme si l'océan la regardait, attendant quelque chose. Elle chassa cette pensée, se força à se diriger vers la maison. Elle était là pour des réponses, pas pour céder à de vieilles peurs.

Mais alors qu'elle se dirigeait vers la porte d'entrée, elle ne put s'empêcher de jeter un dernier coup d'œil à l'océan.

C'était exactement la même chose que d'habitude, et pourtant, dans la lumière déclinante du jour, elle semblait vibrer d'une vie propre. Une vie qui, pour des raisons qu'elle ne comprenait pas encore, semblait l'appeler par son nom.

Renouer avec Lucas

La cloche au-dessus de la porte du café tinta doucement lorsqu'Amelia l'ouvrit et pénétra dans la chaleur de ce petit espace douillet. L'odeur du café fraîchement moulu et des pâtisseries l'enveloppa, la ramenant instantanément à son adolescence. Cet endroit n'avait pas changé d'un iota. Les mêmes tables en bois usées, le même décor nautique délavé et même le même vieil homme derrière le comptoir, essuyant la machine à expresso avec une facilité éprouvée.

Amelia jeta un coup d'œil autour d'elle, à la recherche d'un visage familier, et il était là : Lucas, assis à une table dans un coin près de la fenêtre, le dos tourné vers la mer. Il leva les yeux lorsqu'elle s'approcha, un large sourire s'étalant sur son visage. Pendant un moment, ils se regardèrent simplement, les années de séparation s'évanouissant en un clin d'œil.

« Amelia Greene en chair et en os », dit Lucas en se levant de sa chaise pour la serrer dans ses bras. « J'ai failli ne pas te croire quand tu as dit que tu revenais. »

« Crois-moi », répondit Amelia, lui rendant son étreinte avec la même chaleur. « C'est bon de te voir, Lucas. Vraiment bien. »

Il la relâcha et la tint à bout de bras pour mieux la voir. « Tu n'as pas changé d'un iota. Tu es toujours la même fille qui me battait à chaque course de plage. »

Amelia rit en secouant la tête. « Tu dis ça parce que je suis sur la pointe des pieds en ce moment. Toi, en revanche, tu as vraiment changé. Regarde-toi, grand, beau, tu as grandi. »

Lucas haussa les épaules, une lueur taquine dans les yeux. « J'ai dû faire quelque chose pour te suivre. Viens t'asseoir. J'ai commandé ton plat préféré. »

Amelia se glissa sur la chaise en face de lui, les yeux fixés sur la tasse de café fumante et la part de gâteau au citron posée sur la table. « Tu t'en souviens », dit-elle, touchée par ce petit geste.

« Bien sûr que oui. Il y a des choses qu'on n'oublie pas, peu importe le temps qui passe. » Il se renversa dans son fauteuil, l'observant avec un sourire. « Alors, c'est comment d'être de retour ? »

« C'est... étrange », admit Amelia en remuant distraitement son café. « Tout semble pareil, mais la sensation est différente. Ou peut-être que c'est juste moi. Je ne sais pas. »

Lucas hocha la tête, son expression s'adoucissant. « Ce n'est pas seulement toi. La ville a traversé beaucoup de choses depuis ton départ. Plus de disparitions, plus de rumeurs... plus de gens qui partent. C'est comme si une ombre s'était installée sur cet endroit. »

Le regard d'Amelia se tourna vers la fenêtre, où l'océan s'étendait jusqu'à l'horizon, sa surface scintillant sous le soleil de l'après-midi. « J'ai entendu parler du pêcheur qui a disparu récemment. C'est pour ça que tout le monde est si nerveux ? »

— En partie, répondit Lucas, la voix plus sombre. Mais c'est plus que ça. Il y a cette... sensation dans l'air. Comme si l'océan était agité , ou en colère, ou quelque chose comme ça. Les vieux disent que c'est encore les sirènes, qu'elles deviennent plus audacieuses. De plus en plus de gens commencent à le croire aussi.

Amelia fronça les sourcils et but une gorgée de café. « Tu n'y crois pas vraiment , n'est-ce pas ? Je veux dire, des sirènes ? Ce n'est qu'un mythe, n'est-ce pas ? »

Lucas hésita, ses yeux croisant les siens avec un sérieux qui la prit au dépourvu. « Je ne sais plus quoi croire, Amelia. J'ai vu trop d'hommes bien disparaître sans laisser de traces, leurs bateaux retrouvés vides, dérivant sans but en mer. Et j'ai entendu des choses... là-bas sur l'eau. Des choses que je ne peux pas expliquer. »

Un frisson parcourut l'échine d'Amelia, mais elle se força à rester ancrée dans sa rationalité. « C'est probablement juste le stress, Lucas. Cette ville a le don de vous énerver, surtout quand vous êtes parti pendant un certain temps. Les gens commencent à voir des choses qui n'existent pas. »

— Peut-être, dit Lucas, même s'il n'avait pas l'air convaincu. Mais tu devrais faire attention, Amelia. Tu as toujours été attirée par l'océan plus que par n'importe qui d'autre. Mais... ne te laisse pas entraîner trop profondément.

Elle sourit, mais son sourire n'atteignit pas ses yeux. « Je ne suis plus une petite fille, Lucas. Je sais prendre soin de moi. »

« Je sais que tu le fais, dit-il doucement, son regard s'attardant sur elle. Mais promets-moi de faire attention quand même. Il y a des choses là-bas... des choses qui n'ont pas de sens, peu importe à quel point tu essaies de les expliquer. »

Amelia ouvrit la bouche pour répondre, mais les mots restèrent coincés dans sa gorge. Il y avait quelque chose dans la voix de Lucas, un désespoir silencieux qui la troublait. Elle réalisa alors qu'il ne parlait pas seulement par inquiétude, il avait vraiment peur. De quoi, elle n'en était pas sûre, mais la peur était réelle.

« D'accord, dit-elle enfin, d'une voix à peine plus forte qu'un murmure. Je ferai attention. »

Lucas se détendit un peu et retrouva son sourire. « Bien. C'est tout ce que je voulais entendre. »

Ils restèrent assis dans un silence complice pendant quelques instants, sirotant leur café et regardant les vagues déferler. Dehors, l'océan semblait calme, presque paisible, mais Amelia ne parvenait pas à se défaire du sentiment que Lucas avait raison. Il y avait quelque chose de différent dans cet endroit, quelque chose qui faisait battre son cœur plus vite et qui faisait tourbillonner son esprit de questions.

Mais elle n'allait pas laisser la peur dicter ses actions. Elle était revenue pour une raison, et elle n'allait pas laisser de vieilles légendes ou des avertissements inquiétants l'arrêter. Quoi qu'il se cachait sous la surface - que ce soit dans la ville, dans l'océan ou en elle-même - elle était déterminée à l'affronter de front.

Pourtant, tandis qu'elle contemplait la mer, elle ne pouvait s'empêcher de ressentir un pincement au cœur. L'océan avait toujours été son refuge, son échappatoire. Mais maintenant, il lui semblait être un étranger, quelque chose de sauvage et d'imprévisible, avec des secrets qu'il ne voulait pas partager. Et pour la première fois de sa vie, Amelia se demanda si peut-être, juste peut-être, l'appel de l'océan n'était pas quelque chose auquel il fallait répondre.

L'attraction de l'océan

Le soleil commençait à descendre lentement vers l'horizon tandis qu'Amelia se promenait le long de la plage familière, le sable frais sous ses pieds. Le ciel était peint de teintes orange et rose, projetant une lueur chaude sur les vagues ondulantes. Les mouettes criaient au-dessus de leur tête, leurs cris se mêlant au rythme régulier de l'océan. C'était une soirée parfaite, le genre de soirée dont elle avait souvent rêvé pendant ses années loin de cet endroit. Mais maintenant qu'elle était là, debout au bord de l'eau, le sentiment de malaise de tout à l'heure refusait de s'estomper.

Amelia s'arrêta, retira ses sandales et laissa l'eau froide lui lécher les pieds. L'océan avait toujours été son sanctuaire, un endroit où elle pouvait se perdre dans son immensité, où les soucis du monde semblaient se dissiper avec la marée. Mais ce soir, c'était différent. Il y avait un courant de tension dans l'air, une lourdeur qui lui faisait dresser les cheveux sur la nuque.

Elle respira profondément, essayant de se débarrasser de ce sentiment. C'était juste son imagination, se dit-elle. Elle laissait les mots de Lucas l'atteindre, les superstitions de la ville s'infiltrer dans ses pensées. Elle avait toujours été la personne rationnelle, celle qui rejetait les histoires de fantômes et les légendes comme de simples histoires fantaisistes. Mais maintenant, alors qu'elle se tenait là, avec l'océan s'étendant devant elle comme un abîme sombre et sans fin, elle n'en était plus si sûre.

L'attraction de l'eau était indéniable, une force magnétique qui semblait l'attirer plus près à chaque pas. Elle se retrouva à avancer, le sable mouillé s'enfonçant sous ses pieds alors qu'elle s'aventurait plus profondément dans les vagues. Les vagues lui murmuraient leur rythme, leur flux et reflux comme une chanson qu'elle seule pouvait entendre. C'était envoûtant et magnifique, et cela lui faisait frissonner le long de la colonne vertébrale.

Amelia s'arrêta lorsque l'eau lui arriva aux genoux, le froid s'infiltrant à travers son jean et engourdissant sa peau. Elle regarda l'horizon, où le ciel rencontrait la mer dans un mélange homogène de couleurs. Le monde autour d'elle était silencieux, à l'exception du doux murmure des vagues et du cri lointain des mouettes. Mais sous tout cela, il y avait autre chose : une mélodie, faible et presque imperceptible, portée par la brise.

Elle fronça les sourcils, s'efforçant d'écouter. La mélodie était insaisissable, hors de portée, mais elle tirait sur ses cordes sensibles, la remplissant d'un étrange mélange de désir et de terreur. C'était comme si l'océan l'appelait, lui faisant signe de s'enfoncer plus profondément dans ses profondeurs, de se perdre dans son étreinte.

Pendant un instant, elle fut tentée de faire exactement cela. Se laisser emporter par l'eau, suivre le chant des sirènes où qu'il la mène. L'attraction était si forte, si irrésistible, qu'elle en eut peur. Elle sentit son pouls s'accélérer, sa respiration s'accélérer en halètements superficiels alors qu'elle luttait contre l'envie d'avancer.

« Non, murmura-t-elle en secouant la tête comme pour se remettre les idées en place. C'est juste le vent, juste les vagues. Il n'y a rien là-bas. »

Mais même en prononçant ces mots, elle savait qu'ils sonnaient creux. Il y avait quelque chose là-bas, quelque chose qui l'attendait juste au-delà des limites de sa perception. C'était un sentiment qu'elle ne pouvait expliquer, une certitude qui lui faisait froid dans le dos. L'océan en était vivant, bourdonnant d'une énergie qui la fascinait et la terrifiait à la fois.

Amelia se força à faire un pas en arrière, puis un autre, jusqu'à ce qu'elle se retrouve debout sur le sable mouillé, l'eau ne lui léchant plus les jambes. L'attraction diminua, mais ne disparut pas. Elle était toujours là, un murmure persistant au fond de son esprit, la poussant à retourner à la mer.

Elle enroula ses bras autour d'elle, essayant de se protéger du froid qui s'était installé dans ses os. Le ciel s'assombrissait à présent, le soleil plongeait sous l'horizon et projetait de longues ombres sur la plage. Elle savait qu'elle devait rentrer, savait que s'attarder ici ne faisait qu'alimenter son anxiété. Mais elle ne pouvait détacher ses yeux de l'océan, ne pouvait se défaire du sentiment qu'il l'appelait.

Amelia resta là, debout, pendant ce qui lui sembla une éternité, à contempler l'immense étendue d'eau, jusqu'à ce que la dernière lumière du jour se transforme en nuit. Les étoiles commencèrent à scintiller au-dessus de leur tête, leur reflet scintillant à la surface de la mer comme de minuscules phares. L'océan était calme à présent, les vagues douces et apaisantes, mais la sensation de quelque chose qui se cachait sous la surface demeurait.

Finalement, avec un profond soupir, elle se détourna de l'eau et commença à marcher lentement vers le cottage. Le sable craquait sous ses pieds, le son était étrangement fort dans le calme de la nuit. La mélodie qui l'avait hantée plus tôt avait disparu, remplacée par le bourdonnement régulier de son cœur dans ses oreilles.

Alors qu'elle atteignait le chemin qui la menait à sa demeure temporaire, elle jeta un dernier coup d'œil par-dessus son épaule vers l'océan. Il semblait paisible, serein même, mais elle savait qu'il n'y avait rien de tel. Il y avait quelque chose là-bas, quelque chose qui l'attendait. Et même si elle ne savait pas ce que c'était, elle ne pouvait s'empêcher de penser que ce n'était qu'une question de temps avant qu'elle ne le découvre.

Avec un dernier frisson, Amelia se détourna de la mer et se dirigea vers l'intérieur, la porte se refermant derrière elle avec un léger clic. Mais même alors qu'elle était allongée dans son lit cette nuit-là, l'attraction de l'océan persistait au fond de son esprit, une présence constante et implacable qui refusait d'être ignorée.

Cauchemars des profondeurs

Le cottage était silencieux, les seuls bruits étaient le craquement occasionnel des vieilles planches de bois et le fracas lointain des vagues sur le rivage. Amelia était allongée dans son lit, son corps enveloppé dans la douce chaleur des couvertures, mais le sommeil refusait de venir. Elle regardait le plafond, son esprit repassant les événements de la journée encore et encore comme un disque rayé. L'attraction troublante de l'océan, l'étrange mélodie qui semblait danser hors de portée - tout cela semblait trop réel pour être considéré comme une simple imagination.

Elle se tourna sur le côté, essayant de se détendre, mais son esprit ne s'arrêtait pas de tourner. Les ombres dans les coins de la pièce semblaient bouger, se tordant en formes qui lui rappelaient la mer, les vagues sombres et les créatures qui se cachaient en dessous. Elle ferma les yeux, forçant les images à s'éloigner. C'était juste l'obscurité qui lui jouait des tours, juste son esprit fatigué qui évoquait des peurs qui n'existaient pas.

Mais le malaise refusait de s'estomper, la rongeait comme une démangeaison persistante qu'elle ne pouvait pas gratter. Elle resserra les couvertures autour d'elle, essayant de bloquer la sensation, mais c'était inutile. Ses pensées revenaient sans cesse à l'océan, à la façon dont il l'avait appelée, l'attirant avec une force qu'elle ne comprenait pas.

Amelia expira lentement, ouvrant les yeux sur la faible lumière de la pièce. La douce lueur de la lampe de chevet projetait un cercle de lumière chaude sur le vieux parquet, offrant un peu de réconfort contre les ombres qui rampaient le long des murs. Elle jeta un coup d'œil à l'horloge sur la table de nuit : 3 h 17. La nuit s'éternisait, les heures s'étirant comme l'immensité vide de la mer.

Soudain, un coup sec retentit dans la maison, la forçant à se redresser. Elle écouta, le cœur battant, le coup retentit à nouveau, plus fort cette fois. Quelqu'un sonnait à la porte.

Amelia hésita, tous les nerfs de son corps à fleur de peau. Qui pouvait-il bien être à cette heure-ci ? Son esprit se mit à envisager toutes sortes de possibilités, aucune d'entre elles ne lui paraissant réconfortante. Mais le coup retentit à nouveau, insistant et exigeant, et elle sut qu'elle n'avait d'autre choix que d'ouvrir.

Elle se débarrassa des couvertures, se glissa hors du lit et traversa la pièce à pas feutrés. Le sol était froid sous ses pieds, un contraste frappant avec la chaleur du lit, et elle frissonna en atteignant la porte. Elle s'arrêta un instant, sa main planant au-dessus de la poignée de porte, avant de la tourner lentement et d'ouvrir la porte.

L'air nocturne se précipita, frais et vif, emportant avec lui une odeur de sel et d'algues. Mais il n'y avait personne. Le porche était vide, le chemin menant à la plage désert. Elle sortit, les vieilles planches de bois craquant sous son poids, et scruta l'obscurité. Rien. Seulement le bruit lointain des vagues et le bruissement des feuilles dans le vent.

Un sentiment de malaise s'installa en elle, plus profond, plus tangible. Elle savait qu'elle n'avait pas imaginé le coup. Il était réel, trop réel pour être ignoré. Mais d'où venait-il ?

Au moment où elle allait rentrer, quelque chose attira son attention : un mouvement dans l'ombre au bord de la cour, près du chemin qui menait à la plage. Amelia plissa les yeux, essayant de distinguer la forme, mais il faisait trop sombre. Elle fit un pas en avant, le cœur battant dans sa poitrine, mais ce faisant, la silhouette disparut, se fondant dans l'obscurité comme si elle n'avait jamais été là.

Un frisson lui parcourut l'échine, mais elle se força à rester calme. Elle ne pouvait pas laisser son esprit lui jouer des tours, ni laisser la peur prendre le dessus. Mais alors qu'elle se retournait pour rentrer, la porte claqua derrière elle, la faisant sursauter. Le vent, se dit-elle, rien que le vent. Mais ses mains tremblaient alors qu'elle attrapait la poignée de porte.

De retour dans la maison, Amelia s'appuya contre la porte, essayant de calmer sa respiration. La maison était à nouveau silencieuse, l'immobilité presque oppressante. Elle pouvait sentir le poids de la porte peser sur elle, l'étouffant de sa présence. Elle ferma les yeux, essayant de se débarrasser de la peur, mais le bruit du coup résonna dans son esprit, un rappel implacable que quelque chose n'allait pas.

Elle s'éloigna de la porte et se dirigea vers la fenêtre qui donnait sur la plage. L'océan était une présence sombre et menaçante dans la nuit, les vagues déferlant à un rythme régulier qui semblait battre au rythme de son cœur qui s'emballait. Pendant un instant, elle crut voir une ombre se déplacer le long du rivage, mais lorsqu'elle cligna des yeux, elle avait disparu, ne laissant derrière elle que la plage vide.

Amelia s'éloigna de la fenêtre, le pouls battant à tout rompre. Le cottage, qui était autrefois un refuge, lui semblait désormais un piège. Les murs semblaient se refermer sur elle, l'obscurité l'envahissait de tous côtés. Elle avait besoin de sortir, d'échapper au silence étouffant qui l'étouffait.

Mais où irait-elle ? L'idée de s'aventurer à nouveau à l'extérieur lui faisait peur , mais rester à l'intérieur lui semblait tout aussi dangereux. Elle était prise dans une toile qu'elle avait elle-même créée, coincée entre les dangers inconnus de l'extérieur et la terreur rampante à l'intérieur.

N'ayant pas d'autre choix, Amelia se glissa dans son lit, remontant les couvertures jusqu'à son menton comme si elles pouvaient la protéger de la peur qui la rongeait. Elle resta allongée là, complètement éveillée, les yeux fixés sur le plafond tandis que les heures passaient. Le cottage était silencieux, mais l'océan ne l'était pas. Son rugissement incessant emplissait la pièce, un rappel constant du pouvoir qu'il exerçait sur elle, sur cette ville, sur tout.

Et tandis qu'elle sombrait enfin dans un sommeil agité, les cauchemars survinrent. Des visions sombres et tourbillonnantes des profondeurs, de silhouettes obscures aux yeux froids et fixes, de voix qui murmuraient son nom avec une familiarité obsédante. L'océan la recherchait dans ses rêves, ses doigts froids l'entouraient, l'attirant dans l'abîme. Elle lutta contre lui, mais plus elle se battait, plus l'attraction devenait forte, l'entraînant de plus en plus profondément dans l'obscurité.

Quand Amélia se réveilla enfin, trempée de sueur et essoufflée, l'aube commençait à peine à poindre. La lumière du nouveau jour ne parvint pas à chasser les ombres qui s'accrochaient à elle, le souvenir du cauchemar étant encore vif dans son esprit. Elle s'assit, le corps tremblant, et regarda l'océan par la fenêtre.

Tout semblait si calme, si paisible, mais elle savait que ce n'était pas le cas. L'océan recelait des secrets, des ténèbres et des dangers, et il n'en avait pas encore fini avec elle.

La relique déterrée

La lumière du matin filtrait à travers les rideaux fins, projetant de doux rayons sur le plancher en bois du cottage. Amelia était assise à la petite table de la cuisine, buvant une tasse de café tiède. La tasse lui semblait lourde dans les mains, un piètre réconfort face au malaise qui s'était installé dans sa poitrine depuis la nuit précédente. Elle avait à peine dormi, les restes de son cauchemar persistant aux confins de sa conscience comme un nuage noir dont elle ne parvenait pas à se débarrasser.

Elle regarda par la fenêtre, regardant les vagues déferler paresseusement sur le rivage. L'océan était étonnamment calme, sa surface scintillant sous le soleil matinal. Il était difficile de concilier cette vue sereine avec les visions terrifiantes qui avaient hanté ses rêves. Mais elle ne pouvait nier le sentiment croissant d'appréhension qui se resserrait autour d'elle comme un étau. Quelque chose n'allait pas, et elle le sentait jusque dans ses os.

Amelia se força à prendre une gorgée de café, dont le goût amer la cloua sur place un instant. Elle était revenue à Seabrook pour trouver la paix, pour échapper au chaos de sa vie en ville, mais tout ce qu'elle avait trouvé, c'était un sentiment croissant de terreur qui semblait s'intensifier de jour en jour. La partie logique de son esprit lui disait qu'elle était irrationnelle, qu'elle laissait de vieilles peurs et des superstitions locales prendre le dessus. Mais l'autre partie, celle qui avait toujours fait confiance à son instinct, savait qu'il y avait plus que cela.

Le coup frappé à la porte la sortit de ses pensées et elle faillit renverser son café de surprise. C'était un coup doux et hésitant, rien à voir avec le coup insistant de la veille. Elle posa la tasse et se leva, le cœur battant à tout rompre alors qu'elle s'approchait de la porte.

Lorsqu'elle l'ouvrit, elle vit un vieil homme debout sur son porche, son visage buriné encadré par une masse de cheveux blancs. Il portait une chemise en flanelle délavée et un jean qui avait connu des jours meilleurs, et ses yeux bleus étaient perçants, l'étudiant avec une intensité qui la mettait mal à l'aise.

« Bonjour », dit-il en inclinant légèrement son chapeau en guise de salutation. Sa voix était rauque, comme du gravier raclant sur la pierre, mais il y avait une gentillesse dans ses yeux qui la mit quelque peu à l'aise. « Vous devez être Amelia. »

« Oui, c'est vrai », répondit-elle en s'écartant pour le laisser entrer. « Et vous ? »

« Je m'appelle Samuel. J'habite un peu plus loin. J'ai connu ta grand-mère. Je me suis dit que je passerais voir comment tu t'installais. »

Amelia hocha la tête et lui offrit un petit sourire en désignant la table. « Veux-tu un peu de café ? »

« Non, merci », dit Samuel, en rejetant l'offre. « Je ne prendrai pas trop de ton temps. Je voulais juste t'apporter quelque chose. »

Il fouilla dans sa poche et en sortit un petit paquet emballé. Le tissu était vieux et effiloché sur les bords, et il était attaché avec un fin morceau de ficelle. Amelia fronça les sourcils en l'acceptant, le poids de l'objet la surprenant.

« Qu'est-ce que c'est ? » demanda-t-elle en déballant le paquet avec des doigts prudents.

Alors que le tissu tombait, elle haleta. Dans ses mains se trouvait un pendentif finement sculpté, fait d'une pierre noire verdâtre profonde qui scintillait à la lumière. Le motif ne ressemblait à rien de ce qu'elle avait déjà vu, un motif tourbillonnant qui semblait se déplacer et changer lorsqu'elle le déplaçait à la lumière. C'était magnifique, mais il y avait quelque chose de troublant, quelque chose qui lui faisait picoter la peau de malaise.

— Il appartenait à ta grand-mère, dit Samuel d'une voix douce, presque respectueuse. Elle l'a trouvé échoué sur la plage il y a de nombreuses années et l'a gardé depuis. J'ai pensé qu'il pourrait t'intéresser, vu que tu es de sa famille.

Amelia passa ses doigts sur la surface du pendentif, sentant la texture fraîche et lisse de la pierre. Elle sentit la pierre étrangement chaude dans sa main, presque comme si elle était vivante. Une étrange sensation la parcourut, comme un bourdonnement sourd qui résonnait au plus profond de sa poitrine. Elle sentit à nouveau l'attraction de l'océan, plus forte maintenant, plus insistante.

« Merci », réussit-elle à dire d'une voix à peine plus forte qu'un murmure. « C'est... magnifique. »

— C'est beau, oui, acquiesça Samuel, même si son ton était teinté de quelque chose de plus sombre, de plus méfiant. Mais fais attention, Amelia. Ce pendentif a une histoire, une histoire liée à cette ville, à la mer. Ta grand-mère disait que c'était un cadeau de l'océan, mais je n'en suis pas si sûr.

« Que veux-tu dire ? » demanda Amélia, les sourcils froncés tandis qu'elle le regardait.

Samuel hésita, son regard se dirigeant vers la fenêtre, d'où l'océan s'étendait juste derrière. « Il y a des choses dans cet océan, mademoiselle Amelia. Des choses que nous ne comprenons pas entièrement, des choses qui n'appartiennent pas à notre monde. Votre grand-mère disait toujours que la mer avait ses secrets, et que parfois ces secrets finissaient par atteindre le rivage. »

Amelia serra plus fort le pendentif, la pierre froide se pressant contre sa paume. « Tu dis que ce pendentif est... maudit ? »

— Maudite ? Je n'irais pas jusque-là, dit Samuel avec un sourire ironique. Mais elle n'est pas non plus vraiment bénie. Fais juste attention, c'est tout. La mer ne fait pas de cadeaux à la légère et elle attend toujours quelque chose en retour.

Un frisson parcourut la colonne vertébrale d'Amelia en écoutant ses paroles. Le sentiment de malaise qu'elle ressentait depuis son arrivée prenait désormais tout son sens, et l'étrange attraction de l'océan lui semblait plus réelle que jamais. Elle pouvait le sentir dans le pendentif, pouvait sentir le lien qu'il avait avec les eaux profondes et sombres au-delà.

« Merci de m'avoir apporté cela », dit-elle, sa voix plus ferme maintenant alors qu'elle replaçait le pendentif dans le tissu et l'enveloppait soigneusement.

Samuel hocha la tête et souleva à nouveau son chapeau. « Prenez soin de vous maintenant, mademoiselle Amelia. Et si jamais vous avez besoin de quoi que ce soit, n'hésitez pas à venir me voir. Ma porte est toujours ouverte. »

Elle le regarda partir, ses pas lents et réfléchis le faisant descendre sur le chemin et le faisant disparaître de sa vue. Alors que la porte se refermait derrière lui, Amelia s'appuya contre elle, son esprit se bousculant avec des pensées sur le pendentif et l'étrange histoire à laquelle Samuel avait fait allusion. Elle était venue ici pour chercher la paix, mais au lieu de cela, elle s'était retrouvée prise dans quelque chose de bien plus grand, quelque chose qui avait des racines profondes dans les profondeurs de l'océan.

Elle déballa à nouveau le pendentif et le présenta à la lumière. La pierre semblait pulser, presque comme si elle respirait, et elle sentit à nouveau l'attraction de l'océan, plus forte qu'avant. C'était comme si la mer elle-même l'appelait, lui murmurant des secrets qu'elle n'était pas sûre de vouloir entendre.

Amelia savait alors que son séjour à Seabrook allait être tout sauf paisible. L'océan avait pris possession de sa grand-mère et, à présent, il semblait vouloir la rejoindre. La question était de savoir si elle serait capable de résister à son appel ou si elle serait elle aussi attirée par l'abîme.

CHAPTER 3

Chapitre 2 : Les échos du passé

Revisiter le chalet
Le soleil du matin perçait à travers les rideaux de dentelle du petit cottage, projetant de délicats motifs d'ombre et de lumière sur le plancher en bois. Amelia était assise au bord de son lit, le pendentif qu'elle avait reçu de Samuel la veille reposant lourdement dans sa paume. La pierre noir verdâtre semblait pulser d'une lumière intérieure, et elle ne pouvait se débarrasser du sentiment troublant qu'elle était en quelque sorte vivante, la regardant, l'attendant.

Elle avait à peine dormi, son esprit s'emplissant de pensées sur sa grand-mère et sur les événements étranges qui s'étaient déroulés depuis son arrivée à Seabrook. Les rêves, le pendentif et les avertissements énigmatiques de Samuel se mélangeaient, formant un nœud d'anxiété dans sa poitrine qui refusait de se desserrer.

Après avoir contemplé le pendentif pendant quelques instants, elle se leva, sa décision prise. Elle avait besoin de réponses, et le seul endroit où commencer était ici, dans la maison de campagne de sa grand-mère. Peut-être y avait-il quelque chose parmi les affaires de sa grand-mère qui expliquerait la signification du pendentif et l'étrange attirance qu'elle ressentait pour l'océan.

Amelia glissa le pendentif dans sa poche et se dirigea vers le petit salon où sa grand-mère avait l'habitude de passer ses après-midi. La pièce était confortable, remplie de vieux meubles, de livres et de bibelots récupérés au fil des ans. Un grand fauteuil usé était posé près de la fenêtre, avec une petite table à côté, sur laquelle étaient empilés des livres et des magazines. La vue de ce fauteuil provoqua un pincement de tristesse dans le cœur d'Amelia – c'était l'endroit préféré de sa grand-mère.

Elle se dirigea vers le vieux coffre en bois posé contre le mur du fond, dont la surface était recouverte d'un délicat napperon en dentelle et de quelques photographies encadrées. Le coffre l'avait toujours intriguée quand elle était enfant, mais sa grand-mère l'avait gardé fermé à clé, disant qu'il était rempli de « souvenirs qu'il valait mieux laisser tranquilles ». Maintenant, prenant une profonde inspiration, Amelia s'agenouilla devant lui, ses doigts effleurant les sculptures ornées qui décoraient sa surface.

Le coffre était déverrouillé et, avec une légère hésitation, elle souleva le couvercle. Les charnières grinçaient en signe de protestation et une légère odeur de lavande et de vieux papier flottait de l'intérieur. À l'intérieur, elle trouva une collection de linge soigneusement plié, de vieilles lettres attachées avec des rubans et un petit paquet enveloppé dans un foulard en soie délavé. En dessous, cependant, ses doigts effleurèrent quelque chose de dur et de rectangulaire.

Amelia retira soigneusement les objets qui se trouvaient sur le dessus pour révéler un petit journal relié en cuir, dont la couverture était usée et craquelée par le temps. Sa vue lui fit froid dans le dos. Elle le reconnut immédiatement : c'était le journal de sa grand-mère, celui dans lequel elle l'avait toujours vue écrire mais qu'elle n'avait jamais été autorisée à lire.

D'une main tremblante, Amelia souleva le journal du coffre et s'installa dans le fauteuil. Le cuir était frais et lisse sous ses doigts, et lorsqu'elle ouvrit la couverture, les pages crépitèrent doucement, révélant l'écriture soignée et cursive de sa grand-mère.

Les premières entrées étaient banales, relatant des événements quotidiens et des observations sur le temps, la ville et le jardin. Mais au fur et à mesure qu'elle feuilletait les pages, le ton des entrées commençait à changer. L'écriture devenait plus irrégulière, les mots plus énigmatiques. Sa grand-mère y parlait de rêves étranges, de visions de l'océan et d'une sensation accablante d'être observée. Il y avait des références au pendentif, décrit comme un cadeau de la mer, bien que le ton suggérait que c'était un cadeau dont sa grand-mère se méfiait.

Le cœur d'Amelia s'emballa tandis qu'elle lisait la suite, son malaise grandissant à chaque page. Sa grand-mère avait été attirée par l'océan de la même manière qu'Amelia l'était maintenant, et le journal laissait entrevoir un lien entre le pendentif et la mer qui était à la fois puissant et dangereux. Les dernières entrées étaient les plus dérangeantes, remplies d'avertissements sur l'attraction de l'océan et d'un appel à « ne jamais faire confiance aux dons des profondeurs ».

Elle referma le journal, les mains tremblantes tandis qu'elle le serrait contre sa poitrine. Quelle que soit l'activité de sa grand-mère, c'était bien plus qu'une simple fascination pour la mer. C'était quelque chose d'ancien, quelque chose qui avait des racines dans les eaux sombres de l'abîme, et maintenant, ce quelque chose lui tendait la main.

Amelia sentit un frisson lui parcourir le dos tandis qu'elle regardait par la fenêtre l'immensité de l'océan, sa surface calme et trompeusement sereine. Le pendentif dans sa poche semblait se réchauffer, un rappel constant du lien qu'elle partageait désormais avec sa grand-mère. Elle savait qu'elle devait creuser plus profondément, pour découvrir la vérité que sa grand-mère avait cachée, mais cette pensée la remplissait d'effroi.

L'océan l'appelait, tout comme il avait appelé sa grand-mère. Et Amelia n'était pas sûre d'être prête à répondre.

Une visite à la bibliothèque locale

La bibliothèque de Seabrook était un bâtiment pittoresque et sans prétention, niché entre un fleuriste et une petite boulangerie. Sa façade en briques était joliment patinée et un petit panneau en bois se balançait doucement dans la brise, proclamant son utilité en lettres dorées délavées. Amelia poussa la lourde porte, une légère odeur de vieux papier et de livres moisis l'accueillit lorsqu'elle entra.

L'intérieur était faiblement éclairé, avec d'étroites fenêtres laissant entrer juste assez de lumière pour éclairer les grains de poussière qui dansaient dans l'air. Des étagères bordaient les murs, remplies de livres de toutes tailles et de tous âges, leurs dos portant le poids d'innombrables histoires et récits. Au fond de la pièce, derrière un grand bureau en chêne, était assise la bibliothécaire – une femme élancée d'une soixantaine d'années aux cheveux gris soigneusement coiffés en chignon et aux lunettes perchées sur le bout du nez. Elle leva les yeux d'une pile de papiers alors qu'Amelia s'approchait.

« Bonjour », dit Amelia en essayant de garder une voix calme. « Je m'appelle Amelia Carter. J'espère que vous pourrez m'aider dans mes recherches. »

La bibliothécaire la regarda par-dessus ses lunettes, le regard perçant et curieux. « Bonjour, Mademoiselle Carter. Quel genre de recherche souhaitez-vous faire ? »

Amelia hésita un instant, ses pensées se bousculant. « J'ai récemment récupéré un vieux pendentif qui appartenait à ma grand-mère. J'ai trouvé un de ses journaux qui en parlait, et il semble lié à de vieilles légendes sur la mer. J'espérais en savoir plus sur ces légendes, en particulier sur les récits historiques ou le folklore liés à l'océan. »

Les yeux de la bibliothécaire s'écarquillèrent légèrement, une lueur d'intérêt illuminant ses traits. « L'océan a toujours occupé une place particulière dans l'histoire de Seabrook. Nous avons quelques livres sur les légendes locales et l'histoire maritime. Suivez-moi. »

Elle conduisit Amelia vers une rangée d'étagères dans le coin arrière de la bibliothèque. Les livres étaient anciens, leurs reliures usées et leurs pages jaunies par le temps. La bibliothécaire choisit quelques volumes et les posa sur une table à proximité.

« Ces livres devraient constituer un bon point de départ », a-t-elle dit d'un ton invitant. « Le premier est un recueil de légendes et de folklore locaux. Le deuxième traite de l'histoire maritime de la ville et le troisième est un récit historique des disparitions et des événements étranges liés à la mer. »

Amelia hocha la tête, son cœur s'emballant d'impatience. Elle prit le premier livre, dont la couverture était ornée d'une illustration complexe représentant un navire luttant contre des mers déchaînées. Elle feuilleta les pages, parcourant le texte à la recherche d'une quelconque mention du pendentif ou de symboles similaires.

Le livre était rempli d'histoires de naufrages, d'apparitions fantomatiques et de l'attrait surnaturel de l'océan. Une histoire attira son attention : une légende sur les sirènes, de belles créatures dangereuses qui, dit-on, attirent les marins vers leur perte avec leurs chants enchanteurs. La description de leurs chants et des objets qu'elles offrent à ceux qu'elles choisissent d'épargner sont étrangement similaires à ce que Samuel avait mentionné.

Elle passa au deuxième livre, qui racontait en détail l'histoire du passé maritime de Seabrook. Amelia passa son doigt sur les vieilles cartes et illustrations, à la recherche de tout ce qui pourrait être lié au pendentif. Le texte parlait des anciens marins, de leurs superstitions et des événements étranges qui accompagnaient souvent leurs voyages. Il y avait des mentions d'artefacts et de reliques censés détenir un pouvoir, mais rien de directement lié au pendentif qu'elle avait trouvé.

Finalement, Amelia se tourna vers le troisième livre. Celui-ci était davantage axé sur des incidents spécifiques : disparitions, morts mystérieuses et phénomènes inexpliqués liés à la mer. Au fil de sa lecture, elle tomba sur un chapitre qui décrivait en détail une série de naufrages le long de la côte, avec de nombreux marins portés disparus sans laisser de traces. Le chapitre comprenait un passage sur un artefact particulier trouvé parmi les débris de l'un de ces navires, décrit comme un « étrange talisman d'origine inconnue ».

Son pouls s'accéléra tandis qu'elle lisait la description : elle ressemblait étrangement à celle du pendentif. Le passage mentionnait ensuite que le talisman était censé avoir été maudit et que sa présence était censée apporter le malheur à ceux qui le possédaient.

Amelia se rassit, accablée par le poids de ce qu'elle avait découvert. Les pièces commençaient à s'assembler, mais l'image qu'elles formaient était troublante. Le pendentif était plus qu'un simple héritage ; c'était la clé d'un objet ancien et sombre, lié aux légendes et à l'histoire de Seabrook d'une manière qu'elle n'avait pas encore pleinement comprise.

La bibliothécaire s'approcha, la curiosité évidente. « Vous avez trouvé quelque chose d'intéressant ? »

Amelia leva les yeux, son expression mêlant intrigue et inquiétude. « Oui, pas mal. Il semble que le pendentif soit lié à de vieilles légendes sur la mer et peut-être même à certains des naufrages et disparitions qui ont ravagé la région. »

Les yeux de la bibliothécaire s'écarquillèrent légèrement, une ombre d'inquiétude traversant son visage. « La mer peut être une force puissante et mystérieuse. C'est bien que vous vous penchiez sur la question, mais soyez prudent. Parfois, fouiller dans ces vieilles histoires peut révéler plus de choses que ce que nous sommes prêts à gérer. »

Amelia hocha la tête, sentant le poids de ses mots. « Merci pour votre aide. Je m'en souviendrai. »

Tandis qu'elle rassemblait les livres et se dirigeait vers la porte, elle sentit un sentiment d'urgence grandir en elle. Plus elle en apprenait, plus elle se rendait compte de la profondeur du lien entre sa grand-mère, le pendentif et l'océan. Et à chaque pas qu'elle faisait pour s'éloigner de la bibliothèque, l'attraction de la mer semblait se renforcer, l'attirant inexorablement vers les profondeurs inconnues du passé.

À la rencontre de l'historien de la ville

La maison victorienne qui abritait le bureau de M. Whitlock était une relique en elle-même, se dressant fièrement au bout d'une rue bordée d'arbres. Ses fenêtres hautes et étroites et ses boiseries complexes laissaient deviner une époque révolue, et le jardin, bien qu'envahi par la végétation, ajoutait à l'impression de grandeur passée. Amelia s'approcha de la porte d'entrée, le cœur battant d'un mélange d'excitation et d'appréhension. Elle avait été dirigée ici par la bibliothécaire, qui avait vanté les vastes connaissances de M. Whitlock sur l'histoire de Seabrook.

Elle souleva le heurtoir en laiton et frappa fermement. Au bout de quelques instants, la porte s'ouvrit en grinçant et un homme grand et âgé, à la barbe grise touffue et au regard perçant et inquisiteur, l'accueillit. Il portait une veste en tweed avec des coudières et un nœud papillon, clin d'œil à une époque plus formelle.

« Bonjour », dit Amelia avec un sourire poli. « Je m'appelle Amelia Carter. J'ai parlé avec la bibliothécaire et elle m'a recommandé de vous rendre visite pour faire des recherches historiques. »

« Ah oui ! Amelia Carter, c'est un plaisir de vous rencontrer », dit M. Whitlock, la voix pleine d'enthousiasme. « Je suis Samuel Whitlock, l'historien de la ville. Entrez, je suis toujours ravi de discuter de l'histoire de notre ville. »

Il s'écarta pour la laisser entrer et Amelia se retrouva dans un bureau encombré, à la fois charmant et chaotique. La pièce était remplie d'immenses étagères, de cartes encadrées et de divers objets nautiques. L'odeur du vieux papier et du cirage à bois flottait dans l'air, donnant à la pièce une atmosphère savante et nostalgique.

M. Whitlock fit un geste vers deux fauteuils près d'un grand bureau en chêne. « S'il vous plaît, asseyez-vous. Comment puis-je vous aider aujourd'hui ? »

Amelia s'assit et posa le journal relié en cuir et le pendentif sur le bureau. « J'ai récemment récupéré ce pendentif, qui appartenait à ma grand-mère. J'ai également trouvé son vieux journal, qui mentionne le pendentif et d'étranges rêves qu'elle a faits sur la mer. J'essaie d'en savoir plus sur sa signification et sur les liens historiques ou folkloriques qui y sont liés. »

Les yeux de M. Whitlock s'écarquillèrent d'intérêt tandis qu'il examinait le pendentif et le journal. Il souleva soigneusement le pendentif et le retourna entre ses mains. « C'est tout à fait remarquable. Il ressemble à certaines reliques et symboles anciens que nous avons vus dans notre histoire locale. Savez-vous si votre grand-mère avait des liens particuliers avec la mer ou des expériences inhabituelles ? »

Amelia hocha la tête, se rappelant les rêves étranges et les notes troublantes du journal. « Elle a toujours été fascinée par l'océan, mais elle n'en a jamais beaucoup parlé. Son journal mentionne que le pendentif était un cadeau, mais il contient également des avertissements sur la mer et ses mystères. »

M. Whitlock hocha la tête d'un air pensif, les yeux fixés sur le pendentif. « Il existe de vieilles légendes à Seabrook sur la mer et ses enchantements. L'une des histoires les plus tenaces concerne les sirènes, des êtres mythiques qui, dit-on, attireraient les marins avec leurs chants et leur offriraient des cadeaux ou des malédictions. Ces sirènes sont souvent associées à des artefacts puissants, et votre pendentif pourrait bien être l'une de ces reliques. »

Le cœur d'Amelia s'emballa tandis qu'elle écoutait. « La bibliothécaire a parlé de sirènes, mais je n'ai pas bien compris le lien. Que sais-tu d'elles ? »

« Les sirènes sont profondément ancrées dans le folklore maritime », explique M. Whitlock, adossé à son siège. « On croyait qu'elles étaient de belles créatures dangereuses qui vivaient dans les profondeurs de l'océan. Les marins entendaient leurs chants enchanteurs et étaient attirés vers l'eau, où ils rencontreraient leur destin. Certains contes parlent de ces sirènes offrant des cadeaux à ceux qu'elles choisissaient d'épargner, même si ces cadeaux étaient souvent très coûteux. »

Il s'arrêta, le regard intense. « Le pendentif que tu possèdes pourrait être lié à ces légendes. Il a peut-être été offert en signe de faveur, mais il pourrait aussi être le réceptacle de quelque chose de bien plus malveillant. Les cadeaux des sirènes n'étaient jamais offerts à la légère. »

Amelia frissonna à cette pensée. « De quel prix parlons-nous ? »

L'expression de M. Whitlock devint sérieuse. « Le prix à payer pourrait être n'importe quoi, du malheur personnel à des conséquences plus inquiétantes. Certains pensent que les cadeaux des sirènes étaient un moyen de lier les gens à l'océan, de les faire participer à ses mystères éternels. Le journal de votre grand-mère, avec ses avertissements, suggère qu'elle était peut-être consciente des risques encourus. »

Amelia jeta un coup d'œil au journal, les idées en ébullition. « Existe-t-il un moyen de rompre un tel lien ou de se protéger de ces conséquences ? »

M. Whitlock secoua lentement la tête. « Les légendes ne sont pas claires à ce sujet. Il existe des récits de rituels et de charmes protecteurs, mais leur efficacité est incertaine. Le meilleur conseil est d'être prudent et de chercher à comprendre la nature du lien avant de tenter toute action. »

Amelia hocha la tête, sa détermination grandissant malgré la peur qui lui nouait l'estomac. « Merci pour votre aide, M. Whitlock. J'ai l'impression que je commence à peine à comprendre l'ampleur de ce qui se passe. »

« C'est un plaisir », a déclaré M. Whitlock, d'un ton rassurant. « N'oubliez pas que la connaissance est votre meilleure alliée pour résoudre ces vieux mystères. Si vous avez d'autres questions ou si vous avez besoin d'informations supplémentaires, n'hésitez pas à venir nous voir. »

En quittant le bureau, Amelia sentit le poids du pendentif dans sa poche et le poids des connaissances qu'elle avait acquises. Les légendes et les avertissements lui avaient donné une image plus claire du chemin périlleux sur lequel elle se trouvait, mais ils avaient également renforcé sa détermination. Elle devait découvrir la vérité sur le lien entre sa grand-mère, le pendentif et les sirènes, peu importe où cela la mènerait. Les échos du passé l'appelaient, et Amelia savait qu'elle ne pouvait plus ignorer leur chant de sirène.

Une sombre découverte

Le soleil se couchait à l'horizon, projetant une lueur orange sur la plage tandis qu'Amelia marchait le long du rivage. L'air du soir était frais et avait une odeur de sel, mais il ne parvenait pas à apaiser le sentiment de malaise qui s'était installé dans sa poitrine. Le pendentif, lourd dans sa poche, semblait l'attirer vers l'eau, comme pour la guider vers une vérité plus profonde.

Amelia avait décidé de retourner sur la plage où sa grand-mère se promenait souvent, espérant que quelque chose – n'importe quoi – pourrait lui fournir des indices sur l'étrange artefact. Elle se rappela les références du journal aux reliques enfouies et aux sensations particulières qu'il décrivait. Avec le journal à la main et la lumière déclinante comme seule compagnie, elle commença à creuser près des rochers où la marée avait laissé derrière elle un amas de coquillages et d'algues.

Le fracas rythmé des vagues était le seul son qui accompagnait ses efforts. Elle travaillait méthodiquement, ses mains balayant le sable et tamisant les débris. La plage, bien que sereine, semblait chargée d'un sentiment d'anticipation. Chaque pelletée de sable qu'elle retirait semblait la rapprocher de quelque chose d'important.

Alors que les dernières lueurs du jour commençaient à décliner, les doigts d'Amelia heurtèrent quelque chose de dur. Elle s'arrêta, le souffle coupé dans sa gorge tandis qu'elle enlevait soigneusement le sable restant. Une boîte en bois usée par les intempéries émergea de la terre, sa surface incrustée de sel et de sable. Le cœur d'Amelia battait fort d'excitation et d'inquiétude. Elle avait trouvé quelque chose.

La boîte était petite, ses bords étaient rugueux et usés. Amelia prit une profonde inspiration et la sortit du trou. Elle l'examina attentivement, remarquant les gravures complexes sur son couvercle qui ressemblaient aux symboles qu'elle avait vus dans le journal de sa grand-mère. Les gravures étaient décolorées, mais elles conservaient un côté mystérieux et significatif.

Les mains tremblantes, Amelia ouvrit la boîte. Les charnières craquèrent et une légère odeur de saumure s'en échappa. À l'intérieur, elle trouva un assortiment d'objets : une vieille boussole ternie, plusieurs cartes avec des inscriptions étranges et une lettre en lambeaux attachée avec un ruban effiloché. Chaque objet était recouvert d'une fine couche de sable, preuve de leur long enfouissement.

Amelia souleva soigneusement la lettre, dont les bords étaient cassants et fragiles. Elle déballa le ruban et ouvrit la lettre, ses yeux scrutant l'encre décolorée. La lettre était écrite dans une écriture fluide et élégante, et en la lisant, elle réalisa qu'elle était adressée à sa grand-mère.

« Chère Éléonore, commençait la lettre. Si tu lis ceci, cela signifie que tu t'es aventurée dans les profondeurs de notre pacte avec la mer. Je dois te prévenir, le chemin que tu empruntes est semé d'embûches. Le pendentif que tu possèdes n'est pas seulement un cadeau, mais un lien. Il nous lie aux sirènes et à leur veille éternelle. »

La lettre se poursuivait en détaillant un pacte conclu avec les sirènes, un accord ancien qui avait coûté très cher. Elle parlait de sacrifices et d'avertissements, exhortant Éléonore à rompre le lien avant qu'il ne soit trop tard. Les dernières lignes étaient un appel désespéré à éviter les tentations des sirènes et à chercher refuge loin de l'emprise de l'océan.

Les mains d'Amelia tremblèrent tandis qu'elle finissait de lire. Le contenu de la lettre confirmait ses craintes grandissantes : le pendentif était bien plus qu'un héritage familial. C'était le symbole d'un pacte ancien, potentiellement dangereux, qui avait lié sa grand-mère à la mer, et qui semblait désormais s'étendre à elle aussi.

Elle tourna son attention vers les autres objets contenus dans la boîte. La boussole, bien qu'ancienne, était extrêmement détaillée et semblait avoir été conçue pour autre chose que la simple navigation. Les cartes étaient marquées de symboles et de coordonnées énigmatiques qui ressemblaient de façon frappante à celles du journal. L'esprit d'Amelia s'emballa, essayant de déchiffrer leur signification.

Le soleil s'était complètement couché et l'obscurité enveloppait la plage. Amelia se leva, serrant fermement la boîte et son contenu. Le rugissement de l'océan semblait plus fort à présent, comme s'il la poussait à quitter le rivage et à s'enfoncer plus profondément dans le mystère. Elle sentit un frisson lui parcourir le dos, le poids de l'héritage de sa grand-mère pesant lourdement sur elle.

Alors qu'elle retournait au cottage, le pendentif dans sa poche semblait vibrer d'une énergie troublante. La plage était maintenant une étendue d'ombre, le bruit des vagues un rappel constant du chant des sirènes qui hantait ses rêves. Amelia savait qu'elle était sur le point de découvrir quelque chose de profond et de périlleux. Les découvertes de la journée n'avaient fait qu'approfondir le mystère, et elle ne pouvait plus ignorer l'appel de l'abîme.

Les secrets de l'océan commençaient à se révéler et Amelia n'était plus seulement une observatrice. Elle faisait partie de l'histoire, une histoire qui se dévoilait à chaque pas qu'elle faisait vers l'inconnu.

Le pendule oscille

La lune était haute dans le ciel nocturne, sa lumière argentée scintillait sur les eaux assombries du port de Seabrook. Amelia se tenait au bord de la jetée, la brise fraîche ébouriffait ses cheveux tandis qu'elle contemplait l'étendue tranquille de la mer. Le pendentif dans sa poche semblait vibrer d'une vibration presque imperceptible, rappelant la découverte troublante qu'elle avait faite sur la plage.

Elle était revenue au cottage avec la vieille boîte en bois, son esprit s'emballant avec les implications de la lettre et des objets qu'elle avait déterrés. Maintenant, attirée par une force inexplicable, elle se retrouva sur le quai, scrutant l'eau qui avait été autrefois le domaine de sa grand-mère. La surface calme de la mer était trompeuse, cachant sous son extérieur placide le potentiel de dangers indicibles.

La jetée craqua sous ses pieds tandis qu'elle s'en approchait, ses pensées consumées par l'ancien pacte auquel sa grand-mère avait participé. La lettre parlait d'un lien avec les sirènes, un pacte scellé par le pendentif. L'esprit d'Amelia tournait autour des possibilités : sa grand-mère avait-elle été prise au piège par la même force obscure qui semblait s'acharner sur elle à présent ?

Une soudaine rafale de vent fit frissonner Amelia, et elle fouilla instinctivement dans sa poche pour en sortir le pendentif. Alors qu'elle le tenait, la lumière de la lune éclaira sa surface, le faisant scintiller d'une lumière étrange et surnaturelle. Elle le retourna dans sa main, son regard fixé sur les étranges symboles gravés sur sa surface. Le pendentif semblait vibrer d'une énergie à la fois séduisante et effrayante.

Un son doux rompit le silence – une mélodie, faible mais familière. Le cœur d'Amelia s'emballa tandis qu'elle s'efforçait de l'entendre, les notes emportées par la brise venant de la direction de l'eau. C'était une chanson, enchanteresse et mélancolique, qui se faufilait dans l'air nocturne avec un charme irrésistible. La même chanson de ses rêves.

Elle scruta les eaux sombres, essayant de localiser la source de la mélodie. La chanson devint plus forte, plus insistante, et elle sentit une traction dans sa poitrine, une envie irrésistible de se rapprocher du bord de la jetée. Les avertissements de sa grand-mère résonnèrent dans son esprit, mais le charme de la chanson était puissant, presque hypnotique.

Tandis qu'Amelia se penchait sur la rambarde, la surface de l'eau commença à onduler. Les ombres semblaient danser sous les vagues, leurs mouvements synchronisés avec la mélodie qui emplissait maintenant l'air. Le chant des sirènes devenait plus fort, plus séduisant, et Amelia se sentait attirée par lui, comme s'il l'appelait par son nom.

Ses mains tremblaient tandis qu'elle serrait fermement le pendentif. La chanson semblait la guider, l'exhortant à se rendre, à laisser l'océan la réclamer. Elle jeta un coup d'œil autour de la jetée déserte, le vide amplifiant l'atmosphère étrange. Elle avait l'impression d'être seule dans un monde où la mer régnait en maître, ses secrets prêts à la consumer.

Soudain, l'eau scintilla et une silhouette émergea des profondeurs : une femme aux cheveux flottants et à la beauté lumineuse, surnaturelle. Ses yeux brillaient d'une lumière hypnotique et sa voix se mêlait à la mélodie comme de la soie. Elle flottait sans effort sur l'eau, son regard fixé sur Amelia avec une intensité irrésistible.

Le souffle d'Amelia se bloqua dans sa gorge. L'apparence de la silhouette était à la fois hypnotisante et terrifiante. La présence de la sirène semblait courber le clair de lune autour d'elle, créant une aura d'enchantement impossible à ignorer.

« Approchez-vous », murmura la voix de la sirène, ces mots porteurs d'une promesse séduisante. « Nous vous attendions. »

Le cœur d'Amelia battait fort alors qu'elle luttait pour garder son sang-froid. Le regard de la sirène était comme une force physique, la tirant plus près du bord. Le pendentif dans sa main se réchauffa, son énergie s'alignant sur l'appel de la sirène. C'était comme si les deux forces convergeaient, créant un lien puissant qui menaçait de la submerger.

« Non, murmura Amelia pour elle-même, sa voix à peine audible par-dessus le chant des sirènes. Je dois résister. »

Elle fit un pas en arrière, son instinct lui criant de reculer. Le chant de la sirène se fit plus désespéré, la mélodie suppliante, mais la détermination d'Amelia se renforça. Elle serra fermement le pendentif, utilisant sa présence comme une ancre contre l'attraction de la magie de l'océan.

Dans un dernier effort résolu, Amelia se retourna et se dépêcha de retourner le long de la jetée. Le chant de la sirène s'estompa derrière elle, mais son écho persista dans ses oreilles, un rappel obsédant du pouvoir auquel elle avait échappé de justesse. Elle courut vers la sécurité des lampadaires, son esprit chancelant à la réalisation de ce à quoi elle venait d'être confrontée.

En arrivant au bout de la jetée, elle jeta un coup d'œil à l'eau. La sirène avait disparu, l'océan était désormais calme et sans prétention, comme si cette rencontre n'avait été qu'un simple produit de son imagination. Amelia respira par à-coups et elle sentit un frisson de soulagement mêlé à une peur persistante.

La chaleur du pendentif s'était atténuée, mais sa signification était désormais indéniable. L'océan s'était tendu vers elle et elle avait résisté. Mais cette rencontre l'avait laissée ébranlée, consciente de la profondeur du lien dont sa grand-mère lui avait parlé et des dangers qui l'attendaient.

Amelia savait qu'elle n'avait fait que commencer à percer le mystère. Le chant des sirènes était une force puissante, et le pendentif était la clé pour le comprendre. Alors qu'elle retournait au cottage, le poids de sa découverte pesait lourdement sur ses épaules, un rappel constant du périlleux voyage qui l'attendait.

CHAPTER 4

Chapitre 3 : La première rencontre

L'étrange tempête

Amelia se réveilla en sursaut, le bruit de la tempête qui s'écrasait contre le cottage la réveillant. Le vent hurlait avec une férocité qu'elle n'avait jamais entendue auparavant, faisant trembler les fenêtres et envoyant un frisson dans la petite maison de bord de mer. Elle s'assit dans son lit, le cœur battant tandis que la pluie martelait le toit en nappes implacables. La tempête semblait surgir de nulle part, une violente tempête qui s'était abattue sur Seabrook Harbor sans prévenir.

Elle jeta un coup d'œil à l'horloge sur sa table de nuit : il était à peine trois heures du matin. L'obscurité était totale, seulement troublée par quelques éclairs qui éclairaient la pièce d'une lumière blanche et crue. Le cottage tout entier semblait gémir sous la force du vent, comme si la tempête essayait de le déchirer.

Amelia rejeta les couvertures et se précipita vers la fenêtre. Elle regarda à travers la vitre, mais la pluie était si forte qu'elle pouvait à peine voir au-delà du porche. L'orage ne ressemblait à rien de ce qu'elle avait connu jusqu'à présent, et un profond sentiment de malaise s'installa dans sa poitrine. L'air était chargé, presque électrique, et le vent portait un son étrange, presque musical, qui lui donnait la chair de poule.

Tandis qu'elle tendait l'oreille, elle se rendit compte que le vent ne hurlait pas seulement, mais qu'il créait une mélodie dissonante, une série de notes qui montaient et descendaient comme un chant envoûtant. Le son était étrange, contre nature, et lui rappela instantanément le chant de la sirène qu'elle avait entendu sur le quai. Un frisson lui parcourut le dos et elle s'éloigna de la fenêtre, l'esprit en ébullition.

Cette tempête ne ressemblait pas à un événement naturel. Il y avait quelque chose de délibéré dans tout cela, comme si elle avait été provoquée par une force au-delà de sa compréhension. Les pensées d'Amelia se tournèrent vers le pendentif dans sa poche, la vieille boîte en bois qu'elle avait déterrée et la lettre qui parlait d'un pacte avec les sirènes. Cette tempête pouvait-elle être liée à ces choses ? Les sirènes essayaient-elles de l'atteindre, de la rapprocher de leur monde ?

Elle essaya de repousser cette pensée, mais le sentiment d'effroi ne fit que s'accentuer. La tempête semblait concentrée sur son chalet, les vents tourbillonnant autour avec une intensité terrifiante. C'était comme si la tempête avait une volonté propre, un objectif qui lui était directement lié.

Le pouls d'Amelia s'accéléra tandis qu'elle saisissait une lampe de poche et se frayait un chemin à travers le cottage plongé dans l'obscurité. Elle vérifia les portes et les fenêtres, s'assurant qu'elles étaient bien fermées, mais elle ne parvenait pas à se défaire du sentiment d'être surveillée. La mélodie du vent devenait plus forte, plus insistante, comme si elle l'appelait par son nom. Elle s'arrêta au milieu du salon, écoutant, son cœur battant à tout rompre.

Pendant un bref instant , la tempête sembla s'arrêter, le vent s'apaisant jusqu'à devenir un murmure. Le silence soudain était assourdissant, et Amelia retint son souffle, attendant la suite des événements. La tempête était devenue plus qu'une simple force de la nature : c'était une présence, une entité menaçante qui l'avait choisie.

Puis, sans prévenir, un coup de tonnerre assourdissant déchira l'air, suivi d'un éclair aveuglant qui illumina toute la pièce. Les fenêtres claquèrent violemment et Amelia recula en trébuchant, laissant tomber sa lampe de poche alors que l'orage revenait avec encore plus de fureur. Le vent rugissait, la pluie martelait le toit et cette étrange mélodie envoûtante emplit à nouveau l'air, un son implacable et inéluctable qui semblait venir de toutes les directions.

Amelia sentit une vague de panique l'envahir. Elle avait besoin de sortir du cottage, loin de ce qui se passait ici. Mais alors qu'elle se tournait vers la porte d'entrée, une soudaine rafale de vent s'abattit sur elle, la forçant à s'ouvrir avec un grand bruit. La pluie se déversa dans la pièce, trempant le plancher tandis que le vent soufflait dans le petit espace, emportant avec lui l'odeur inimitable de la mer.

Elle se figea, les yeux fixés sur la porte ouverte, son esprit en proie à un tourbillon de peur et de confusion. La tempête était à l'intérieur maintenant, sa présence indéniable. C'était comme si l'océan lui-même était venu la chercher, apportant avec lui la puissance et la colère des profondeurs.

Amelia respira par à-coups tandis qu'elle s'approchait de la porte, sentant l'attraction de la tempête, l'attrait de la mer. Le vent tirait ses cheveux et ses vêtements, la poussant dehors, vers l'océan qui s'étendait juste au-delà du cottage. Mais quelque chose en elle résistait, une peur profonde et instinctive lui disait de rester où elle était, de lutter contre l'attraction.

Dans un effort suprême, elle tendit la main et saisit la porte, la forçant à se refermer contre la furie du vent. Le bruit de la tempête était maintenant étouffé, mais la mélodie obsédante persistait, résonnant dans ses oreilles. Elle se tenait là, tremblante, le dos contre la porte, tandis que la tempête faisait rage à l'extérieur, frappant le cottage avec une force implacable, presque malveillante.

Pendant ce qui lui sembla des heures, Amelia resta là, se préparant à affronter la tempête. Elle savait, au fond d'elle-même, que ce n'était que le début. La tempête était plus qu'un simple événement naturel : c'était un message, un avertissement que les forces qu'elle avait commencé à découvrir étaient bien plus puissantes et dangereuses qu'elle ne l'avait jamais imaginé.

Alors que les premières lueurs de l'aube commençaient à percer les nuages, la tempête s'apaisa peu à peu, laissant le cottage dévasté mais intact. Amelia s'effondra sur le sol, épuisée et secouée, mais avec une nouvelle détermination. Quoi qu'il arrive, elle y fera face. Les sirènes avaient fait leur coup, et c'était maintenant à son tour de découvrir la vérité.

Le visiteur mystérieux

Le lendemain de la tempête, le temps était étrangement calme. Le ciel était d'un gris délavé, l'océan était plat et sans vie. Le seul bruit était celui du clapotis des vagues sur le rivage, un contraste frappant avec la violente tempête qui avait fait rage toute la nuit. Amelia se tenait sur le porche de la maison, observant les dégâts. Le vent avait laissé des traces : des branches tombées jonchaient le sol et le sable était jonché de débris emportés par la mer furieuse.

Tandis qu'elle sirotait son café, essayant de se débarrasser du malaise de la veille, son regard fut attiré vers la limite de sa propriété. Là, juste derrière la palissade, se tenait un homme. Il était grand et mince, avec un air d'autorité tranquille. Ses vêtements étaient inhabituels – un vieux manteau de marine patiné qui semblait déplacé dans le monde moderne. Sa présence était si inattendue qu'Amelia cligna des yeux, à moitié convaincue qu'il était le fruit de son imagination.

L'homme se tenait parfaitement immobile, la regardant avec une intensité qui lui faisait dresser les cheveux sur la tête. Ses yeux sombres étaient perçants, semblant la regarder droit dans les yeux. Elle n'arrivait pas à déterminer son âge ; il y avait quelque chose d'intemporel chez lui, comme s'il était sorti d'une autre époque.

« Puis-je vous aider ? » appela Amelia, essayant de garder une voix ferme malgré la soudaine vague d'appréhension qui la submergeait.

L'homme ne répondit pas immédiatement. Au lieu de cela, il fit quelques pas en avant, ses bottes craquant sur le gravier du chemin. Lorsqu'il parla enfin, sa voix était basse et calme, avec un soupçon de quelque chose d'ancien et de familier. « Je cherche Amelia. »

Son cœur fit un bond. « Je m'appelle Amelia », répondit-elle prudemment. « Qui êtes-vous ? »

Il s'arrêta juste de l'autre côté de la clôture, son regard ne quittant jamais le sien. « Je m'appelle Elias », dit-il, son ton chargé d'une signification qu'elle ne parvenait pas à saisir. « J'ai été attiré ici par la tempête. »

Le malaise d'Amelia s'accentua. Il y avait quelque chose chez lui qui la mettait à rude épreuve, mais en même temps, elle ressentait une étrange attirance pour lui, comme s'il était connecté aux mystères qui commençaient à se dévoiler autour d'elle. « Comment ça, tu as été attirée ici ? »

Elias jeta un coup d'œil à la mer avant de répondre, son expression indéchiffrable. « La tempête n'était pas seulement une tempête. C'était un avertissement. L'océan est agité, et tu es au centre de tout cela. »

Un frisson parcourut l'échine d'Amelia. « Comment le sais-tu ? Qui es-tu vraiment ? »

Il s'approcha, s'appuyant contre la palissade comme si c'était la seule barrière entre eux et quelque chose de bien plus dangereux. « J'en sais plus que tu ne le penses, Amelia. Le pendentif que tu portes, celui de ta grand-mère, est plus qu'un simple héritage. C'est une clé. »

D'instinct, Amelia porta la main à sa poche, où se trouvait caché le pendentif. « Comment le sais-tu ? » demanda-t-elle, la voix tremblante de peur et de curiosité.

« J'ai suivi les signes, dit Elias, les yeux s'assombrissant. J'ai vu ce qui arrive à ceux qui les ignorent. Les sirènes ne sont pas que des légendes, elles sont réelles et elles s'intéressent à vous. La tempête était leur façon de vous tendre la main. »

Elle le regarda, luttant pour assimiler ses paroles. La tempête, les sirènes, le pendentif... tout semblait lié d'une manière qu'elle ne parvenait pas à comprendre complètement. Mais une chose était claire : Elias en savait plus qu'elle sur le sujet.

« Pourquoi me dis-tu ça ? » demanda Amélia, sa voix à peine plus haute qu'un murmure.

Elias soupira, le poids de son savoir pesant sur ses épaules. « Parce que je les ai déjà rencontrées. Les sirènes sont puissantes, plus puissantes que tu ne peux l'imaginer. Mais elles sont aussi dangereuses, et leurs intentions ne sont pas toujours claires. Je suis là pour t'aider, pour te guider dans ce qui t'attend. »

Amelia voulait le croire, mais quelque chose au fond d'elle-même lui disait de se méfier. « Pourquoi devrais-je te faire confiance ? »

Elias croisa son regard, ses yeux emplis d'une sincérité qui la prit au dépourvu. « Parce que si tu ne le fais pas, l'océan te réclamera, tout comme il a réclamé d'autres personnes avant toi. Les sirènes t'ont marquée, Amelia. Et si tu ne fais pas attention, elles t'entraîneront sous l'eau. »

Ses paroles restèrent suspendues entre eux, lourdes de la vérité qu'elle n'était pas sûre de vouloir affronter. Amelia sentit un nœud de peur se resserrer dans sa poitrine. La tempête avait été plus qu'un simple acte de la nature, c'était un message, un signe que les sirènes surveillaient, attendaient.

Elias se redressa, son attitude passant du mystérieux à la résolue. « Je sais que c'est dur à accepter, mais tu dois comprendre à quoi tu fais face. Le pendentif est ton lien avec eux, et c'est aussi ta protection. Garde-le près de toi et sois prêt pour ce qui va arriver. »

Amelia hocha la tête, prenant enfin conscience de la gravité de la situation. « Que dois-je faire maintenant ? »

L'expression d'Elias s'adoucit légèrement, comme s'il pouvait sentir sa peur. « Pour l'instant, reste vigilante. Les sirènes ne frapperont pas à nouveau tout de suite, mais elles sont patientes. Elles attendront que le moment soit venu. Et quand ce moment viendra, tu devras être prête. »

Il se retourna et commença à s'éloigner, laissant Amelia debout sur le porche, l'esprit en proie à des questions. Elle le regarda jusqu'à ce qu'il disparaisse sur le chemin, sa silhouette engloutie par la brume qui planait sur le rivage.

Alors que les derniers échos de ses pas s'estompaient, Amelia sentit un mélange de peur et de détermination s'emparer d'elle. La tempête avait été un avertissement, et Elias lui avait donné les premières pièces d'un puzzle qu'elle ne savait pas comment résoudre. Mais une chose était sûre : elle ne pouvait plus ignorer les signes. Les sirènes étaient réelles, et elles venaient la chercher.

Les révélations d'Élie

Amelia était assise en face d'Elias dans la petite cuisine, les mains serrées autour d'une tasse de café qui avait refroidi depuis longtemps. La lumière du matin filtrait à travers la fenêtre, projetant une lueur tamisée sur la pièce, mais l'atmosphère était lourde de la tension des vérités non dites. Elias, pour sa part, ne semblait pas perturbé par l'environnement, se concentrant entièrement sur la tâche à accomplir. Il avait une présence qui remplissait l'espace, comme si la pièce elle-même s'adaptait au poids de ses mots.

Après un long silence, il commença à parler. « Les sirènes ont toujours fait partie de l'histoire de l'océan. Elles sont aussi anciennes que les marées, nées des profondeurs les plus sombres de la mer et imprégnées de son pouvoir. Mais ce ne sont pas de simples mythes, Amelia, elles sont aussi réelles que toi et moi. »

Amelia se pencha en avant, les yeux fixés sur Elias. L'étrange tempête, le pendentif, la mélodie envoûtante – tout indiquait quelque chose qui dépassait de loin sa compréhension. Elle avait besoin de réponses, et Elias semblait être le seul à pouvoir les lui fournir.

« Comment sais-tu autant de choses sur eux ? » demanda-t-elle, sa voix ferme mais teintée de curiosité et de peur.

Elias respira profondément, le regard perdu dans le vague, comme s'il se remémorait des souvenirs à la fois douloureux et profonds. « J'ai passé ma vie en mer. Mon père était marin, et son père avant lui. L'océan coule dans mes veines. Mais plus on s'enfonce, plus on découvre de secrets. Quand j'étais plus jeune, j'ai rencontré les sirènes pour la première fois. J'étais sur un bateau de pêche, au large d'une petite île. Le temps était calme, mais il y avait un malaise dans l'air, une immobilité qui semblait contre nature. »

Il s'arrêta, ses yeux s'assombrissant sous le poids du souvenir. « Nous avons entendu leur chant avant de les voir. C'était magnifique, envoûtant, comme je n'en avais jamais entendu auparavant. Mais il y avait quelque chose en dessous, quelque chose de... dangereux. Les membres de l'équipage sont tombés sous son charme, un par un. Ils ont été attirés vers le bord du navire, regardant l'eau comme en transe. J'ai essayé de les arrêter, mais l'attraction était trop forte. »

Amelia frissonna, son imagination évoquant la scène telle qu'Elias la lui avait décrite. « Que leur est-il arrivé ? »

« Ils sont tombés par-dessus bord, dit doucement Elias. Un par un, ils ont sauté dans la mer, les yeux vitreux, l'air paisible. L'eau les a engloutis tout entiers et ils n'ont jamais refait surface. Les sirènes les ont emportés corps et âme. »

Un silence pesant s'abattit sur la cuisine, rompu seulement par le tic-tac de l'horloge murale. Amelia avait du mal à respirer, l'horreur de l'histoire d'Elias s'installant sur elle comme un linceul. « Comment as-tu survécu ? »

Le regard d'Elias croisa le sien et elle vit la douleur du souvenir se refléter dans ses yeux. « Je ne sais pas. C'était peut-être de la chance, ou peut-être autre chose. Mais j'ai résisté à leur appel, je me suis battue contre eux de toutes mes forces. Quand la chanson s'est arrêtée, j'étais la seule à rester sur le navire. Les autres étaient partis, perdus dans les profondeurs. »

L'esprit d'Amelia s'emballa, rassemblant les fragments de l'histoire d'Elias avec les mystères qu'elle avait résolus. « Le pendentif... est-ce que ça a quelque chose à voir avec eux ? Est-ce pour cela qu'ils s'intéressent à moi ? »

Elias hocha la tête. « Le pendentif est ancien, fabriqué par ceux qui ont rencontré les sirènes pour la première fois. Il contient un fragment de leur pouvoir, un lien avec leur monde. Mais c'est aussi une protection, un moyen de protéger son porteur de l'influence des sirènes. Ta grand-mère le savait, c'est pourquoi elle te l'a transmis. Le pendentif te lie à elles, mais il te protège aussi, du moins pour l'instant. »

Amelia sentit le poids du pendentif dans sa poche, sa présence soudain lourde de sens. « Et la boîte que j'ai trouvée... celle avec la lettre ? »

« Cette boîte fait partie d'un puzzle plus vaste », a déclaré Elias d'un ton grave. « Elle appartenait à quelqu'un qui connaissait la vérité sur les sirènes, quelqu'un qui voulait avertir ceux qui viendraient après. Il y en a d'autres comme celle-ci, cachées dans des endroits où les sirènes ont laissé leur empreinte. Ensemble, elles détiennent la clé pour comprendre les intentions des sirènes et trouver un moyen de résister à leur attrait. »

Amelia sentit un frisson lui parcourir l'échine. « Que me veulent-ils, Elias ? Pourquoi me veulent-ils ? »

L'expression d'Elias s'adoucit, mais son regard resta sérieux. « Les sirènes sont attirées par ceux qui sont connectés à l'océan d'une manière unique. Elles sentent quelque chose en vous, quelque chose de puissant. Vous avez la capacité de leur résister, de défier leur influence. Mais cela fait aussi de vous une menace. Elles essaieront de vous attirer, de faire de vous l'un d'entre eux. Mais si vous parvenez à déchiffrer les indices laissés derrière vous, vous pourrez peut-être les arrêter. »

Les pensées d'Amelia s'emballèrent, sa peur se mêlant à un sentiment croissant de détermination. La tempête, le pendentif, les sirènes... tout cela indiquait quelque chose de bien plus grand, un destin qu'elle n'avait pas demandé mais qu'elle ne pouvait ignorer. « Comment puis-je trouver les autres pièces du puzzle ? »

Elias fouilla dans la poche de son manteau et en sortit une petite boîte finement sculptée. Elle ressemblait à celle qu'elle avait trouvée sur la plage, mais plus ancienne et plus usée, sa surface étant gravée de symboles étranges qui semblaient vibrer d'énergie. « Voici la pièce suivante », dit-il en posant la boîte sur la table entre eux. « À l'intérieur, vous trouverez une carte et un journal, qui vous guideront tous deux vers les réponses que vous cherchez. Mais soyez prévenus : ce voyage ne sera pas facile. Les sirènes feront tout ce qui est en leur pouvoir pour vous arrêter. »

Amelia fixa la boîte, ressentant un mélange de peur et de détermination. Elle savait maintenant qu'il n'y avait pas de retour en arrière. Les sirènes étaient réelles et elles venaient la chercher. Mais avec l'aide d'Elias, elle avait une chance de découvrir la vérité et de se protéger des forces obscures qui se cachaient sous les vagues.

Alors qu'elle tendait la main vers la boîte, elle sentit une vague de détermination l'envahir. Les sirènes l'avaient marquée, mais elle n'allait pas les laisser la revendiquer sans se battre. Elle suivrait les indices, déchiffrerait les mystères et affronterait tout ce qui l'attendait dans les profondeurs de l'océan. La première rencontre avait commencé, mais la bataille était loin d'être terminée.

Une carte cryptique

Amelia était assise à la table de la cuisine, la petite boîte finement sculptée qu'Elias lui avait donnée posée entre eux. La pièce était emplie d'un silence anxieux, le seul bruit étant le tic-tac doux de l'horloge sur le mur. Elle sentit le regard d'Elias sur elle alors qu'elle tendait la main et ouvrait lentement la boîte, révélant son contenu : une carte délicate, soigneusement pliée, et un petit journal relié en cuir.

La carte ne ressemblait à rien de ce qu'Amelia avait déjà vu. Elle était vieille, le papier jauni par le temps et couverte de symboles étranges et inconnus. Au centre de la carte se trouvait une représentation de l'océan, mais elle était plus détaillée et complexe que toutes les cartes qu'elle avait jamais vues. Les lignes étaient complexes, des motifs tissés qui semblaient vibrer d'une énergie cachée. Il n'y avait ni noms ni points de repère, seulement des symboles , qui tourbillonnaient les uns dans les autres comme les courants de la mer.

Elle déplia la carte et l'étala sur la table. La salle sembla retenir son souffle tandis qu'elle l'étudiait, essayant de comprendre les inscriptions énigmatiques. « Qu'est-ce que c'est ? » demanda-t-elle d'une voix à peine plus forte qu'un murmure.

Elias se pencha, ses yeux scrutant la carte avec un mélange de révérence et de prudence. « C'est une carte du domaine des sirènes », expliqua-t-il. « Ce n'est pas un lieu physique que l'on peut trouver sur une carte ordinaire. C'est une représentation de leur monde, l'endroit où elles vivent sous les vagues. Les symboles marquent les endroits où leur influence est la plus forte, où le voile entre notre monde et le leur est le plus fin. »

Les doigts d'Amelia traçaient les lignes sur la carte, ressentant une étrange connexion avec les symboles comme s'ils l'appelaient. « Comment suis-je censée utiliser ça ? Je n'y comprends rien. »

Elias tendit la main et désigna un symbole spécifique près du bord de la carte. C'était une spirale, complexe et fascinante, qui attirait son regard dans ses profondeurs. « C'est le premier endroit que vous devez visiter », dit-il. « C'est une île, cachée aux yeux des non-initiés. Seuls ceux qui possèdent le pendentif peuvent la trouver. »

Elle leva les yeux vers lui, un mélange de curiosité et d'inquiétude dans les yeux. « Une île ? Que suis-je censée trouver là-bas ? »

Elias hésita, son expression assombrie par un souvenir. « L'île contient une pièce clé du puzzle : un autre artefact, comme ton pendentif, qui t'aidera à percer les secrets des sirènes. Mais l'île est dangereuse. Elle est gardée par les sirènes, et elles feront tout ce qui est en leur pouvoir pour t'empêcher de trouver ce dont tu as besoin. »

Amelia déglutit difficilement, la gravité de la situation s'installant sur elle comme un épais brouillard. « Comment est-ce que je peux y aller ? »

Elias tapota à nouveau la carte, cette fois sur une série de lignes qui menaient du continent à l'île. « Vous devrez suivre ce chemin. C'est un voyage dangereux, rempli d'obstacles que les sirènes ont mis en place pour dissuader les intrus. Mais si vous parvenez à atteindre l'île et à récupérer l'artefact, vous serez un peu plus près de comprendre leur pouvoir. »

Amelia regarda la carte, son esprit se bousculant à l'idée de ce qui l'attendait. Les symboles, l'île, les sirènes... tout cela dépassait de loin tout ce qu'elle avait pu imaginer. Mais elle savait qu'elle ne pouvait plus faire marche arrière. Les sirènes l'avaient marquée, et la seule façon de se protéger était de continuer sur le chemin qui lui avait été tracé.

« Et le journal ? » demanda-t-elle, la main posée sur le petit livre relié en cuir qui se trouvait à l'intérieur de la boîte. « Est-ce que cela m'aidera à comprendre la carte ? »

Elias hocha la tête. « Ce journal a été écrit par quelqu'un qui, comme toi, a été marqué par les sirènes. Ils ont réussi à leur échapper et ont documenté tout ce qu'ils ont appris. Il est rempli de notes, d'observations et d'instructions sur la façon de naviguer dans le monde des sirènes. Il sera ton guide. »

Amelia ouvrit le journal et en feuilleta les pages. L'écriture était soignée mais rapide, comme si l'auteur avait couru contre le temps. Les pages étaient remplies de croquis de symboles, de diagrammes de créatures étranges et surnaturelles et de notes écrites dans une langue qu'elle ne reconnaissait pas.

« Tout cela est tellement bouleversant », a-t-elle admis, la voix légèrement tremblante. « Comment suis-je censée faire ça toute seule ? »

Elias posa une main rassurante sur son épaule. « Tu n'es pas seule, Amelia. Tu as le pendentif, la carte et le journal pour te guider. Et je serai là pour t'aider autant que je peux. Mais en fin de compte, c'est ton voyage. Tu es la seule à pouvoir percer le mystère des sirènes et briser l'emprise qu'elles ont sur toi. »

Elle hocha la tête, sa résolution se renforçant. « Alors je le ferai. Je trouverai l'île et je récupérerai l'artefact. Quoi qu'il en coûte. »

Elias sourit, une douceur rare dans les yeux. « Bien. Mais n'oubliez pas : le temps n'est pas de votre côté. Les sirènes sont patientes, mais elles sont aussi implacables. Elles vous surveilleront, attendant que vous fassiez une erreur. Soyez prudent et faites confiance à votre instinct. Elles vous ont gardé en sécurité jusqu'à présent. »

Amelia referma le journal et plia soigneusement la carte, les replaçant dans la boîte. Elle pouvait sentir le poids de la tâche qui l'attendait, mais elle sentait aussi grandir en elle un sentiment de détermination. Les sirènes l'avaient sous-estimée, pensant pouvoir l'attirer sans se battre. Mais elle était prête à leur prouver qu'elles avaient tort.

« Merci, Elias, dit-elle en le regardant avec détermination. Je ne les laisserai pas gagner. »

Elias hocha la tête, l'air sérieux. « Je sais que tu ne le feras pas. Tu es plus forte qu'ils ne le pensent, Amelia. Et avec les connaissances que tu accumules, tu as peut-être une chance de renverser la situation contre eux. »

Alors qu'elle se levait pour partir, le poids de la boîte dans ses mains lui semblait à la fois lourd et réconfortant. C'était un fardeau, certes, mais c'était aussi une arme, un outil qu'elle pouvait utiliser pour lutter contre les ténèbres qui menaçaient de la consumer. Les sirènes avaient agi, mais c'était maintenant son tour. Et elle était prête.

La décision

Amelia sortit dans l'air frais du soir, serrant fermement dans ses mains la boîte contenant la carte et le journal. Le monde semblait étrangement calme, comme si elle retenait son souffle en prévision de ce qui allait arriver. Le soleil était descendu sous l'horizon, laissant le ciel baigné de violets et de bleus profonds, avec les premières étoiles commençant à percer. Elle s'arrêta sur le porche, prenant un moment pour rassembler ses pensées, sentant le poids de tout ce qu'Elias lui avait dit s'installer dans ses os.

L'océan s'étendait devant elle, vaste et inconnaissable, ses eaux sombres s'étendant jusqu'au ciel nocturne. Pour la première fois de sa vie, la mer qui avait toujours été son refuge lui semblait désormais étrangère, cachant des secrets qu'elle parvenait à peine à comprendre. Les sirènes étaient là, quelque part dans les profondeurs, l'attendant. Elle pouvait presque entendre le faible écho de leur chant porté par le vent, une mélodie envoûtante qui lui faisait froid dans le dos.

Elle retourna la boîte entre ses mains, caressant les symboles gravés sur sa surface. À l'intérieur se trouvait tout ce dont elle avait besoin pour commencer son voyage – tout, bien sûr, sauf le courage de faire le premier pas. Le chemin qui s'offrait à elle était dangereux, semé d'embûches inconnues et la certitude que les sirènes feraient tout ce qui était en leur pouvoir pour l'arrêter. Mais elle savait aussi qu'elle n'avait pas d'autre choix. Ne rien faire équivaudrait à laisser les sirènes gagner, à les laisser l'entraîner dans l'abîme comme elles l'avaient fait à tant d'autres avant elle.

Prenant une profonde inspiration, Amelia descendit les marches et s'enfonça sur le sable, ses pieds nus s'enfonçant dans les grains frais. L'océan lui murmurait quelque chose, sa voix à la fois apaisante et menaçante, comme une berceuse destinée à l'attirer. Elle s'approcha du bord de l'eau, s'arrêtant juste au moment où les vagues clapotaient doucement sur ses orteils. Le pendentif autour de son cou semblait pulser d'énergie, un rappel du pouvoir qu'elle portait en elle.

Les paroles d'Elias résonnèrent dans son esprit. *Les sirènes sont patientes, mais elles sont aussi implacables.* Elle sentait leur présence, lointaine mais indubitable, comme une ombre tapie hors de vue. Elles attendaient qu'elle vacille, qu'elle cède à la peur qui rongeait les limites de sa détermination. Mais Amelia savait qu'elle ne pouvait pas laisser cela se produire. Elle était plus forte qu'ils ne le pensaient, et elle avait les moyens de se défendre.

Elle ouvrit la boîte et déplia soigneusement la carte, laissant la brise nocturne caresser ses bords. Les symboles brillaient faiblement dans la faible lumière, et elle traça le chemin qui menait du continent à l'île mystérieuse dont Elias avait parlé. Le voyage serait long et périlleux, mais la carte lui donnait une direction, un objectif tangible sur lequel se concentrer au milieu du chaos qui menaçait de la submerger.

Amelia jeta un coup d'œil à la maison, dont les fenêtres brillaient chaleureusement dans la pénombre. Il lui serait facile de se retirer à l'intérieur, de fermer la porte sur ce monde de mythes et de monstres et de prétendre que tout était normal. Mais elle savait que c'était une illusion. Les sirènes l'avaient déjà marquée, et leur influence ne ferait que s'accentuer si elle n'agissait pas .

Elle se prépara, plia la carte et la remit dans la boîte, sa décision prise. Elle trouverait l'île et récupérerait l'artefact, quel qu'en soit le prix. L'idée d'affronter les sirènes la terrifiait, mais il y avait aussi une lueur de détermination au plus profond d'elle-même : un refus de les laisser contrôler son destin.

Alors qu'elle se tenait là, à contempler l'horizon sans fin, une pensée lui traversa l'esprit. Elle ne se battait pas seulement pour elle-même, elle se battait pour tous ceux que les sirènes avaient tués, pour les membres de l'équipage qui étaient passés par-dessus bord, pour l'auteur du journal et pour les innombrables autres dont les histoires avaient été perdues dans les profondeurs. C'était sa chance de briser le cycle, de mettre un terme au règne de terreur des sirènes une fois pour toutes.

Avec une détermination renouvelée, Amelia se retourna et retourna vers la maison, la boîte bien calée sous son bras. La nuit était calme, à l'exception du léger bruissement du vent et du bruit lointain des vagues sur le rivage. Mais elle sentit un sens du but guider ses pas, la certitude qu'elle était sur la bonne voie, aussi dangereuse soit-elle.

En arrivant à la porte, elle s'arrêta un instant, regardant l'océan une dernière fois. Les sirènes étaient là, observant, attendant. Mais elles devraient faire plus que chanter leurs mélodies obsédantes pour la vaincre. Elle était prête maintenant, armée de connaissances et de détermination, et elle ferait face à tout ce qu'elles lui lanceraient.

Amelia entra et ferma la porte derrière elle avec un sentiment de certitude. Il n'y avait pas de retour en arrière possible. Les sirènes l'appelaient , mais elle répondrait avec une force qu'elles n'avaient pas anticipée. Le voyage avait commencé et elle était prête à le mener à bien, quoi qu'il arrive.

CHAPTER 5

Chapitre 4 : Le chant de la sirène

Mettre les voiles

La lumière du petit matin filtrait à travers une couverture de brume tandis qu'Amelia se tenait sur le quai, regardant le petit bateau tanguer doucement sur l'eau. Le bateau en bois, patiné par des années d'utilisation, semblait assez solide, mais elle ne pouvait se défaire du sentiment de malaise qui s'installait dans sa poitrine. L'océan, autrefois un lieu de paix et de solitude pour elle, lui semblait maintenant une menace imminente, son immensité cachant des dangers qu'elle commençait seulement à comprendre.

Elias apparut à ses côtés, portant les dernières provisions : une petite caisse de nourriture et quelques outils soigneusement sélectionnés. Il déposa la caisse dans le bateau et se redressa, lui adressant un signe de tête rassurant. « Tout est prêt », dit-il, sa voix ferme malgré la tension qui planait entre eux.

Amelia hocha la tête, essayant de calmer les nerfs qui lui tournaient dans le ventre. Elle jeta un coup d'œil à l'horizon, où le brouillard s'accrochait obstinément à la surface de l'eau, obscurcissant leur destination. « Êtes-vous sûr que ce bateau est à la hauteur de la tâche ? » demanda-t-elle, la voix teintée de doute.

Elias sourit, une légère courbe de ses lèvres ne parvenant pas à masquer le sérieux de son regard. « Elle est plus solide qu'elle n'en a l'air. Et puis, ce n'est pas le bateau qui nous permettra de traverser cette épreuve, c'est toi. »

Elle déglutit difficilement, le poids de ses paroles s'abattant sur elle comme un lourd manteau. La responsabilité lui semblait énorme, et l'incertitude de ce qui l'attendait rongeait sa détermination. « J'espère que tu as raison », murmura-t-elle, plus pour elle-même que pour lui.

Amelia inspira profondément et monta sur le bateau, sentant le bois céder légèrement sous ses pieds. Elias la suivit, se déplaçant avec une aisance qui trahissait la tension du moment. Tandis qu'il dénouait les cordes et les poussait hors du quai, le bateau dérivait vers l'eau libre, le doux courant les emportant loin du rivage.

Pendant quelques instants, ils avancèrent en silence, les seuls sons étant le léger craquement du bateau et les cris lointains des oiseaux de mer. Amelia s'assit près de la proue, ses mains agrippant le bord du bateau tandis qu'elle regardait la mer enveloppée de brume. Elle pouvait sentir le pendentif autour de son cou, un rappel constant du pouvoir qu'elle portait en elle et des dangers qui l'accompagnaient.

Elias prit la barre et les dirigea vers le chemin invisible que la carte avait révélé. Il jeta un coup d'œil pensif à Amelia . « Nous devrions revoir la carte », suggéra-t-il d'un ton doux mais ferme. « Nous devons nous assurer que nous savons exactement à quoi nous attendre. »

Amelia hocha la tête et sortit la carte de son sac d'une main légèrement tremblante. Elle la déplia avec précaution, lissant les plis et la posant sur ses genoux. Les symboles, si mystérieux et complexes, semblaient scintiller dans la pénombre, comme s'ils étaient animés d'une vie propre.

Tandis qu'elle traçait le chemin du doigt, Elias se pencha, les yeux plissés de concentration. « La première étape du voyage sera simple », dit-il, en désignant une série de lignes qui partaient du continent. « Mais une fois que nous aurons dépassé la limite du brouillard, les choses vont devenir compliquées. L'influence des sirènes commencera à se manifester, et nous devrons être en état d'alerte maximale. »

Amelia déglutit et hocha la tête en absorbant ses paroles. Elle avait déjà senti la présence des sirènes auparavant, l'attrait de leur chant murmurant aux confins de son esprit, mais elle savait que ce qu'elles avaient rencontré jusqu'à présent n'était que le début. Le véritable test viendrait lorsqu'elles s'aventureraient plus loin dans leur domaine.

« De quel genre de manifestations parlons-nous ? » demanda-t-elle d'une voix à peine plus forte qu'un murmure.

Elias hésita, son expression s'assombrissant. « Cela pourrait être n'importe quoi. Des hallucinations, des conditions météorologiques étranges, voire des obstacles physiques. Les sirènes sont des maîtres de l'illusion et elles utiliseront tous les moyens possibles pour nous désorienter et nous attirer. »

Amelia sentit un frisson lui parcourir le dos. L'idée d'affronter des dangers aussi inconnus était terrifiante, mais il n'y avait plus de retour en arrière possible. Elle avait fait son choix, et la seule façon d'avancer était de passer à travers.

« Il faudra faire confiance à la carte, poursuivit Elias d'une voix ferme. C'est notre guide, notre ancre dans cette mer d'incertitude. Tant que nous suivons son chemin et gardons la tête froide, nous avons une chance. »

Elle hocha de nouveau la tête, essayant de calmer les battements de son cœur. « Je ferai de mon mieux. »

Elias posa une main rassurante sur son épaule. « Je sais que tu y parviendras. Tu es plus forte que tu ne le penses, Amelia. Les sirènes sont peut-être puissantes, mais elles ne sont pas invincibles. Et avec les connaissances que nous avons, nous pourrions peut-être les déjouer. »

Ces mots lui apportèrent un peu de réconfort, mais l'anxiété persistait, un courant sous-jacent constant dont elle ne parvenait pas à se débarrasser. Alors qu'ils s'éloignaient du rivage, la brume commença à s'épaissir, engloutissant la terre derrière eux jusqu'à ce qu'elle ne soit plus qu'un lointain souvenir. Le monde autour d'eux devint plus silencieux, les bruits de la mer étouffés par le brouillard dense.

Amelia serrait le pendentif fermement dans sa main, sentant la faible chaleur qui en émanait. C'était un petit réconfort, un rappel qu'elle n'était pas entièrement seule dans ce combat. Les sirènes étaient peut-être puissantes, mais elle avait sa propre force, une force qu'elle commençait seulement à comprendre.

Alors que le bateau s'enfonçait dans la brume, l'océan semblait changer, les vagues autrefois douces devenant plus imprévisibles, comme si la mer elle-même était consciente de leur présence. L'air devenait lourd d'une tension étrange, presque tangible, et Amelia pouvait sentir les premiers frémissements de quelque chose d'ancien et de puissant qui se cachait juste sous la surface.

Le voyage avait commencé. Il n'y avait plus de retour en arrière possible.

Le calme avant la tempête

La brume s'accrochait à l'eau comme un linceul tandis que le bateau glissait dans le silence, ses voiles captant la moindre brise. Amelia était assise en silence, regardant la mer étrangement calme. Le brouillard était désormais épais, réduisant le monde à une palette de gris atténués, où l'horizon était à peine discernable depuis le ciel. Il y avait quelque chose de troublant dans ce silence, la façon dont l'océan semblait retenir son souffle, en attente.

Elias se tenait à la barre, sa posture tendue tandis qu'il les guidait plus profondément dans l'inconnu. La confiance facile dont il avait fait preuve plus tôt était désormais remplacée par une concentration sinistre. De temps en temps, il jetait un œil à la carte dans sa main, les symboles brillaient faiblement comme pour le rassurer sur le fait qu'ils étaient toujours sur la bonne voie.

Amelia sentait le poids du silence peser sur elle. Les bruits habituels de la mer – le doux clapotis des vagues contre la coque, les cris lointains des oiseaux de mer – étaient visiblement absents. C'était comme si elles étaient entrées dans un monde différent, un monde où le temps s'écoulait différemment, où les règles qu'elle avait toujours connues ne s'appliquaient plus.

Elle se tortillait, mal à l'aise, la tension dans ses muscles reflétant le malaise qui rongeait son esprit. « C'est toujours comme ça ? » demanda-t-elle, sa voix sonnant trop fort dans le silence oppressant.

Elias lui jeta un coup d'œil, son expression difficile à déchiffrer. « Non, dit-il après un moment. Ce n'est pas censé être aussi calme. Les sirènes... elles se moquent de nous. »

« Jouer ? » Le mot lui fit froid dans le dos. Elle avait entendu des histoires sur la cruauté des sirènes, leurs jeux pervers avec l'esprit de ceux qui s'aventuraient trop près de leur domaine. Mais en faire l'expérience de première main était tout autre chose.

« Ils veulent nous donner un faux sentiment de sécurité », expliqua Elias d'une voix basse et mesurée. « Ils veulent nous faire baisser la garde. Ce calme n'est qu'un début. »

Amelia regarda à nouveau l'eau, les yeux plissés alors qu'elle essayait de percer le brouillard. Elle le sentait à présent, une légère traction aux confins de sa conscience, comme un fil qui tirait sur ses pensées. C'était subtil, presque imperceptible, mais c'était là – une présence insidieuse qui semblait murmurer hors de portée.

« Que devrions-nous faire ? » demanda-t-elle, ses doigts se resserrant autour du bord du bateau.

« Pour l'instant, nous maintenons le cap », répondit Elias. « Restons vigilants. Les sirènes essaient de nous attirer, mais tant que nous sommes conscients de leurs ruses, nous avons une chance. »

Amelia hocha la tête, essayant de repousser la peur qui s'infiltrait lentement en elle. Mais ce n'était pas facile. L'océan qui avait été autrefois son sanctuaire lui semblait désormais un lieu étranger, rempli de dangers qu'elle ne pouvait ni voir ni comprendre pleinement. Le pendentif autour de son cou se réchauffa contre sa peau, un rappel subtil de la protection qu'il offrait, mais même ce petit réconfort semblait fragile face à l'inconnu.

Le brouillard semblait s'épaissir à mesure qu'ils naviguaient, le bateau fendant l'air dense avec un léger bruissement. La lumière du soleil était faible, luttant pour pénétrer les lourds nuages au-dessus, et tout autour d'eux prenait une lueur surnaturelle. Amelia se surprit à essayer d'entendre quelque chose - n'importe quoi - qui pourrait briser le silence, mais il n'y avait rien. Juste le léger craquement du bateau et le bourdonnement lointain, presque imperceptible, de l'influence des sirènes.

Les minutes passèrent, ou peut-être les heures, le temps avait perdu son sens dans la brume. Les pensées d'Amelia commencèrent à dériver, son esprit errant vers les souvenirs du rivage, de la vie qu'elle avait laissée derrière elle. Elle pensa à son père, aux histoires qu'il lui racontait sur la mer, aux nuits qu'ils passaient à contempler les étoiles sur la plage. Ces souvenirs lui semblaient si lointains à présent, comme une vie complètement différente.

Mais alors qu'elle commençait à se perdre dans le passé, un violent tiraillement dans son esprit la ramena au présent. Au début, ce fut faible, comme un écho lointain, mais il devint plus fort à chaque instant. Une voix – une belle mélodie envoûtante qui semblait surgir des profondeurs de l'océan lui-même – commença à emplir ses pensées.

Amelia se raidit, le souffle coupé. La chanson était envoûtante, elle l'attirait avec une force irrésistible. C'était tout ce qu'elle avait toujours voulu entendre, une mélodie qui promettait réconfort, paix et la fin de tous ses soucis. Elle pouvait la voir maintenant, dans son esprit - une vision d'elle-même marchant dans la mer, l'eau l'accueillant à bras ouverts, le chant des sirènes la guidant plus profondément dans l'abîme.

Mais alors que la vision menaçait de la consumer, une petite voix insistante au fond de son esprit luttait contre elle. *Non. Ce n'est pas réel. C'est un piège.* Elle serra le pendentif autour de son cou, sa chaleur devenant plus forte comme en réponse à sa peur. La connexion fut rompue pendant un moment, et elle put respirer à nouveau.

La voix d'Elias perça la brume, aiguë et autoritaire. « Amélia ! Ne l'écoute pas ! »

Elle cligna des yeux, le brouillard dans son esprit se dissipant légèrement alors qu'elle se concentrait sur ses paroles. « Je... je peux les entendre », murmura-t-elle, la voix tremblante.

« Ils te testent, dit Elias, le regard intense . Ils essaient de voir si tu vas céder. Mais tu peux lutter, Amelia. Concentre-toi sur le pendentif, sur la carte, sur tout sauf sur la chanson. »

Elle hocha la tête, resserrant sa prise sur le pendentif alors qu'elle se forçait à détourner le regard de l'eau. La chanson résonnait toujours dans son esprit, mais elle était plus faible maintenant, moins convaincante. Elle pouvait sentir la chaleur du pendentif se répandre en elle, l'ancrant dans la réalité.

Le bateau continua son lent voyage à travers la brume, le calme de l'océan semblant désormais être une accalmie trompeuse avant la tempête. Amelia savait que les sirènes étaient loin d'en avoir fini avec eux, mais pour l'instant, ils avaient survécu à la première épreuve. Elle espérait seulement que sa détermination serait assez forte pour résister à tout ce qui allait suivre.

La berceuse des profondeurs

La nuit tomba et l'océan devint de plus en plus calme, le brouillard qui s'accrochait au bateau comme une seconde peau se renforçait. La mer, autrefois berceau de douces vagues, était désormais une surface vitreuse, intouchable par le vent ou le courant. Amelia sentit le poids de la nuit peser sur elle, l'obscurité autour d'elles était impénétrable, comme si le monde lui-même avait été englouti par l'abîme.

Elle était assise près de la proue, les bras autour des genoux, le regard fixé sur l'obscurité. Le pendentif à son cou dégageait une chaleur faible et constante, un rappel de la lumière qui reposait en elle, mais il n'offrait que peu de réconfort dans l'obscurité oppressante. Le silence était profond, presque contre nature, comme si l'océan retenait son souffle, attendant que quelque chose se produise.

Elias se déplaçait tranquillement autour du bateau, vérifiant leur cap à la faible lueur d'une lanterne. Son expression était tendue, ses mouvements déterminés, mais il y avait une tension sous-jacente dans la façon dont il se tenait. Amelia pouvait le sentir – l'anticipation, la peur de ce qui allait arriver. Ils savaient tous les deux que le calme ne durerait pas, que les sirènes étaient là, tapies sous la surface, attendant le bon moment pour frapper.

Les premières notes de la chanson résonnèrent dans l'air comme un murmure, si faible qu'Amelia ne l'entendit presque pas. Mais à mesure que la mélodie grandissait, se faufilant dans la nuit avec une beauté envoûtante, il lui devint impossible de l'ignorer. C'était une chanson différente de tout ce qu'elle avait entendu jusqu'alors, une mélodie éthérée, surnaturelle, qui semblait venir des profondeurs de l'océan lui-même. C'était comme si la mer avait trouvé une voix, une voix qui l'appelait avec une promesse de paix, d'appartenance.

Amelia avait le souffle coupé lorsque la chanson l'enveloppa, l'attirant. Le son était envoûtant, une douce berceuse qui réveillait quelque chose au plus profond d'elle-même. C'était un sentiment qu'elle ne parvenait pas à définir : une douleur, un désir de quelque chose qui lui était hors de portée. La chanson promettait de combler ce vide, de lui enlever toute sa douleur, sa peur, si seulement elle écoutait, si seulement elle suivait.

Elle sentit l'attrait de la chanson se renforcer, tirant sur les limites de son esprit, brouillant la frontière entre réalité et fantaisie. L'obscurité autour d'elle semblait vibrer au rythme de la musique, et au loin, elle crut voir des formes se mouvoir sous la surface de l'eau – des formes sombres et sinueuses qui apparaissaient et disparaissaient à vue d'œil.

« Amelia, » la voix d'Elias s'éleva brusquement, pressante, « Ne te laisse pas abattre. »

Elle cligna des yeux, détournant son regard de l'eau pour le regarder. Son visage était tendu, ses yeux fixés sur les siens avec un mélange d'inquiétude et de détermination. « Je ne peux pas... c'est tellement fort », murmura-t-elle, sa voix tremblante sous l'effort de résister.

« Tu dois te battre, dit Elias en s'approchant. La chanson est conçue pour t'attirer, pour te donner envie de capituler. Mais ce ne sont que des mensonges, Amelia. C'est un piège. »

Elle hocha la tête, serrant le pendentif dans sa main, mais la chanson était implacable, ses douces notes tiraient sur sa détermination. La vision commença à prendre forme dans son esprit à nouveau – une vision d'elle-même debout au bord du bateau, l'océan s'étendant devant elle comme une étreinte sans fin. L'eau l'appelait, lui promettant chaleur, sécurité, une échappatoire à tout ce qu'elle craignait.

« Pense à autre chose », exhorta Elias, sa voix tranchant la brume. « N'importe quoi d'autre. Ne les écoute pas. »

Amelia ferma les yeux pour essayer de faire abstraction de la musique, mais elle était désormais en elle, résonnant dans son esprit, la remplissant d'un besoin presque insupportable de la suivre. Elle pouvait voir les silhouettes plus clairement à présent – de belles femmes d'une beauté envoûtante avec des cheveux flottants et des yeux qui brillaient comme des étoiles. Elles lui faisaient signe, leurs sourires doux et invitants, leurs mains tendues.

Elle fit un pas en avant, son esprit empli de confusion et de désir. Les silhouettes devenaient plus claires, leurs voix s'harmonisaient avec la chanson, chaque note la tirant plus profondément sous leur charme. Elle pouvait sentir le bord du bateau sous ses pieds, le bois froid l'enracinant dans la réalité, mais cela lui échappait, se dissolvant dans le rêve qu'ils lui offraient.

« Amelia ! » La main d'Elias saisit son bras, la tirant en arrière du bord du gouffre. Le contact soudain la secoua, brisant le charme suffisamment longtemps pour qu'elle réalise où elle était, et ce qu'elle s'apprêtait à faire.

Elle haleta, reculant en titubant, le cœur battant. La vision se brisa, les silhouettes se dissipant dans la brume, ne laissant que l'écho de la chanson persistant dans son esprit. Elle s'accrocha à Elias, sa respiration devenant saccadée alors qu'elle essayait de se stabiliser.

« J'ai presque... » murmura-t-elle, l'horreur de ce qui avait failli se produire la submergeant comme une vague froide.

— Je sais, dit Elias d'une voix douce mais ferme. Mais tu ne l'as pas fait. Tu es plus forte qu'ils ne le pensent, Amelia. Tu peux leur résister.

Elle hocha la tête, même si la peur lui collait toujours à la peau comme une seconde peau. La chanson s'était estompée, mais son souvenir était toujours vif, et elle savait que ce ne serait pas la dernière fois que les sirènes essaieraient de l'attirer. La tentation, l'attraction, c'était plus fort qu'elle ne l'avait imaginé, et cela la terrifiait.

Elias la ramena à son siège, sa main s'attardant un instant sur son épaule avant de revenir à la barre. « Ils te testent, dit-il d'un ton sérieux. Mais tu as réussi cette fois. Souviens-toi de ça. »

Amelia enroula ses bras autour d'elle, le froid de la nuit s'infiltrant dans ses os. Elle regarda la mer sombre, à nouveau immobile et silencieuse, mais la paix lui semblait un mensonge, un prélude à quelque chose de bien plus dangereux. Les sirènes avaient montré leur puissance, et Amelia savait que la vraie bataille ne faisait que commencer.

Les voix des profondeurs

Amelia était assise seule sur le pont, l'air froid de la nuit lui mordant la peau. La brume s'était épaissie, enveloppant le bateau d'une couverture étouffante qui étouffait le monde extérieur. Les lanternes, autrefois phares lumineux, semblaient maintenant lutter contre l'obscurité qui s'installait, leur lumière vacillant comme si le brouillard lui-même cherchait à les éteindre.

Elle resserra sa veste autour d'elle, son esprit encore sous le choc de la chanson qui avait failli la prendre. Chaque fois qu'elle fermait les yeux, elle l'entendait : des notes douces et séduisantes qui dansaient aux confins de sa conscience, la rappelant aux abysses. Mais il y avait quelque chose d'autre maintenant, quelque chose de plus profond, de plus insidieux. C'était comme si la chanson avait réveillé quelque chose en elle, une faim qu'elle ignorait avoir.

L'océan était un vide noir, s'étendant à l'infini dans toutes les directions. Il semblait vivant, vibrant d'une énergie invisible qui lui mettait les nerfs à vif. Elle pouvait les sentir là-bas, juste sous la surface, les observant, les attendant. Les sirènes n'avaient pas abandonné ; elles attendaient simplement leur heure, aiguisant leurs griffes pour la prochaine attaque.

Elle jeta un coup d'œil à Elias, qui était à la barre, concentré sur son objectif malgré l'heure tardive. Son expression était dure, déterminée, mais il y avait une pointe de lassitude dans la posture de ses épaules. Il n'avait pas beaucoup parlé depuis qu'il l'avait éloignée du bord, mais elle pouvait sentir son inquiétude comme une force tangible entre eux. C'était rassurant, d'une certaine manière, de savoir qu'il était là, mais cela la faisait aussi se sentir faible, comme un fardeau qu'il devait porter.

Le silence fut rompu par un son faible, un murmure, à peine audible, mais incontestablement réel. Amelia se raidit, le souffle coupé dans sa gorge alors qu'elle s'efforçait d'écouter. C'était une voix, basse et mélodieuse, portée par la brise qui soufflait à travers le brouillard. Elle était différente de la chanson, plus douce, plus personnelle, comme si elle s'adressait directement à elle.

Elle se leva lentement, ses yeux scrutant l'eau à la recherche d'un quelconque signe de mouvement, mais la mer était immobile, ne trahissant rien. La voix continua, devenant plus forte, plus claire, jusqu'à ce qu'elle puisse distinguer les mots.

« Amélia... »

Son nom, prononcé avec une tendresse qui lui fit froid dans le dos. C'était une voix qu'elle connaissait, une voix qu'elle avait cru ne plus jamais entendre. Elle se retourna, le cœur battant dans sa poitrine, mais il n'y avait personne. Le pont était vide, le brouillard épais et impénétrable.

« Amélia, viens à moi... »

C'était la voix de sa mère. Cette prise de conscience la frappa comme une vague, lui coupant le souffle. Sa mère, qui avait disparu en mer tant d'années auparavant, l'appelait, la suppliait de la suivre. Ce son était un baume pour son cœur douloureux, un rappel de la chaleur et de l'amour qu'elle avait connus autrefois. Mais c'était aussi impossible : sa mère était partie, perdue dans les profondeurs, son corps n'avait jamais été retrouvé.

« Maman ? » murmura Amélia, la voix tremblante. Le pendentif autour de son cou s'embrasa de chaleur, mais elle le remarqua à peine, son esprit consumé par l'espoir impossible que la voix puisse être réelle.

« Amélia, s'il te plaît... J'ai si froid... »

La voix était plus proche, presque à son oreille, et elle sentit la présence de quelque chose juste au-delà du voile de brume. Elle fit un pas en avant, la main tendue, comme si elle pouvait traverser le brouillard et ramener sa mère dans le monde des vivants. Mais quelque chose la retenait – un soupçon de doute, de peur, qu'il ne s'agisse là que d'un autre tour, d'un autre jeu que les sirènes jouaient avec son esprit.

« Amelia, n'écoute pas, » lança la voix d'Elias, tranchante et autoritaire. Il fut à ses côtés en un instant, serrant fermement son bras tandis qu'il la retirait du bord du bateau. « Ce n'est pas réel. »

Elle résista, le cœur déchiré entre le désir de croire et la dure et froide vérité qu'il avait raison. « Mais ça lui ressemble », dit-elle, la voix brisée par l'émotion. « C'est sa voix, Elias. Je le sais. »

« Ce n'est pas elle », insista-t-il d'un ton inflexible. « Les sirènes peuvent prendre n'importe quelle forme, n'importe quelle voix. Elles essaient de te briser, Amelia. Ne les laisse pas faire. »

Elle leva les yeux vers lui, les larmes aux yeux. Le brouillard était épais autour d'eux, les voix continuaient à lui chuchoter à l'oreille, mais son regard était stable, inébranlable. Il était son ancre, la seule chose qui l'empêchait de glisser dans l'abîme qui l'attendait avec des promesses de retrouvailles et de paix.

Elle hocha la tête d'un air tremblant, se forçant à s'éloigner du bord, loin de l'appel séduisant des voix. « Je suis désolée », murmura-t-elle, sa voix à peine audible. « J'ai failli... »

— Tu ne l'as pas fait, dit Elias, la voix s'adoucissant. C'est ce qui compte. Les sirènes utiliseront toutes les armes à leur disposition contre toi, mais tu es plus fort qu'elles. Tu dois t'en souvenir.

Amelia ferma les yeux, essayant de faire taire les échos persistants de la voix qui avait failli la prendre. Elle l'entendait encore, faible et lointaine, mais elle n'avait plus le même pouvoir sur elle. C'était un mensonge, un stratagème cruel destiné à exploiter sa douleur la plus profonde, et elle ne tomberait plus dans le piège.

Alors que le brouillard commençait à se lever légèrement, révélant l'étendue infinie d'eau sombre autour d'eux, elle réalisa que la bataille était loin d'être terminée. Les sirènes étaient implacables, leur portée s'étendant bien au-delà du monde physique. Elles reviendraient la chercher, sous des formes différentes, avec des tentations différentes, et elle devrait être prête.

Elias lui serra doucement l'épaule, lui offrant un petit sourire rassurant. « Nous allons surmonter ça, dit-il. Ensemble. »

Amelia hocha la tête, puisant de la force dans sa présence. Les voix s'affaiblissaient à présent, se retirant dans les profondeurs d'où elles étaient venues, mais leur souvenir persistait. Elle savait que le voyage à venir ne ferait que devenir plus périlleux, que les sirènes ne se reposeraient pas tant qu'elles n'auraient pas obtenu ce qu'elles voulaient. Mais pour l'instant, elle était en sécurité, ancrée dans la détermination qui l'avait sauvée du gouffre.

Alors que les premières lueurs de l'aube commençaient à apparaître à l'horizon, peignant le ciel de nuances de gris et de bleu pâle, Amelia ressentit un regain de détermination. Les sirènes étaient peut-être puissantes, mais elle n'était pas seule, et tant qu'elle aurait la force de résister, elle continuerait à se battre.

L'avertissement
L'aube venait à peine de se lever que le vieux bateau de pêche apparut, sa coque patinée fendant l'eau avec une grâce lente et régulière. Le brouillard s'était suffisamment levé pour révéler le navire, une silhouette solitaire sur fond de vaste étendue d'océan. Amelia plissa les yeux, essayant de distinguer les détails tandis que le bateau se rapprochait. C'était un spectacle inattendu – ici, si loin du rivage, où peu de gens osaient s'aventurer.

Elias le remarqua également, son expression s'assombrissant alors qu'il ajustait leur trajectoire pour les intercepter. « Que crois-tu qu'ils fassent ici ? » marmonna-t-il, plus pour lui-même que pour Amelia.

Amelia haussa les épaules, les yeux fixés sur le bateau qui approchait. Il avait l'air vieux, presque antique, sa structure en bois abîmée et meurtrie par d'innombrables tempêtes. Les voiles étaient rapiécées et effilochées, claquant faiblement dans la brise. Alors qu'ils s'approchaient, elle put voir une silhouette debout à la proue, agitant une main dans ce qui semblait être un geste de salutation.

Elias ralentit le bateau jusqu'à s'arrêter à une courte distance, gardant une distance prudente entre eux et les étrangers. « Restez ici », dit-il, la voix tendue par prudence. « Laissez-moi m'en occuper. »

Amelia hocha la tête, le cœur battant à tout rompre tandis qu'elle le regardait s'approcher du bord du bateau. Elle pouvait voir la silhouette plus clairement à présent : un homme vieux et hagard, avec une barbe qui semblait ne pas avoir été taillée depuis des années. Ses vêtements étaient usés, tombaient sur sa silhouette frêle, et ses yeux, lorsqu'il les regardait, étaient écarquillés et affolés.

« Ohé là-bas ! » s'écria Elias en levant timidement la main.

Le vieil homme ne répondit pas immédiatement. Il semblait lutter contre quelque chose, ses mains tremblaient tandis qu'il agrippait le bastingage de son bateau. Puis, avec un soudain regain d'énergie, il cria en retour, sa voix rauque et désespérée. « Faites demi-tour ! Faites demi-tour avant qu'il ne soit trop tard ! »

Elias se raidit et échangea un regard méfiant avec Amelia avant de se retourner vers l'homme. « Que veux-tu dire ? Qu'est-ce qu'il y a ici ? »

Les yeux du vieil homme se baladaient dans tous les sens, comme s'il s'attendait à voir quelque chose surgir de l'eau à tout moment. « Les sirènes ! » croassa-t-il, la voix étouffée par la peur. « Elles ne sont pas ce que tu crois. Ce ne sont pas que des créatures, ce sont des démons, des esprits des profondeurs.

Elles prendront ton âme, déformeront ton esprit jusqu'à ce qu'il ne reste plus que la folie. »

Amelia sentit un frisson lui parcourir le dos en entendant les mots de l'homme. Elle s'approcha, la curiosité prenant le dessus. « Tu les as vus ? » cria-t-elle, la voix légèrement tremblante.

Le regard du vieil homme se tourna vers elle, ses yeux sauvages et injectés de sang. « Tu les as vus ? J'ai entendu leur chant, j'ai senti leurs griffes s'enfoncer dans mon esprit. Ils prennent le visage de ceux que tu aimes, murmurent de doux mensonges jusqu'à ce que tu ne saches plus distinguer la réalité. Ils t'entraîneront vers le fond, vers l'abîme, et tu ne reviendras jamais. »

L'expression d'Elias se durcit. « Alors, pourquoi es-tu ici ? Pourquoi n'es-tu pas parti ? »

L'homme émit un rire amer, d'un ton dur et brisé. « Partir ? Impossible de partir une fois que tu as entendu la chanson. Ils m'ont laissé partir, mais seulement pour envoyer un avertissement, pour amener les autres au bord du gouffre. Ils veulent que tu les suives, que tu cèdes. Mais ne le fais pas ! » Sa voix se brisa de désespoir. « N'écoute pas, ne regarde pas. Fais demi-tour tant que tu le peux encore ! »

Le cœur d'Amelia battait fort tandis qu'elle écoutait les supplications frénétiques de l'homme. Elle pouvait voir la vérité dans ses yeux, la folie, la terreur qui s'était enracinée dans son esprit. C'était un homme qui avait vu le pire de ce que l'océan avait à offrir, qui avait dansé trop près du bord et avait à peine survécu.

Elias fit un pas en arrière, la mâchoire serrée. « Nous apprécions l'avertissement », dit-il prudemment, même si sa voix trahissait la tension qu'il retenait. « Mais nous devons continuer. »

Le visage du vieil homme se tordit d'un mélange de rage et de désespoir. « Imbéciles ! » cracha-t-il, sa voix montant à un niveau de fièvre. « Vous êtes déjà perdus ! Ils viendront vous chercher, tout comme ils sont venus me chercher. Et quand ils le feront, vous regretterez de ne pas les avoir écoutés. »

Il se détourna alors et se retira dans les profondeurs obscures de son bateau. Les voiles furent prises par une rafale de vent et, lentement, le navire commença à dériver, disparaissant dans la brume aussi vite qu'il était apparu.

Amelia le regarda partir, l'esprit en ébullition. L'avertissement avait touché une corde sensible en elle, amplifiant les peurs qui la rongeaient depuis leur premier départ. Les sirènes étaient plus dangereuses qu'elle ne l'avait imaginé, plus rusées, plus cruelles ... Elles n'en voulaient pas seulement à son corps, elles voulaient aussi son âme, son essence même.

Elias revint à ses côtés, l'air sombre. « Nous devons être plus prudents à partir de maintenant », dit-il doucement, ses yeux scrutant l'horizon. « Il a raison sur un point : ils essaieront de nous briser. Mais nous ne les laisserons pas faire. »

Amelia hocha la tête, même si le poids des paroles du vieil homme pesait lourdement sur elle. L'océan autour d'eux était calme à présent, ce qui semblait trompeur, mais elle pouvait sentir la tension dans l'air, le sentiment qu'ils étaient surveillés, traqués. Les sirènes étaient là, attendant, et elles ne se reposeraient pas tant qu'elles n'auraient pas obtenu ce qu'elles désiraient.

Alors que le soleil montait dans le ciel, projetant sa lumière pâle sur l'étendue d'eau infinie, Amelia se prépara à ce qui l'attendait. Le voyage qui l'attendait serait semé d'embûches, rempli de tests de sa volonté et de sa force. Mais elle était prête à y faire face, à affronter l'obscurité qui se cachait sous les vagues.

Car au final, elle savait qu'il n'y aurait pas de retour en arrière. Les sirènes l'avaient déjà appelée et elle était déterminée à découvrir la vérité, quel qu'en soit le prix.

CHAPTER 6

Chapitre 5 : Tentations venues des profondeurs

Un calme soudain

L'océan était agité depuis des jours, les vagues implacables s'écrasaient sur le petit bateau de pêche. Mais maintenant, comme par un décret surnaturel, la mer était calme. Le calme soudain était troublant, l'eau était lisse comme du verre sous un ciel si clair qu'il semblait avoir été nettoyé par le vent.

Amelia se tenait à la proue, les doigts agrippés à la rambarde en bois tandis qu'elle contemplait l'horizon. L'air était lourd d'un silence étrange, rompu seulement par le léger craquement du bateau qui dérivait sans but. Il n'y avait aucun signe des mouettes habituelles au-dessus de nos têtes, aucun bourdonnement lointain d'autres navires - juste l'étendue d'eau vide qui s'étendait dans toutes les directions.

Elias sortit de la cabine, frottant ses yeux pour chasser le sommeil. « C'est étrange », marmonna-t-il en s'approchant d'elle. Son regard balaya la mer calme, son expression mêlant méfiance et confusion. « J'ai navigué dans ces eaux toute ma vie et je n'ai jamais rien vu de tel. »

Amelia hocha la tête, son malaise grandissant à chaque instant. L'océan avait une façon de jouer des tours à l'esprit, mais là, c'était différent. La tension dans l'air était presque tangible, comme si la mer elle-même retenait son souffle, attendant que quelque chose se produise.

« C'est trop calme », murmura-t-elle, sa voix à peine audible dans le silence.

Elias ne répondit pas immédiatement. Il était trop occupé à scruter l'horizon, les sourcils froncés de concentration. « Ce n'est pas naturel », dit-il enfin d'un ton grave. « Le temps était mauvais il y a quelques heures à peine. Ce n'est pas normal. »

Amelia déglutit difficilement, essayant de se débarrasser de la peur qui lui montait lentement le long de l'échine. « Tu crois que c'est... eux ? » demanda-t-elle, hésitant à prononcer les mots à voix haute.

La mâchoire d'Elias se crispa et il hocha la tête. « C'est possible. Nous nous rapprochons de l'endroit où ils ont été vus pour la dernière fois, et ils sont connus pour attirer les marins avec un faux calme. »

Cette pensée fit frissonner Amelia. Les sirènes étaient devenues pour elle un cauchemar, et elle savait qu'il ne fallait pas les sous-estimer. Les histoires qu'ils avaient entendues de la bouche d'autres marins étaient suffisantes pour glacer le sang : de belles créatures aux voix de miel chantaient de douces promesses pour attirer leur proie dans les profondeurs.

Le cœur d'Amelia s'emballa tandis qu'elle envisageait la possibilité qu'ils soient déjà sous l'influence des sirènes. Elle jeta un coup d'œil à Elias, qui observait toujours l'horizon avec attention, ses mains agrippant si fort la rambarde que ses jointures étaient blanches. C'était un marin chevronné, mais même lui ne pouvait cacher la peur dans ses yeux.

« Que faisons-nous ? » demanda-t-elle, la voix légèrement tremblante.

Elias respira profondément, comme s'il essayait de se calmer. « Nous gardons la tête froide, dit-il fermement. Les sirènes se nourrissent de peur et de désespoir. Elles essaieront de nous attirer avec des illusions, de nous faire voir ce que nous voulons voir. Mais nous ne pouvons pas les laisser faire. Nous devons rester les pieds sur terre, nous rappeler pourquoi nous sommes ici. »

Amelia hocha la tête, essayant de rassembler le courage dont Elias semblait disposer en abondance. Elle savait qu'il avait raison : s'ils laissaient leurs peurs prendre le dessus, ils deviendraient une proie facile pour les sirènes. Mais savoir cela et le mettre en pratique étaient deux choses très différentes.

Tandis qu'ils se tenaient là, dans un silence inquiétant, le bateau continuait à dériver sans but, ses voiles relâchées en l'absence de vent. Amelia essayait de se concentrer sur la tâche à accomplir, sur le voyage qu'ils avaient entrepris et sur la mission qui les avait amenés ici. Mais malgré tous ses efforts, elle ne pouvait se défaire du sentiment qu'ils étaient observés, que quelque chose de sombre et d'ancien se cachait juste sous la surface, attendant le moment parfait pour frapper.

Le calme était trop parfait, trop total. On aurait dit un piège, un piège soigneusement tendu pour les attirer. Et au fond d'elle-même, Amelia savait que quoi qu'il arrive, cela les mettrait à l'épreuve d'une manière qu'elles n'avaient jamais imaginée.

L'océan qui les entourait était vaste et vide, mais il était plein de promesses de danger. Les sirènes étaient là, quelque part, et elles ne se reposeraient pas tant qu'elles n'auraient pas attiré leur proie dans l'abîme.

Alors que le soleil commençait à se lever, projetant sa pâle lumière sur l'eau, Amelia se força à reculer d'un pas. Elle devait rester forte, résister à l'attraction des sombres tentations de l'océan. Pour l'instant, le calme leur avait apporté un bref répit, mais elle savait que cela ne durerait pas. Les sirènes étaient patientes, et leur chant avait déjà commencé à s'infiltrer dans son esprit, murmurant des promesses trop séduisantes pour être ignorées.

Mais Amélia était déterminée à résister. Elle ne voulait pas devenir une autre victime de l'abîme. Pas aujourd'hui.

L'illusion

Le soleil était déjà complètement levé lorsqu'Amelia remarqua le changement dans l'air. Le calme oppressant de l'océan avait laissé place à quelque chose d'étrange, quelque chose qui semblait presque surnaturel. L'eau sous le bateau avait commencé à scintiller, sa surface reflétant le ciel d'une manière qui rendait difficile de distinguer où la mer se terminait et où commençaient les cieux. La frontière entre réalité et illusion s'estompait, et Amelia le sentait au plus profond d'elle-même.

Elle se tenait au bord du bateau, attirée par l'étrange beauté du paysage qui s'offrait à elle. La mer n'était plus seulement une vaste étendue vide, elle était pleine de couleurs qui n'appartenaient pas à ce monde, des nuances de violet profond et d'or chatoyant qui dansaient sur l'eau comme si c'était une toile vivante. C'était fascinant, et Amelia se retrouva penchée en avant, sa prise sur la rambarde se relâchant tandis qu'elle se perdait dans le spectacle.

« Amelia », lança Elias derrière elle, sa voix teintée d'inquiétude. Mais elle l'entendit à peine, son attention entièrement captivée par la vision qui se déroulait devant elle. Le monde autour d'elle semblait disparaître, ne laissant derrière elle que la lueur hypnotique de l'eau et le doux bourdonnement mélodieux qui commençait à s'élever des profondeurs.

Elle avait entendu parler de marins enchantés par les sirènes, attirés dans l'océan par des visions de leurs désirs les plus profonds. Mais là, c'était différent. Ce n'était pas un simple jeu de lumière ou une hallucination passagère : cela semblait réel. Plus elle regardait les eaux scintillantes, plus elle le voyait clairement : une vision de sa mère, debout sur le rivage, souriant et lui faisant signe.

Amelia retint son souffle. Sa mère était exactement comme dans ses souvenirs : radieuse et vivante, ses cheveux illuminant la lumière du soleil comme toujours lors de ces jours lointains au bord de la mer. La douleur de sa perte, enfouie au plus profond d'Amelia depuis si longtemps, refit surface avec une intensité vive et douloureuse.

« Viens à moi, ma chérie », résonna dans son esprit la voix de sa mère, douce et tendre, remplie de tout l'amour qui manquait à Amélia depuis tant d'années. « Je t'ai attendu. »

Le cœur d'Amelia battait fort dans sa poitrine. Elle savait que ce n'était pas réel, que c'était juste un autre tour des sirènes, mais la vue de sa mère, si vivante et pleine de vie, était presque trop forte pour y résister. Elle sentit l'attraction de l'eau, qui la poussait à descendre du bateau et à se jeter dans l'étreinte de la mer, où toute sa douleur serait emportée.

« Amelia ! » La voix d'Elias s'éleva au-dessus de sa transe, plus aiguë cette fois, sa main agrippant son épaule et la tirant en arrière. La soudaine secousse de la réalité fut comme une éclaboussure d'eau froide, et Amelia cligna des yeux, la vision de sa mère vacillant devant ses yeux.

« Elias, je... » commença-t-elle, la voix tremblante alors qu'elle se tournait vers lui. Mais les mots restèrent coincés dans sa gorge lorsqu'elle vit la peur dans ses yeux, l'inquiétude désespérée qui reflétait la sienne.

« Ne l'écoute pas », lui ordonna Elias d'une voix basse mais ferme. « Quoi que tu voies, quoi que ça te dise, ce n'est pas réel. Ce sont les sirènes. Elles essaient de t'attirer. »

L'esprit d'Amelia tourbillonnait tandis qu'elle essayait de concilier la chaleur du sourire de sa mère avec la dure et froide vérité qu'Elias disait. Elle regarda à nouveau l'eau, mais l'image de sa mère avait déjà commencé à se dissoudre, les teintes chatoyantes se fondant dans le bleu foncé de l'océan.

Une vague de tristesse la submergea, si intense qu'elle faillit la faire tomber à genoux. Pendant un instant, elle avait cru – vraiment cru – que sa mère était là, l'attendant. Et maintenant que l'illusion s'était brisée, elle ressentait à nouveau la perte, aussi vive et douloureuse que le jour où elle s'était produite.

Elias laissa sa main sur son épaule, la ramenant à la réalité. « Ils deviennent plus forts », dit-il d'une voix tendue. « Nous devons être prudents. Ils savent jouer avec notre esprit, pour nous faire voir ce que nous voulons voir. Mais nous ne pouvons pas céder. Nous devons rester concentrés. »

Amelia hocha la tête, mais le poids de l'illusion pesait toujours sur elle. Elle pouvait encore entendre le faible écho de la voix de sa mère, pouvait encore voir l'ombre de sa silhouette dans l'eau. Les sirènes jouaient à un jeu dangereux, qui exploitait son chagrin le plus profond, et elle ne savait pas combien de temps encore elle pourrait résister à leur attraction.

« Je suis désolée », murmura-t-elle, la voix brisée. « J'ai failli... »

— Ce n'est pas grave, la rassura Elias, son ton s'adoucissant. Tu es forte, Amelia. Tu as remonté le temps, et c'est ce qui compte.

Mais tandis qu'elle contemplait la mer calme, la faible lueur de l'illusion persistant à l'horizon, Amelia ne pouvait s'empêcher de penser que les sirènes étaient loin d'en avoir fini avec elle. Elles avaient goûté à sa tristesse, à son désir, et elle savait qu'elles reviendraient pour en avoir plus. L'océan était peut-être calme pour l'instant, mais la véritable tempête ne faisait que commencer.

La ligne entre la réalité et les visions tordues des sirènes avait été franchie, et Amelia n'était pas sûre de pouvoir faire la différence au moment où cela comptait le plus.

L'ombre de la sirène

L'air se fit plus froid à mesure que le soleil montait , la chaleur du matin disparut au profit d'un froid soudain qui balaya le bateau. Amelia frissonna, resserrant sa veste autour d'elle tandis qu'elle jetait un regard méfiant vers l'horizon. L'illusion de sa mère s'était estompée, mais le malaise qu'elle laissait derrière elle s'accrochait à elle comme une seconde peau. Elle pouvait encore sentir le poids de ce poids peser sur sa poitrine, le souvenir de cette voix murmurant dans son esprit.

Elias était à la barre, concentré sur le chemin à parcourir. Le calme de l'océan restait intact, mais il y avait dans l'air une tension qui n'existait pas auparavant. C'était comme si la mer elle-même retenait son souffle, attendant que quelque chose se produise.

« Est-ce que tu ressens ça ? » demanda Amelia à voix basse alors qu'elle se dirigeait vers lui pour se tenir à côté d'elle.

Il hocha la tête sans la regarder. « Ce sont les sirènes. Elles sont proches. »

Amelia déglutit difficilement, essayant d'ignorer la façon dont son cœur s'emballa à ses mots. « Comment peux-tu le savoir ? »

Elias lui jeta un regard sombre. « On le sent dans l'air, dans la façon dont la mer s'est tue. Ce ne sont pas que des illusions, Amelia. Elles sont réelles et dangereuses. Nous sommes sur leur territoire à présent. »

Ses paroles lui firent froid dans le dos. Elle savait que ce voyage serait périlleux, mais l'entendre dire à haute voix rendait la menace encore plus réelle. Les sirènes n'étaient plus seulement un danger lointain : elles étaient là, tapies juste sous la surface, attendant leur heure de frappe.

Le bateau sillonnait l'eau avec une douceur étrange, les vagues se séparant silencieusement autour de la coque. Le monde semblait anormalement calme, le seul son était le léger craquement du bois et le léger bruissement des voiles. Les yeux d'Amelia scrutaient l'horizon, à la recherche d'un signe de mouvement, mais il n'y avait rien - juste l'étendue infinie de l'océan qui s'étendait devant eux.

Mais du coin de l'œil, elle vit une ombre se mouvoir sous l'eau, rapide et fluide, comme une lueur d'obscurité juste sous la surface. Elle se figea, le souffle coupé, tandis qu'elle regardait l'ombre glisser devant le bateau, disparaissant aussi vite qu'elle était apparue.

« Elias », murmura-t-elle, sa voix à peine audible par-dessus les battements de son cœur. « Tu as vu ça ? »

Il suivit son regard, les yeux plissés tandis qu'il scrutait l'eau. « Où ? »

« Juste là », dit-elle en désignant l'endroit où l'ombre avait disparu. « Elle se déplaçait rapidement, comme si quelque chose nageait juste sous la surface. »

La mâchoire d'Elias se serra et il serra plus fermement le gouvernail. « Restez vigilants », dit-il d'une voix tendue. « Cela pourrait être l'un d'eux. »

Le pouls d'Amelia s'accéléra tandis qu'elle scrutait à nouveau l'eau, ses yeux passant d'un endroit à un autre. Mais l'ombre avait disparu, ne laissant derrière elle que la surface lisse et sombre de l'océan. Elle sentit un sentiment de terreur monter dans sa poitrine, une peur froide et lancinante d'être observées, traquées par quelque chose d'invisible.

« C'était peut-être juste un poisson », suggéra-t-elle, même si elle savait que c'était une explication faible.

Elias secoua la tête. « Aucun poisson ne bouge comme ça. Quoi que ce soit, ce n'était pas naturel. »

Ses paroles restèrent suspendues dans l'air, lourdes de sous-entendus. Amelia essaya de calmer la panique qui montait en elle, mais ce fut difficile. L'idée que quelque chose se cachait juste en dessous d'elles, à l'abri des regards, envoya son imagination dans des spirales sombres. Et si les sirènes étaient déjà là, encerclant leur bateau, attendant le bon moment pour frapper ?

L'ombre réapparut, plus proche cette fois, effleurant juste sous la surface. Elle était plus grande qu'elle ne l'avait d'abord pensé, sa forme était indistincte mais indubitablement vivante. Le souffle d'Amelia s'arrêta alors qu'elle la regardait bouger, son cœur battant à tout rompre dans sa poitrine.

Avant qu'elle puisse parler, l'ombre s'enfuit, disparaissant dans les profondeurs avec une vitesse qui lui retourna l'estomac. C'était comme si la créature, quelle qu'elle soit, jouait avec eux, les taquinant avec de brefs aperçus de sa présence.

Elias jura à voix basse, ses yeux scrutant l'eau avec une urgence renouvelée. « Ils nous testent, marmonna-t-il. Ils essaient de voir à quelle distance ils peuvent s'approcher avant que nous réagissions. »

Amelia serra plus fort la rambarde, ses jointures devenant blanches. « Qu'est-ce qu'on fait ? »

« Nous maintenons le cap », a déclaré Elias, bien que sa voix soit tendue. « Nous ne les laissons pas nous effrayer. Ils veulent nous faire paniquer, nous faire commettre une erreur. Mais nous ne leur donnons pas cette satisfaction. »

Amelia hocha la tête, même si la peur qui la rongeait était presque écrasante. L'océan lui semblait soudain vaste et vide, un terrain de chasse pour prédateurs dont ils étaient la proie. Les sirènes jouaient avec elles, utilisant la mer elle-même comme arme, et Amelia ne pouvait rien faire d'autre que de s'accrocher et d'espérer qu'elles pourraient survivre au danger.

Les minutes passèrent, mais l'ombre ne revint pas. Mais le sentiment d'appréhension demeurait, lourd et oppressant, pesant sur elle comme le poids des profondeurs. Amelia savait que ce n'était que le début, un petit avant-goût de la terreur que les sirènes pouvaient déclencher.

Le calme de l'océan n'était qu'un mensonge, un piège cruel destiné à leur donner un faux sentiment de sécurité. Et tandis qu'elle se tenait là, le regard perdu dans l'abîme, Amelia ne pouvait se défaire du sentiment que le pire était encore à venir.

Un murmure dans le vent

Le soleil brillait haut dans le ciel, sa lumière frappait le bateau, mais la chaleur ne parvenait pas à dissiper la terreur qui s'installait dans les os d'Amelia. L'ombre n'était pas revenue, mais son absence ressemblait plus à un avertissement qu'à un sursis. Elle se tenait à la proue du bateau, les yeux fixés sur l'étendue d'eau infinie devant elle, mais son esprit était ailleurs, perdu dans un enchevêtrement de peur et d'incertitude.

Elias se déplaça à ses côtés, sa présence lui apportant un réconfort silencieux. Il avait tenu la barre pendant la majeure partie de la journée, les guidant d'une main ferme dans les eaux calmes, mais la tension dans ses épaules trahissait son inquiétude. Ils étaient tous deux à cran, attendant le prochain signe de la présence des sirènes, sachant que l'ombre dans l'eau n'était que le début.

« Nous nous rapprochons », dit doucement Elias, son regard scrutant l'horizon.

Amelia hocha la tête, même si elle ne savait pas s'il lui parlait ou à elle. L'air avait changé à nouveau, le silence brisé par une légère brise qui semblait porter un murmure dans son souffle, un son si doux qu'il était presque imperceptible. C'était comme l'écho d'une mélodie lointaine, juste hors de portée, taquinant les confins de sa conscience.

Elle s'efforça de l'entendre, son cœur s'accélérant tandis que le murmure devenait plus fort, plus distinct. Ce n'était pas seulement un son, c'était une voix, faible et éthérée, dérivant dans le vent comme une berceuse. Le souffle d'Amelia se bloqua dans sa gorge lorsqu'elle reconnut la voix, la même qui hantait ses rêves depuis qu'ils avaient mis les voiles. C'était l'appel de la sirène, qui l'appelait avec une douceur qui trahissait le danger qu'elle représentait.

« Tu entends ça ? » demanda-t-elle d'une voix à peine plus forte qu'un murmure.

Elias fronça les sourcils, pencha la tête comme s'il écoutait, mais il secoua la tête. « Je n'entends rien. »

Les sourcils d'Amelia se froncèrent. Comment ne l'avait-il pas entendu ? La voix était si claire, si insistante, elle l'attirait avec une force irrésistible. Elle ferma les yeux, essayant de faire abstraction de tout le reste, de se concentrer sur les mots qui flottaient dans l'air. Ils étaient doux, à peine plus qu'un murmure, mais ils portaient un poids qui lui faisait mal au cœur.

« Viens à moi », murmura la voix, douce et câline. « Je t'attends, Amélia. N'aie pas peur. »

Ses yeux s'ouvrirent brusquement et elle regarda autour d'elle avec frénésie, mais il n'y avait personne, seulement Elias, qui l'observait avec inquiétude. La voix résonnait dans sa tête, une présence fantomatique qui semblait bien réelle. Elle était différente de l'illusion de sa mère, plus directe, plus personnelle. La sirène connaissait son nom, connaissait ses peurs, et elle s'en servait pour l'attirer.

Amelia pressa ses mains contre ses oreilles, essayant de faire taire le son, mais il devenait de plus en plus fort, de plus en plus insistant. La voix était comme un doux poison, s'infiltrant dans son esprit, obscurcissant ses pensées de promesses de paix et de sécurité. C'était tout ce qu'elle avait toujours voulu, tout ce qu'elle avait recherché, et c'était à portée de main.

« Amelia, reste avec moi », dit Elias d'une voix ferme tandis qu'il la prenait par les épaules. Son contact la rattrapait, un lien avec la réalité auquel elle s'accrochait désespérément. « Quoi que tu entendes, ce n'est pas réel. C'est la sirène qui essaie de t'entraîner dans l'abîme. »

Elle hocha la tête, même si l'effort pour garder l'esprit clair était presque trop grand. La voix était si apaisante, si réconfortante, qu'elle lui donna envie de lâcher prise, de s'abandonner à l'attraction de l'océan et de sombrer dans ses profondeurs. Mais elle ne pouvait pas, elle ne voulait pas. Pas après tout ce qu'ils avaient traversé.

« Amelia, concentre-toi », lui dit Elias en la secouant doucement. « Écoute-moi. Tu es plus forte que ça. Tu peux te battre. »

Amelia prit une inspiration tremblante, se forçant à se concentrer sur les paroles d'Elias, sur la sensation de ses mains sur ses épaules, sur la solidité du bateau sous ses pieds. La voix dans sa tête était toujours là, lui murmurant ses tentations, mais elle la repoussa, se concentrant sur la réalité qui l'entourait. Elle pouvait le faire, elle devait le faire.

« Il devient de plus en plus fort », dit-elle d'une voix tremblante. « C'est comme s'il savait ce que je veux, ce dont j'ai peur. »

L'expression d'Elias se durcit. « C'est comme ça qu'ils fonctionnent. Ils s'attaquent à vos désirs les plus profonds, à vos peurs. Ils savent exactement quoi dire pour vous briser. »

Amelia déglutit, la gorge sèche. « Comment pouvons-nous lutter contre cela ? »

« Nous restons unis », a déclaré Elias avec fermeté. « Nous gardons l'esprit clair et nous concentrons sur l'objectif. Les sirènes ne peuvent pas nous toucher si nous ne les laissons pas faire. Elles essaient de nous affaiblir, de nous séparer les uns des autres et de la réalité. Mais nous ne les laisserons pas faire. »

Ses paroles lui donnèrent de la force, une petite étincelle d'espoir au milieu de l'obscurité qui les entourait. Elle hocha la tête, sa résolution se renforçant. Les sirènes connaissaient peut-être ses peurs, mais elle n'allait pas céder. Elle n'allait pas les laisser gagner.

La voix s'éteignit, ses murmures devinrent lointains jusqu'à n'être plus qu'un écho au fond de son esprit. La brise s'apaisa et le calme revint, mais le malaise persista. Amelia savait que ce n'était pas fini, que les sirènes étaient toujours là, à surveiller, attendant la prochaine occasion de frapper.

Mais elle était prête. Ils l'étaient tous les deux.

Alors que le bateau naviguait, sillonnant les eaux calmes avec détermination , Amelia se tenait debout à côté d'Elias, les yeux fixés sur l'horizon. Les sirènes avaient essayé de la briser, mais elles n'avaient fait que la rendre plus forte. Elle ne les laisserait pas la prendre, elle ne les laisserait prendre aucun d'eux. Pas maintenant. Pas jamais.

Dans l'abîme

Le soleil commençait à descendre lentement, jetant une teinte dorée sur l'eau à mesure que la journée avançait. Le calme qui s'était installé après le murmure de la sirène ressemblait à un cessez-le-feu temporaire, la surface de l'océan semblant sereine. Mais sous cette apparence tranquille, Amelia le savait, quelque chose de bien plus sinistre se cachait.

Elias ajusta les voiles, guidant le bateau vers les eaux profondes qui s'étendaient devant lui. Ils pénétraient maintenant au cœur du territoire des sirènes, là où le fond de l'océan plongeait dans un abysse sombre. L'air semblait plus lourd, épais sous le poids de l'inconnu, et Amelia ne pouvait se défaire du sentiment qu'ils étaient attirés dans un piège.

« Ça y est, dit Elias d'une voix ferme mais basse. Nous nous rapprochons de leur repaire. »

Amelia hocha la tête, serrant plus fort la rambarde tandis qu'elle scrutait le lointain. L'horizon était une ligne ininterrompue, l'eau sous eux était d'un bleu d'encre profond qui semblait s'étendre à l'infini. C'était comme si l'océan lui-même était vivant, une entité vivante qui vibrait d'une énergie invisible.

« Nous devons être prêts à tout, poursuivit Elias, les yeux scrutant l'eau. Ils essaieront de nous tromper, de nous attirer avec des illusions. Mais nous ne pouvons pas baisser la garde. »

Le cœur d'Amelia battait fort dans sa poitrine tandis qu'elle contemplait l'immensité de l'océan qui s'étendait devant eux. Le calme de l'eau était troublant, le silence n'étant rompu que par le léger craquement du bateau et le cri lointain d'une mouette. C'était trop calme, trop paisible, comme le calme avant une tempête.

Elle jeta un coup d'œil à Elias, dont le visage affichait une détermination farouche. Sa présence la réconfortait, lui rappelait qu'elle n'était pas seule dans cette situation. Mais la peur qui la rongeait depuis l'appel de la sirène n'avait pas disparu, elle n'avait fait que se renforcer, formant un nœud froid dans son estomac qui refusait de partir.

Alors que le bateau s'enfonçait dans l'abîme, le soleil baissait dans le ciel, projetant de longues ombres sur l'eau. La lumière faiblissait et avec elle, un sentiment de terreur envahissait le paysage. Amelia sentait l'attraction de l'océan sous eux, une traction subtile mais insistante qui semblait les attirer toujours plus loin dans les profondeurs.

« Voilà », dit soudain Elias en désignant l'horizon.

Amelia suivit son regard, plissant les yeux au loin. Au début, elle ne vit que le bleu infini de la mer, mais peu à peu, une forme commença à se dessiner. Elle était faible, presque imperceptible au début, mais à mesure qu'ils se rapprochaient, elle devint plus claire : un affleurement rocheux surgissant de l'eau, ses bords déchiquetés découpant le ciel.

« C'est ça, dit Elias d'une voix tendue. C'est là qu'ils sont. »

Amelia retint son souffle tandis qu'elle fixait l'affleurement. Il était plus petit qu'elle ne l'avait imaginé, un amas de rochers sombres et déchiquetés qui sortaient de l'océan comme les dents cassées d'une bête. L'eau qui l'entourait était plus sombre, presque noire, et scintillait d'une lumière surnaturelle qui lui faisait dresser les cheveux sur la tête.

À mesure qu'ils approchaient, l'air devenait plus froid, la chaleur du jour aspirée par une force invisible. Le bateau ralentit, le vent s'apaisant comme si les éléments eux-mêmes conspiraient contre eux. Le silence était oppressant, la tension si épaisse qu'elle était presque palpable.

« C'est ici qu'ils attirent les marins vers leur perte », murmura Elias, les yeux fixés sur les rochers. « Les sirènes utilisent leurs voix pour les attirer et les faire s'écraser contre les rochers. C'est ainsi qu'elles se nourrissent. »

Amelia frissonna à cette pensée, son regard fixé sur l'affleurement. Elle pouvait presque voir ce qui se passait : les bateaux s'écrasaient contre les rochers, leurs équipages se perdaient dans les profondeurs, leurs derniers cris étaient engloutis par la mer. C'était un cimetière, un lieu de mort et de désespoir, et pourtant ils étaient là, naviguant droit dans ses mâchoires.

« Il faut faire attention », dit Elias, brisant le silence. « Reste près de moi, et quoi que tu fasses, ne les écoute pas. Ils essaieront de te troubler, de te faire voir des choses qui ne sont pas réelles. Mais nous ne pouvons pas les laisser entrer dans nos têtes. »

Amelia hocha la tête, la bouche sèche alors qu'elle essayait de ravaler sa peur. Elle pouvait sentir l'attraction de l'abîme en contrebas, le poids de l'océan qui pesait de tous côtés. C'était comme si la mer elle-même était vivante, une force malveillante qui voulait les entraîner dans les ténèbres.

Le bateau se rapprocha des rochers, l'eau devenant de plus en plus agitée à mesure qu'ils s'approchaient. Le cœur d'Amelia s'emballa, ses sens en alerte maximale alors qu'elle scrutait l'eau à la recherche du moindre signe de mouvement. Les sirènes étaient là, elle pouvait les sentir, leur présence telle une ombre tapie hors de vue.

Soudain, le bateau sursauta, la coque raclant contre quelque chose de dur. Amelia haleta, ses mains agrippant la rambarde alors qu'elle luttait pour garder l'équilibre. L'impact envoya une onde de choc à travers elle, le bruit du bois qui se fendait résonnant dans ses oreilles.

« Nous sommes trop près ! » cria-t-elle, la panique montant dans sa poitrine.

Elias était déjà à la barre, essayant de les éloigner des rochers, mais le bateau ne répondait pas. C'était comme si quelque chose s'était emparé d'eux, les entraînant plus près de l'affleurement malgré les efforts d'Elias. L'eau tourbillonnait autour d'eux, les vagues devenant plus violentes à mesure qu'ils étaient attirés vers les rochers déchiquetés.

« Attendez ! » hurla Elias, sa voix à peine audible par-dessus le rugissement de la mer.

Amelia s'accrocha à la rambarde, les jointures blanches, tandis que le bateau tanguait à nouveau, les rochers se rapprochant de plus en plus. L'eau écumait et s'écrasait autour d'eux, les vagues s'élevaient de plus en plus haut, et pendant un instant, elle crut qu'ils allaient être brisés en morceaux, tout comme les navires avant eux.

Mais soudain, l'attraction cessa. Le bateau tangua violemment mais resta intact, dérivant vers des eaux plus calmes tandis que le vent se levait à nouveau. Amelia respirait par à-coups, son cœur battait fort dans ses oreilles tandis qu'elle regardait autour d'elle, essayant de comprendre ce qui venait de se passer.

Elias respirait bruyamment, les mains toujours agrippées au gouvernail tandis qu'il regardait les rochers. « Ils essaient de nous faire peur », dit-il d'une voix rauque. « Mais nous ne pouvons pas reculer maintenant. Nous sommes trop près. »

Amelia hocha la tête, même si son corps tremblait sous l'effet de l'adrénaline et de la peur. Elle sentait la présence des sirènes tout autour d'elles, une force invisible qui tirait sur les bords de son esprit, essayant de la faire sombrer. Mais elle n'allait pas les laisser gagner. Pas maintenant, pas après tout ce qu'elles avaient traversé.

Alors que le bateau se stabilisait, elle respira profondément, s'obligeant à se concentrer. L'affleurement était toujours devant eux, sombre et menaçant, mais ils étaient arrivés jusqu'ici. Ils étaient plus près que jamais de trouver la vérité, d'affronter les sirènes et de découvrir leurs secrets.

Et peu importe ce qui les attendait dans les profondeurs, Amelia savait qu'ils devaient aller jusqu'au bout.

CHAPTER 7

Chapitre 6 : Le prix de la curiosité

Les conséquences invisibles

La mer était d'un calme inquiétant alors que le bateau s'éloignait du repaire des sirènes. Le soleil avait plongé sous l'horizon, laissant le monde baigné d'un profond crépuscule. Amelia s'appuya contre la rambarde, les yeux fixés sur l'eau sombre, essayant de se débarrasser du sentiment de malaise qui s'était installé sur elle comme une lourde couverture. L'adrénaline de leur fuite imminente s'estompait, remplacée par une terreur froide qui la rongeait de l'intérieur.

Elias était à la barre, la mâchoire serrée, tandis qu'il naviguait dans les eaux. Il n'avait pas dit grand-chose depuis qu'ils avaient quitté l'affleurement rocheux, et le silence entre eux était lourd de craintes non exprimées. Le bateau craquait tandis qu'il tanguait doucement au gré des vagues, mais quelque chose clochait , quelque chose qu'Amelia n'arrivait pas à mettre le doigt dessus.

Alors qu'elle se tenait là, perdue dans ses pensées, une brise froide balaya le pont, la faisant frissonner. Elle se retourna pour retourner à la cabine, mais s'arrêta lorsqu'elle remarqua quelque chose d'étrange. Une petite boussole décorée qui avait été fixée à la table de navigation était maintenant posée sur le sol, son aiguille tournoyant sauvagement. Amelia fronça les sourcils, la ramassa et la retourna dans ses mains.

« Je jure que j'ai bien sécurisé ça », murmura-t-elle en regardant autour d'elle comme si elle attendait une explication du vide. Elle remit la boussole sur la table, s'assurant qu'elle était correctement fixée cette fois.

Au moment où elle s'apprêtait à partir, un léger murmure parvint à ses oreilles. C'était à peine audible, un doux murmure porté par la brise, mais il la figea sur place. Le son provenait du pont inférieur, où se trouvait la cale. Pendant un moment, elle resta immobile, écoutant attentivement, son cœur battant dans sa poitrine. Le murmure continua, devenant légèrement plus fort, mais toujours trop faible pour distinguer les mots.

La peau d'Amelia se mit à picoter de malaise tandis qu'elle se dirigeait prudemment vers la source du bruit. Elle descendit l'étroit escalier menant à la cale, sa main traînant le long du mur froid et humide. Le murmure devint plus clair, un doux bourdonnement mélodieux qui semblait résonner jusqu'à la structure même du navire.

Elle atteignit le bas de l'escalier, respirant par à-coups tandis qu'elle scrutait l'obscurité. La cale était faiblement éclairée par une seule lanterne se balançant à un crochet, projetant des ombres étranges qui dansaient sur les murs. Amelia pouvait voir les caisses et les barils soigneusement empilés en rangées, mais il n'y avait aucun signe de quelqu'un - ou de quoi que ce soit - qui aurait pu faire du bruit.

« Allo ? » cria-t-elle doucement, la voix tremblante.

Les murmures cessèrent brusquement, plongeant la cale dans un silence oppressant. Le cœur d'Amelia s'emballa tandis qu'elle avançait d'un pas hésitant, ses yeux scrutant la pièce à la recherche d'un quelconque signe de mouvement. Son pied se coinça dans quelque chose et elle trébucha, se rattrapant juste à temps. Lorsqu'elle baissa les yeux, elle vit ce qui l'avait fait trébucher : une petite figurine sculptée posée sur le sol.

Amelia se pencha pour le ramasser, ses doigts effleurant le bois lisse. C'était une vieille silhouette de marin, usée par le temps, comme celles qu'on trouve dans un musée maritime. Les détails étaient exquis, mais il y avait quelque chose de troublant dans cette silhouette : les yeux étaient grands ouverts et creux, comme si l'âme du marin avait été piégée à l'intérieur.

Un frisson soudain lui parcourut l'échine et elle lâcha la figurine comme si elle l'avait brûlée. Les murmures recommencèrent, cette fois plus forts et plus insistants, résonnant contre les parois de la cale. Amelia recula, le cœur battant à tout rompre. Elle se retourna et monta les escaliers en courant, regagnant le pont où l'air frais de la nuit la frappa comme une claque.

Elle s'appuya contre la rambarde, essayant de reprendre son souffle, mais la peur s'accrochait à elle, refusant de la lâcher. La boussole sur la table tournait à nouveau, son aiguille pointant dans toutes les directions à la fois. Amelia pouvait sentir le poids de l'océan se presser autour d'elles, l'obscurité de l'abîme s'infiltrant dans ses os.

« Élias ! » cria-t-elle, la voix tremblante.

Elias apparut à la barre, le visage pâle et tiré. « Qu'est-ce qui ne va pas ? » demanda-t-il, les yeux plissés en voyant la peur dans son expression.

« J'ai... j'ai entendu quelque chose, » balbutia Amelia. « Sous le pont. Il y avait des murmures, et... et ça. » Elle brandit la petite figurine, les mains tremblantes.

Elias lui prit la figurine, les sourcils froncés, tandis qu'il l'examinait. « Elle n'était pas là avant, dit-il à voix basse. Où l'as-tu trouvée ? »

« Dans la soute. Il était juste... couché là. »

Elias la regarda, l'air sombre. « Nous devons rester vigilants. L'influence des sirènes pourrait être plus forte que nous le pensions. »

Amelia hocha la tête, sa peur s'intensifiant. Elle pouvait la sentir à présent, une présence sinistre se cachant dans l'ombre, observant chacun de leurs mouvements. L'océan autour d'eux n'était plus seulement de l'eau ; c'était une extension de la volonté des sirènes, et ils étaient pris dans son emprise.

Alors que la nuit s'approfondissait et que les étoiles apparaissaient dans le ciel, Amelia et Elias réalisèrent qu'ils n'étaient plus seuls. Les sirènes les avaient suivis et le prix de leur curiosité commençait seulement à se révéler.

La tension monte

Le silence sur le bateau était étouffant. Les seuls sons étaient le doux clapotis des vagues contre la coque et le cri lointain des oiseaux de mer. Amelia et Elias étaient assis l'un en face de l'autre dans la petite cabine, la faible lumière de la lampe à huile projetant de longues ombres sur leurs visages. L'air entre eux était lourd de tension, aucun des deux ne voulant rompre le silence en premier.

Amelia sentait le poids du regard d'Elias sur elle, mais elle refusait de le regarder dans les yeux. Son esprit était encore sous le choc des événements de l'heure écoulée : les murmures, la figurine inquiétante, la boussole qui tournait. Elle essayait de se convaincre que ce n'était que son imagination, mais la peur qui la rongeait de l'intérieur lui disait le contraire.

Elias parla enfin, d'une voix basse et tendue. « Tu n'aurais pas dû descendre seul sous le pont. »

Amelia se hérissa en entendant son ton, sa propre frustration remontant à la surface. « Je n'avais pas le choix. J'ai entendu quelque chose, Elias. Je ne pouvais pas l'ignorer. »

« Mais maintenant, tu as ramené quelque chose avec toi », dit-il sèchement, les poings serrés sur la table. « Tu as entendu les murmures. Tu as trouvé cette... chose. Tu ne vois pas ? Tu as aggravé les choses. »

Amelia s'emporta. « N'ose pas me reprocher ça ! Nous sommes tous les deux dans le même bateau. Tu voulais explorer le repaire des sirènes autant que moi. »

Les yeux d'Elias brillèrent de colère. « Je voulais trouver des réponses, Amelia, pas inviter leur malédiction sur ce bateau ! »

Un silence tendu s'installa entre eux, le poids de leur dispute planant dans l'air. Amelia sentit un pincement de culpabilité, mais elle le repoussa, refusant de reculer. Elle avait peur, certes, mais elle n'allait pas laisser Elias la rendre responsable de ce qui se passait.

« Tu ne crois pas que j'ai peur moi aussi ? » dit Amelia, la voix tremblante d'émotion. « Je ne sais pas plus que toi ce qui se passe, mais nous ne pouvons pas commencer à nous attaquer l'un à l'autre. Si nous le faisons, nous ne nous en sortirons jamais. »

Elias se renversa dans son fauteuil et se frotta les tempes comme pour se protéger d'un mal de tête. « Je sais, admit-il doucement. Mais ça... quoi que ce soit, ça empire. Nous devons comprendre à quoi nous avons affaire avant qu'il ne soit trop tard. »

Amelia soupira, la lutte s'évanouissant. « Je suis d'accord. Mais nous devons rester calmes. Paniquer ne fera qu'empirer les choses. »

Elias hocha la tête, même si la tension dans ses épaules ne se calmait pas. Il se leva brusquement, se dirigea vers la petite fenêtre et regarda l'océan sombre. « Nous manquons de temps, Amelia, dit-il doucement. Nous ne savons pas quelle est la puissance réelle des sirènes, ni de quoi elles sont capables. Mais si elles nous ont marqués... si elles ont maudit ce bateau... »

Sa voix s'éteignit et Amelia savait qu'il pensait la même chose qu'elle : qu'ils ne s'en sortiraient peut-être pas vivants.

« Nous allons trouver une solution », a-t-elle dit, essayant d'insuffler un peu de confiance dans sa voix. « Nous sommes arrivés jusqu'ici, n'est-ce pas ? Il faut juste rester concentrés et continuer à avancer. »

Elias se tourna vers elle, son expression indéchiffrable. « Et si on ne peut pas ? S'ils sont trop forts pour nous ? »

Amelia hésita, cherchant les mots justes. « Alors nous ferons ce que nous pouvons pour survivre », dit-elle finalement. « Mais nous n'abandonnerons pas. »

La détermination dans sa voix sembla atteindre Elias, et il hocha lentement la tête. « Très bien, dit-il, sa voix plus ferme à présent. Nous continuons. Mais nous devons être prudents. Plus besoin de partir seuls, plus de risques. Nous devons rester ensemble et nous protéger les uns les autres. »

« D'accord, dit Amelia, soulagée. Nous allons nous en sortir, Elias. Nous devons ... »

Mais alors même qu'elle prononçait ces mots, un doute persistant s'insinuait dans son esprit. L'influence des sirènes commençait déjà à faire des ravages sur elles, et elle ne pouvait se défaire du sentiment qu'elles marchaient sur une ligne très ténue, une ligne qui pourrait facilement se briser sous le poids de leur peur.

Tandis qu'ils étaient assis dans la cabine, essayant de reprendre le contrôle de la situation, un silence soudain et inquiétant s'abattit sur le bateau. Les vagues qui les berçaient doucement quelques instants auparavant semblèrent s'apaiser et les cris lointains des oiseaux de mer cessèrent. C'était comme si le monde s'était arrêté, retenant son souffle par anticipation.

Amelia et Elias échangèrent des regards inquiets, tous deux ressentant le changement d'atmosphère. L'air était lourd, chargé d'une étrange énergie qui fit dresser les cheveux sur la nuque d'Amelia.

Puis, dans le silence, un léger craquement se fit entendre. Au début, il était faible, à peine perceptible, mais il devint plus fort, plus insistant. Le bateau gémit comme s'il était soumis à une forte pression, le bois se tendant contre lui-même. Le cœur d'Amelia s'emballa tandis qu'elle écoutait, essayant de localiser la source du bruit.

Elias se dirigea vers la porte, la main sur le loquet. « Reste ici », ordonna-t-il, mais Amelia était déjà debout, secouant la tête.

« Pas question. On ne se sépare pas, tu te souviens ? »

Elias hésita, puis hocha la tête. Ensemble, ils sortirent sur le pont, le craquement inquiétant résonnant toujours autour d'eux. Le bateau semblait maintenant osciller plus fortement, comme pris dans un courant invisible. Le ciel était d'un noir d'encre profond, sans étoiles pour les guider, et l'air était épais et d'un silence oppressant.

Alors qu'ils s'approchaient de la proue, les craquements devinrent plus forts, plus frénétiques, jusqu'à devenir une cacophonie de bruits qui couvraient tout le reste. Amelia sentit un froid profond et glacial s'infiltrer dans sa peau, et elle réalisa avec sursaut que le bateau ne bougeait plus. C'était comme s'ils étaient figés sur place, ancrés à une force invisible sous les vagues.

Amelia attrapa le bras d'Elias, sa peur augmentant tandis qu'elle murmurait : « Que se passe-t-il ? »

Elias ne répondit pas, les yeux fixés sur l'eau sombre devant eux. Pendant un long moment, ils restèrent là, paralysés par l'iniquité de la situation.

Puis, aussi soudainement qu'il avait commencé, le grincement cessa. Le bateau s'élança en avant, se libérant de ce qui le maintenait en place. La tension dans l'air se dissipa, ne laissant de nouveau que le doux son rythmé des vagues.

Mais la peur persistait. L'océan leur avait rappelé son pouvoir, et Amélia savait que les sirènes étaient loin d'en avoir fini avec eux.

Le pouvoir de la relique

La tension provoquée par cette rencontre troublante persistait encore lorsqu'Amelia et Elias retournèrent à la cabane. Tous deux étaient à cran, leurs nerfs à vif à cause des événements inexplicables de la nuit. La cabane semblait plus petite maintenant, plus confinée, l'air épais de malaise. Elias s'assit à la petite table, ses doigts tambourinant sur un rythme agité tandis qu'il fixait la figurine qu'Amelia avait trouvée plus tôt.

« Qu'est-ce que tu crois que c'est ? » demanda Amelia, brisant le silence. Sa voix était douce, presque hésitante, comme si parler trop fort risquait de provoquer d'autres événements étranges.

Elias ramassa la figurine et la retourna entre ses mains. « C'est un marin », dit-il d'un ton neutre, mais il y avait quelque chose dans ses yeux – une lueur de reconnaissance, ou peut-être de peur – qui mit Amelia mal à l'aise.

« Je le vois bien », répondit-elle, essayant de garder un ton léger, même si son cœur n'y était pas. « Mais pourquoi était-il dans la soute ? Et pourquoi est-ce que ça semble… bizarre ? »

Elias ne répondit pas tout de suite. Il étudia la petite sculpture, les sourcils froncés de concentration. La figurine était vieille, le bois patiné et lisse par des années de manipulation, mais ce sont les yeux qui retinrent l'attention d'Elias. Ils étaient creux, vides, mais il y avait quelque chose de presque vivant en eux, comme si la figurine l'observait.

Finalement, il leva les yeux, l'air sérieux. « Ce n'est pas juste une sculpture, Amelia. C'est quelque chose de plus. J'ai déjà vu des choses comme ça avant... quand j'étais enfant et que je vivais au bord de la mer. »

L'intérêt d'Amelia fut piqué malgré sa peur. « Que veux-tu dire ? Qu'est-ce que c'est ? »

Elias posa la figurine sur la table entre eux, sa main s'attardant dessus un moment avant de s'éloigner. « C'est une relique, dit-il doucement. Un talisman, peut-être. Les marins avaient l'habitude de les porter comme des charmes pour se protéger des dangers de la mer. Mais celle-ci... celle-là semble différente. C'est comme si elle avait été... corrompue. »

« Corrompu ? » répéta Amélia, le cœur battant.

— Ouais, acquiesça Elias. Je ne sais pas comment l'expliquer, mais il y a quelque chose de sombre dans cette chose. Quelque chose d'anormal.

Amelia se pencha en avant, les yeux fixés sur la figurine. Les yeux creux du marin semblaient la transpercer et un frisson lui parcourut l'échine. « Tu crois que c'est lié aux sirènes ? »

« Je ne sais pas, admit Elias, la voix serrée de frustration. Mais il est apparu juste après que nous ayons quitté le repaire des sirènes, et cela ne peut pas être une coïncidence. C'est peut-être un avertissement, ou une menace. Peut-être que c'est quelque chose qu'ils ont placé pour nous garder sous leur contrôle. »

Amelia sentit une terreur glaciale s'installer dans son estomac. « Mais pourquoi auraient-ils besoin d'un talisman pour faire ça ? Ils ont déjà leur voix, leurs chansons. »

« Peut-être que c'est juste une autre façon d'entrer dans nos têtes », a suggéré Elias, même s'il n'avait pas l'air convaincu. « Ou peut-être que cela fait partie de quelque chose de plus grand. Quelque chose que nous ne comprenons pas encore. »

Cette pensée fit frissonner Amelia. Elle ne parvenait pas à se défaire du sentiment que la figurine les observait, qu'elle était bien plus qu'un simple objet inanimé. « Qu'est-ce qu'on en fait ? » demanda-t-elle d'une voix à peine plus forte qu'un murmure.

Elias hésita. « Je ne suis pas sûr », avoua-t-il. « Mais je pense que nous devrions garder cela à l'esprit. Cela peut être dangereux, mais cela pourrait aussi être la clé pour comprendre ce qui nous arrive. »

Amelia n'était pas sûre que ce soit une bonne idée, mais elle hocha la tête quand même. « D'accord. Mais nous devons être prudents. Si cette chose est aussi dangereuse que tu le penses, nous ne pouvons prendre aucun risque. »

Elias croisa son regard, l'air sombre. « D'accord. Nous le garderons ici, sous clé, et nous n'y toucherons pas à moins d'y être obligés . »

Sur ce, Elias se leva de table et sortit une petite boîte en métal de l'un des compartiments de rangement. Il y plaça la figurine et verrouilla la boîte, la rangeant dans un tiroir sécurisé. Amelia l'observa, ressentant un léger soulagement maintenant que la figurine était hors de vue.

Mais lorsque le tiroir se referma, elle ne put s'empêcher de penser que le pouvoir de la relique n'avait pas été contenu. La cabine ne semblait pas plus sûre qu'avant, l'air toujours chargé d'une présence invisible. Elle savait qu'ils avaient affaire à des forces bien au-delà de leur compréhension, des forces qui ne respectaient pas les règles du monde naturel.

Elias retourna à son siège, se frottant les tempes comme pour se protéger d'un mal de tête. « Nous devons rester concentrés », dit-il, bien que sa voix soit tendue. « Quoi qu'il arrive, nous ne pouvons pas laisser cette... quoi que ce soit, prendre le dessus sur nous. »

Amelia hocha la tête, mais la peur qui la rongeait de l'intérieur ne pouvait pas être si facilement écartée. « Et si nous ne pouvions pas lutter, Elias ? Et s'il était déjà trop tard ? »

Elias ne répondit pas tout de suite. Il la regarda et pendant un instant, elle vit une lueur de doute dans ses yeux. Mais il redressa les épaules, son expression se durcissant de détermination. « Il n'est pas trop tard, dit-il fermement. Nous contrôlons toujours ce bateau et nous sommes toujours nous-mêmes. Tant que nous ne perdons pas cela de vue, nous pouvons vaincre cette épreuve. »

Amelia voulait le croire, voulait garder l'espoir qu'ils pourraient trouver une issue à ce cauchemar. Mais au fond, elle savait que l'océan détenait des secrets qu'ils ne pouvaient même pas commencer à comprendre, et que la relique dans le tiroir n'était qu'une petite pièce d'un puzzle bien plus grand, un puzzle qui pourrait leur coûter plus cher que ce qu'ils étaient prêts à payer.

Tandis qu'ils étaient assis dans la pénombre de la cabine, le bruit des vagues les berçant dans un silence tendu, Amelia ne pouvait s'empêcher de se demander quelles autres horreurs l'océan leur réservait. Le pouvoir de la relique commençait à peine à se révéler et, à chaque instant qui passait, elle sentait l'abîme les attirer plus profondément dans son étreinte sombre.

Visions dans l'obscurité

La nuit se fit plus froide tandis qu'Amelia était allongée dans sa couchette, les yeux fixés sur le plafond. Le léger craquement du bateau était habituellement réconfortant, mais maintenant il ne faisait qu'ajouter à son malaise. Les événements de la journée se déroulaient en boucle dans son esprit : le calme inquiétant de l'océan, la figurine et les propos d'Elias sur les malédictions et les talismans corrompus. Le sommeil semblait être une possibilité lointaine.

Elle ferma les yeux, essayant de s'endormir , mais dès que ses paupières se fermèrent, l'obscurité derrière eux sembla tourbillonner et pulser, comme si elle était vivante. La respiration d'Amelia s'accéléra. Elle avait l'impression que quelque chose était dans la pièce avec elle, l'observant, l'attendant.

Lorsqu'elle ouvrit les yeux, la cabine était plus sombre que dans ses souvenirs. La lampe à huile sur la table clignotait faiblement, projetant de longues ombres ondulantes sur les murs. Un frisson la parcourut et elle resserra la couverture autour d'elle, mais cela ne parvint pas à repousser le froid qui s'infiltrait dans ses os.

Amelia essaya de se raisonner. Ce n'est que le fruit de ton imagination, pensa-t-elle. C'est le stress de la journée, c'est tout. Mais au fond d'elle-même, elle savait que ce n'était pas si simple. Quelque chose clochait, terriblement, et elle ne pouvait plus l'ignorer.

Elle se redressa, ses yeux parcourant la pièce. Tout semblait normal, mais la sensation d'être observée ne la quittait pas. Son regard tomba sur le tiroir où Elias avait enfermé la figurine. Une terrible curiosité la rongea, la poussant à vérifier si la relique était toujours bien rangée.

Les mains tremblantes, Amelia se glissa hors de sa couchette et se dirigea tranquillement vers le tiroir. Elle hésita, le cœur battant dans sa poitrine, avant de l'ouvrir. La boîte en métal était toujours là, sa surface luisant faiblement dans la faible lumière. Un soulagement l'envahit, mais il fut de courte durée.

Alors qu'elle tendait la main vers la boîte, un bruit soudain et aigu brise le silence. C'était faible, presque imperceptible, mais il la figea sur place. Le son était comme une mélodie lointaine, flottant dans l'air, douce et obsédante. Le souffle d'Amelia s'arrêta lorsqu'elle reconnut la mélodie - c'était la même chanson étrange qu'elle avait entendue plus tôt dans la journée, celle qui les avait attirées dans l'antre des sirènes.

La musique se fit plus forte, plus insistante, emplissant la cabine de son son surnaturel. C'était à la fois beau et terrifiant, une mélodie qui tirait son âme jusqu'à la pousser à la suivre.

La main d'Amelia planait au-dessus de la boîte en métal. Elle pouvait sentir l'attrait de la chanson, la façon dont elle enveloppait ses pensées, brouillant son jugement. C'était comme si les sirènes l'appelaient une fois de plus, essayant de la ramener dans leur emprise.

Mais cette fois, l'appel venait de l'intérieur du bateau lui-même, de la relique.

« Non, murmura-t-elle en secouant la tête dans une tentative désespérée de se vider l'esprit. Je ne t'écouterai pas. »

La chanson ne s'est pas calmée. Elle est devenue plus forte, plus séduisante, comme pour se moquer de sa résistance. Amelia a pressé ses mains contre ses oreilles, mais cela n'a pas réussi à étouffer le son. La mélodie s'est infiltrée dans ses pensées, s'est faufilée dans ses souvenirs, les transformant en quelque chose de sombre et d'inconnu.

Soudain, la pièce changea. Les murs semblèrent se tordre et se déformer, les ombres sur eux dansant comme des créatures vivantes. Amelia recula en titubant, sa vision se brouillant tandis que la cabine se transformait autour d'elle. Ce n'était plus l'espace exigu qu'elle connaissait, mais plutôt une vaste étendue sombre, comme les profondeurs de l'océan.

Elle se tenait sur le pont du bateau, mais ce n'était plus comme avant. Le ciel était d'un noir surnaturel, dépourvu d'étoiles ou de clair de lune, et l'océan en contrebas bouillonnait d'une énergie menaçante. L'air était chargé d'une odeur de sel et d'autre chose, quelque chose de métallique, comme du sang.

Le cœur d'Amelia s'emballa tandis qu'elle observait ce qui l'entourait. Ce n'était pas un rêve. Cela semblait trop réel, trop vivant. Elle sentait le vent froid sur sa peau, l'humidité des embruns sur son visage. Le bateau dérivait dans une mer de ténèbres, et le chant des sirènes résonnait tout autour d'elle, de plus en plus fort, de plus en plus insistant.

Elle regarda par-dessus le bord du bateau, le souffle coupé lorsqu'elle les vit : des silhouettes se déplaçant sous l'eau, leurs formes changeantes et indistinctes. C'étaient les sirènes, mais pas comme elle les avait vues auparavant. Elles étaient plus sombres, plus monstrueuses, leurs yeux brillant d'une lumière surnaturelle alors qu'elles nageaient juste sous la surface.

L'une d'elles s'est brisée à travers l'eau, s'élevant pour rencontrer son regard. Son visage était une parodie de beauté tordue, avec des traits anguleux et tranchants et des yeux qui semblaient percer son âme. Les lèvres de la sirène se sont retroussées en un sourire, révélant des rangées de dents acérées comme des rasoirs.

Amelia recula en titubant, la terreur la tenaillant de l'intérieur. Le chant des sirènes se fit plus fort, emplissant son esprit de visions – des visions des profondeurs, des ténèbres qui l'attendaient si elle succombait à leur appel.

« Amelia », murmura une voix, et elle se retourna pour voir Elias debout sur le pont. Son visage était pâle, ses yeux écarquillés de peur alors qu'il la regardait. Mais il y avait quelque chose de bizarre chez lui, quelque chose qui lui glaça le sang.

Elias fit un pas vers elle, ses mouvements étaient lents, réfléchis. « Viens avec moi », dit-il d'une voix basse et hypnotique. « Ils nous attendent. Ils t'attendent. »

« Non ! » cria Amélia en s'éloignant de lui. « Ce n'est pas réel. Tu n'es pas réel ! »

L'expression d'Elias se transforma en quelque chose de sombre, de cruel. « Tu ne peux pas les combattre, Amelia. Tu appartiens à l'abîme maintenant. Abandonne-toi. »

La vision d'Amelia se brouillait, le monde autour d'elle devenait incontrôlable. Elle sentait l'attraction de la chanson, l'attraction incessante de l'abîme, mais elle luttait contre elle de toutes ses forces.

« Non, murmura-t-elle d'une voix tremblante. Je ne céderai pas. »

La sirène sous l'eau poussa un cri perçant, ses yeux flamboyants de fureur. L'obscurité se referma sur Amélia, le froid s'infiltrant jusqu'à ses os. Elle se sentit glisser, perdre pied avec la réalité, mais elle tint bon, refusant d'être engloutie par l'abîme.

Avec un dernier cri désespéré, Amelia ferma les yeux, souhaitant que le cauchemar prenne fin. La chanson atteignit un paroxysme, une cacophonie de sons menaçant de la déchirer.

Et puis, aussi soudainement qu'il avait commencé, le bruit s'est arrêté.

Amelia haleta et ouvrit brusquement les yeux. Elle était de retour dans la cabine, entourée des murs et des meubles familiers. La lampe à huile clignotait faiblement sur la table et la boîte en métal était toujours enfermée dans le tiroir.

Elle tremblait, son corps était trempé de sueur froide. Son cœur battait fort dans sa poitrine alors qu'elle essayait de reprendre son souffle. La vision lui avait semblé si réelle, si vive, mais elle avait disparu à présent, ne laissant dans son esprit que la peur persistante et le faible écho du chant des sirènes.

Amelia s'effondra sur sa couchette, enroula ses bras autour d'elle alors qu'elle essayait de calmer sa respiration. Quoi qu'il se soit passé, ce n'était pas fini. Les sirènes jouaient avec elle, testaient sa détermination, et elle savait qu'elles reviendraient.

Mais pour l'instant, elle était en sécurité – du moins, aussi en sécurité qu'elle pouvait l'être sur ce maudit bateau.

L'obscurité à l'extérieur de la cabine était calme, l'océan était redevenu calme. Mais Amélia savait qu'il ne fallait pas se fier au silence. L'abîme était patient et ses tentations étaient loin d'être terminées.

L'avertissement

Le lendemain matin, Amélia se réveilla au son des vagues clapotant doucement contre la coque du bateau. La lumière du soleil qui traversait le petit hublot contrastait fortement avec les visions sombres qui l'avaient hantée la nuit précédente. Elle resta immobile un moment, laissant la chaleur du soleil chasser le froid persistant qui s'accrochait à sa peau.

Elias était déjà debout, se déplaçant dans la cabine avec une intensité tranquille. Son expression était prudente, comme s'il avait lui aussi été touché par l'étrangeté de la nuit. Il lui jeta un bref coup d'œil, mais il y avait dans ses yeux une distance qui n'était pas là auparavant.

« Tu as dormi ? » demanda-t-il, la voix rauque à cause du manque d'usage.

« Pas grand-chose », répondit Amelia en se redressant pour s'asseoir sur le bord de la couchette. Le sol semblait solide sous ses pieds, mais son esprit était encore instable, comme si elle marchait sur une fine ligne entre la réalité et les vestiges de ses cauchemars. « Et toi ? »

Elias secoua la tête. « Non. Je ne peux pas. Il y a quelque chose qui ne va pas. »

Amelia n'avait pas besoin de lui demander ce qu'il voulait dire. Elle le ressentait aussi : cette présence pesante qui semblait s'accrocher à l'air, cette terreur inexprimée qui s'était installée entre eux. Les événements de la nuit lui pesaient lourdement, et elle savait qu'ils ne pouvaient plus l'ignorer.

« Nous devons parler de ce qui se passe », a-t-elle dit, brisant le silence. « Des visions, de la chanson, de tout. »

Elias hocha la tête, mais il y avait une certaine hésitation dans ses mouvements. Il se dirigea vers la table et s'assit, passant une main dans ses cheveux pour rassembler ses pensées. « C'est comme si l'océan essayait de nous dire quelque chose », dit-il finalement. « Ou peut-être que ce sont les sirènes elles-mêmes. Quoi qu'il en soit, ce n'est pas juste un hasard. Il y a un schéma, un but derrière tout ça. »

Amelia le rejoignit à la table, ses yeux scrutant la cabine comme si elle s'attendait à ce que les ombres prennent vie à tout moment. « La nuit dernière, j'ai vu des choses... des choses qui n'auraient pas pu être réelles. J'étais sur le pont, mais c'était différent, plus sombre, plus tordu. Les sirènes étaient là, et... et tu étais là aussi. »

Elias leva brusquement les yeux. « Moi ? »

Elle hocha la tête, le cœur battant à tout rompre alors qu'elle se rappelait la peur qui l'avait saisie dans la vision. « Mais ce n'était pas vraiment toi. C'était comme... comme si tu étais contrôlée, comme s'ils t'utilisaient pour m'atteindre. Tu m'as dit de céder, de les laisser me prendre. »

L'expression d'Elias s'assombrit, ses poings se refermant sur la table. « Amelia, je ne... »

« Je sais, » l'interrompit-elle en tendant la main pour lui toucher la sienne. « Je sais que ce n'était pas toi. Mais c'était tellement réel, Elias. Et la chanson... elle était partout, elle me tirait, elle essayait de m'entraîner sous l'eau. »

La mâchoire d'Elias se crispa tandis qu'il enregistrait ses paroles. « Je l'ai entendu aussi », admit-il après un moment. « Pas aussi clairement que toi, mais c'était là, au fond de mon esprit. Un murmure, comme s'il essayait de s'infiltrer dans mes pensées. »

Amelia frissonna. « Tu crois que c'est la relique ? Qu'elle est en quelque sorte liée à tout ça ? »

Elias resta silencieux un long moment, le regard fixé sur le tiroir où ils avaient enfermé la figurine. « Il le faut, dit-il enfin. Depuis que nous l'avons trouvée, les choses sont... différentes. C'est comme si la relique amplifiait leur pouvoir, ce qui rend plus difficile notre résistance. »

Amelia déglutit difficilement. La pensée de la figurine, avec ses yeux creux et sa présence troublante, la remplit d'effroi. « Que faire ? On ne peut pas la laisser ici, mais on ne peut pas non plus la garder. »

Elias se leva brusquement, arpentant la petite cabine en essayant de réfléchir. « Nous devons trouver un moyen de le neutraliser », dit-il, sa voix teintée d'urgence. « Pour briser le lien qui existe entre le bruit et les sirènes. Il doit y avoir un moyen d'arrêter ça avant qu'il ne soit trop tard. »

« Mais comment ? » demanda Amelia, le désespoir se faisant sentir dans sa voix. « Nous ne savons même pas ce que c'est vraiment, ni comment ça marche. Nous naviguons à l'aveugle ici. »

Elias cessa de faire les cent pas et se tourna vers elle avec un regard déterminé. « Nous n'abandonnerons pas, Amelia. Il y a toujours un moyen. Nous devons juste comprendre ce qu'ils veulent, quel est leur objectif. Et une fois que nous l'aurons compris, nous l'utiliserons contre eux. »

Amelia voulait le croire, mais le poids des événements de la nuit l'empêchait de garder espoir. « Et si on n'y arrive pas ? »

L'expression d'Elias s'adoucit et il s'approcha d'elle, posant une main sur son épaule. « Nous le ferons », dit-il fermement. « Mais nous devons rester forts. Ils essaient de nous briser, de nous rendre vulnérables. Tant que nous resterons unis, nous pourrons vaincre cela. »

Amelia hocha la tête, puisant de la force dans sa détermination. « Tu as raison. Nous ne pouvons pas les laisser gagner. Pas après tout ce que nous avons traversé. »

Elias lui adressa un petit sourire rassurant. « Exactement. Nous avons fait trop de chemin pour faire demi-tour maintenant. »

Il y eut un moment de silence entre eux, une compréhension commune que quoi qu'il arrive, ils y feraient face ensemble. Le lien entre eux, forgé par les difficultés et la peur, était plus fort que l'appel des sirènes, plus fort que l'obscurité de l'abîme.

Tandis qu'ils se tenaient là, côte à côte, le bateau se balançait doucement au gré des vagues, comme si l'océan lui-même retenait son souffle, attendant leur prochain mouvement. La relique, enfermée dans son tiroir, semblait vibrer d'une énergie sombre, rappel des dangers qui l'attendaient encore.

Mais pour l'instant, Amelia et Elias étaient prêts. Ils avaient un plan, même vague, et ils étaient ensemble. Et tandis qu'ils se consacraient à la tâche de percer le mystère des sirènes et de leur relique maudite, les ombres dans la cabine semblèrent reculer, ne serait-ce qu'un tout petit peu.

L'avertissement avait été donné, le défi lancé. Il leur appartenait désormais de se montrer à la hauteur, de déjouer les sirènes et de reconquérir leur liberté dans l'abîme.

CHAPTER 8

Chapitre 7 : Dans l'abîme

La descente commence

Le soleil était bas dans le ciel couvert, projetant une lumière terne et grise sur l'océan agité. Le bateau tanguait doucement sur les vagues, une petite île de métal et de bois dans la vaste étendue de la mer. Amelia se tenait au bord du pont, regardant l'eau en contrebas. La surface était trompeusement calme, mais elle savait ce qui se cachait en dessous : une ancienne tranchée, plongeant profondément dans l'abîme, là où la lumière ne pouvait pas atteindre et où l'appel des sirènes était le plus fort.

Elias était à ses côtés, le visage figé dans une détermination farouche. Ils savaient tous deux que ce moment allait arriver, mais maintenant qu'il était arrivé, un lourd silence planait entre eux. Il n'y avait pas de retour en arrière possible. Les réponses qu'ils cherchaient étaient là-bas, dans les profondeurs, attendant d'être découvertes. Mais les dangers aussi, les terreurs inconnues qui avaient déjà commencé à hanter chacun de leurs pas, étaient là.

« Tu es prêt ? » demanda Elias, sa voix brisant le silence.

Amelia hocha la tête, serrant la sangle de sa bouteille d'oxygène. « Aussi prête que je le serai jamais », répondit-elle, bien que son cœur battait fort dans sa poitrine. Elle jeta un nouveau coup d'œil par-dessus le bord du bateau, sentant un frisson glacial lui parcourir l'échine. L'eau semblait lui faire signe, une gueule sombre et ouverte prête à les avaler tout entiers.

Elias vérifia une dernière fois son équipement, puis se tourna vers elle, ses yeux cherchant les siens. « Nous restons proches, dit-il fermement. Peu importe ce qui se passe là-bas, nous restons unis. Nous ne laissons rien nous séparer. »

« Je sais », dit Amelia d'une voix douce mais résolue. Elle avait toujours fait confiance à Elias et, maintenant, plus que jamais, elle avait besoin de cette confiance pour garder les pieds sur terre. L'influence des sirènes s'était renforcée de jour en jour, leurs voix s'infiltrant dans son esprit, emplissant ses rêves de visions des profondeurs. Mais Elias était son ancre, la seule chose qui l'empêchait de se perdre complètement dans l'attrait sombre de l'océan.

Ils enfilèrent leurs casques de plongée en silence, le sifflement familier de l'air comprimé emplissant leurs oreilles. Le monde extérieur devint silencieux, le rugissement des vagues remplacé par le son régulier de leur propre respiration. Amelia jeta un dernier regard au ciel, maintenant presque entièrement caché par d'épais nuages, puis s'avança jusqu'au bord du pont.

Ensemble, ils ont sauté.

Le froid la frappa comme un coup physique, enveloppant son corps et s'infiltrant à travers sa combinaison de plongée. Pendant un instant, la panique la saisit alors que l'eau se refermait sur sa tête, la coupant du monde d'en haut. Mais ensuite, elle sentit la main d'Elias sur son bras, la stabilisant, et la peur s'estompa.

Ils descendirent lentement, le bateau devenant une petite ombre au-dessus d'eux. L'eau devenait plus sombre à chaque mètre qui passait, la lumière du soleil s'estompant jusqu'à ce qu'il ne reste que la faible lueur de leurs lampes de poche. Les oreilles d'Amelia se gonflèrent sous la pression, mais elle surmonta l'inconfort, se concentrant sur le son rythmé de sa respiration.

La tranchée se profilait devant eux, une déchirure déchiquetée dans le fond de l'océan qui semblait s'étendre à l'infini. Alors qu'ils s'approchaient, Amelia sentit une étrange attraction, comme si l'obscurité elle-même l'attirait. Elle résista à l'envie de nager plus vite, d'atteindre le fond et de découvrir les secrets qui s'y cachaient. Ils devaient être prudents. Ils devaient être sûrs.

Finalement, ils atteignirent le bord de la tranchée et Amelia s'arrêta, le cœur battant à tout rompre. Sous elle, l'obscurité était absolue, un vide sans fin qui engloutissait même les faisceaux de leurs lampes de poche. C'était comme regarder dans la gueule de l'abîme lui-même.

Elias lui fit un signe de tête rassurant et ensemble, ils commencèrent leur descente vers l'inconnu. L'eau autour d'eux devint plus froide, la pression plus intense, comme si l'océan essayait de les écraser avant qu'ils n'atteignent leur but.

Les pensées d'Amelia se tournèrent vers la relique qu'ils avaient trouvée, la petite figurine qui avait déclenché tout cela. Elle avait été attirée par elle dès le moment où elle l'avait vue, et maintenant, alors qu'ils descendaient dans l'abîme, elle ne pouvait se défaire du sentiment qu'elle l'appelait, la conduisant plus profondément dans la tranchée.

Ils plongeaient au cœur du domaine des sirènes, et rien ne garantissait qu'ils en reviendraient.

Mais il n'y avait plus de retour en arrière possible. La descente avait commencé et, avec elle, leur confrontation finale avec les mystères des profondeurs. L'abîme les attendait et ce qui se trouvait au fond allait bientôt se révéler.

La seule question était de savoir s'ils survivraient pour le voir.

L'obscurité enveloppante

Plus ils descendaient, plus la lumière au-dessus d'eux s'estompait, engloutie par les profondeurs infinies de l'océan. Le monde autour d'Amelia et d'Elias devenait un noir froid et oppressant, brisé seulement par les faisceaux étroits de leurs lampes de poche. Chaque scintillement de lumière ne révélait guère plus que des courants tourbillonnants de limon et un mouvement occasionnel qui disparaissait avant qu'ils ne puissent l'identifier. L'eau devenait plus froide, la pression plus intense, pesant sur leurs corps comme un poids invisible.

Amelia respira lentement, par à-coups, son esprit se concentrant sur la tâche à accomplir. Mais l'obscurité semblait avoir une vie propre, s'insinuant dans les limites de sa vision, la faisant se demander si ce qu'elle voyait était réel ou un piège de l'abîme. Le froid était plus que physique ; il s'infiltrait dans ses os, dans ses pensées, rongeant les recoins de sa résolution.

Elle ne quittait pas des yeux Elias, qui se trouvait à quelques mètres devant elle, sa silhouette à peine visible dans l'eau trouble. Ses mouvements étaient délibérés, calmes, mais elle pouvait également sentir la tension en lui. De temps en temps, il lui jetait un coup d'œil, la lumière de son casque projetant une lueur brève et rassurante sur son visage. Cela suffisait à la maintenir sur terre, mais seulement de justesse.

Alors qu'ils s'enfonçaient plus profondément, Amelia commença à l'entendre à nouveau : la mélodie faible et résonnante du chant des sirènes. Au début, elle était lointaine, comme un souvenir à moitié oublié, mais elle devenait de plus en plus forte à chaque instant, résonnant dans l'eau et dans son esprit. La chanson était belle, envoûtante, mais il y avait quelque chose de sinistre sous la mélodie, un courant sombre qui lui faisait picoter la peau de malaise.

Elle se força à se concentrer sur sa respiration, sur le rythme lent et régulier qui la maintenait attachée à la réalité. Mais la chanson insistait, se faufilait dans ses pensées, la remplissant d'un étrange désir. C'était comme si l'océan lui-même l'appelait, la poussant à lâcher prise, à s'enfoncer dans les profondeurs et à tout laisser derrière elle.

« Amelia, » la voix d'Elias grésillait dans la radio de son casque, la tirant du bord du gouffre. « Reste avec moi. On y est presque. »

Elle hocha la tête, même si elle savait qu'il ne pouvait pas le voir. « Je suis là », répondit-elle, sa voix plus ferme qu'elle ne le pensait. Mais l'obscurité la pressait de tous côtés, rendant difficile la concentration, la respiration. La pression dans sa poitrine ne venait pas seulement de la profondeur : ils s'approchaient d'un endroit où la réalité et le cauchemar se confondaient, et elle pouvait sentir le poids de cette pression peser sur son âme.

Elias ralentit, levant la main comme pour signaler quelque chose. Le cœur d'Amelia fit un bond lorsqu'elle aperçut un mouvement au loin – une ombre flottant juste hors de portée de leurs lumières. Elle avait disparu avant qu'elle puisse en comprendre le sens, mais la sensation d'être observée, de voir quelque chose se cacher juste hors de vue, lui restait en tête.

« Tu as vu ça ? » murmura-t-elle, ne faisant pas confiance à ses propres sens.

Elias hésita, puis hocha la tête. « Reste près d'elle », fut tout ce qu'il dit, mais elle pouvait entendre la tension dans sa voix.

Ils continuèrent leur route, mais le malaise ne fit que croître. L'eau autour d'eux semblait bouger et se déplacer, les ombres se tordant et se recourbant aux bords de leur champ de vision. Amelia essaya de se débarrasser de l'impression qu'ils descendaient dans un piège, que les sirènes les entraînaient plus profondément pour une raison. Mais quel choix avaient-ils ? Ils étaient allés trop loin pour faire demi-tour maintenant.

L'obscurité s'épaissit, le froid se fit plus mordant. La lampe de poche d'Amelia vacilla et, pendant un instant terrifiant, elle fut plongée dans le noir complet. Son cœur s'emballa tandis qu'elle tâtonnait pour allumer la lumière, priant pour qu'elle se rallume. Quand ce fut le cas, le soulagement fut de courte durée. Le faisceau était plus faible, traversant à peine l'eau, et elle réalisa avec une terreur croissante qu'ils manquaient de temps.

Elle pouvait à peine voir Elias, sa silhouette n'étant plus qu'une silhouette floue au loin. La panique montait en elle tandis que le chant des sirènes devenait plus fort, plus insistant, tirant son esprit de ses doigts invisibles. Elle se força à continuer à avancer, à suivre Elias, même si l'obscurité se refermait autour d'elle comme un linceul étouffant.

Puis, alors qu'elle pensait ne plus pouvoir le supporter, l'eau commença à s'éclaircir, une lueur pâle et fantomatique émanant d'en bas. C'était une lumière étrange, surnaturelle, qui ne semblait pas appartenir aux profondeurs de l'océan, et pourtant elle était là, les guidant vers le fond.

La peur d'Amelia fut remplacée par une curiosité profonde et troublante. Quelle était cette lumière ? Que pouvait-il bien y avoir dans un tel endroit ?

Elias ralentit encore, et Amelia vit qu'il était tout aussi perturbé qu'elle. Mais il n'y avait pas de retour en arrière possible. Ils étaient allés trop loin, et les réponses qu'ils cherchaient se trouvaient juste devant eux.

Ensemble, ils continuèrent leur descente, au cœur des abysses, là où la lumière et l'obscurité se rencontraient dans un lieu qui défiait tout ce qu'ils savaient du monde. Les secrets de l'océan étaient à leur portée, mais aussi ses dangers. Et plus ils s'enfonçaient, plus ils se rendaient compte qu'ils n'étaient pas seuls.

La lueur d'en bas

La lumière pâle et fantomatique devenait plus vive tandis qu'Amelia et Elias poursuivaient leur descente, projetant de longues ombres sur les parois déchiquetées de la tranchée. L'éclairage inquiétant s'infiltrait dans l'obscurité comme un brouillard artificiel, révélant le terrain accidenté qui s'étendait sous eux. C'était comme s'ils avaient franchi une frontière invisible, pénétrant dans un monde où les règles de l'océan ne s'appliquaient plus.

Le cœur d'Amelia battait fort dans sa poitrine, un mélange de crainte et de terreur tourbillonnant en elle. La lumière était envoûtante, presque hypnotique, mais il y avait quelque chose de profondément anormal en elle. Elle ne scintillait pas comme la lumière du soleil filtrant à travers les vagues, et n'avait pas non plus la douce chaleur d'une créature bioluminescente. Elle était froide, étrangère et troublante, comme si elle appartenait à un tout autre royaume.

« Quel est cet endroit ? » murmura Amélia, la voix tremblante alors qu'elle essayait de donner un sens au paysage étrange qui se déroulait devant elle.

Elias ne répondit pas immédiatement. Ses yeux étaient fixés sur la lumière en contrebas, ses sourcils froncés de concentration. Il avait toujours été celui qui avançait, qui cherchait l'inconnu, mais même lui semblait hésitant à présent. La tranchée avait été pleine de surprises, mais c'était autre chose, quelque chose qu'ils n'avaient pas prévu.

« Je ne sais pas, répondit-il enfin, d'une voix basse et prudente. Mais nous devons le découvrir. »

Les parois de la tranchée commencèrent à s'élargir à mesure qu'ils descendaient, s'ouvrant sur un vaste espace caverneux. La lumière devint plus intense, baignant les alentours d'une teinte froide et bleutée qui donnait à tout un aspect surnaturel. D'étranges formations surgissaient du fond marin, tordues et noueuses comme les os d'une créature depuis longtemps oubliée. L'eau était épaisse de limon et de débris, tourbillonnant autour d'eux dans des courants paresseux, comme si l'océan lui-même était réticent à révéler ce qui les attendait.

La respiration d'Amelia s'accéléra tandis qu'elle scrutait la zone, ses sens en alerte maximale. Le chant des sirènes était toujours là, faible mais persistant, murmurant aux confins de son esprit. C'était comme si la lumière elle-même portait leurs voix, les attirant plus profondément dans l'abîme. Elle lutta contre l'envie de faire demi-tour, de nager loin de la terreur inconnue qui semblait les attendre.

« Reste près d'elle », lui rappela Elias, sa voix coupant le brouillard de ses pensées. Il tendit la main, sa main gantée trouva la sienne, et elle s'y accrocha comme à une bouée de sauvetage. Le simple fait de la toucher la rapprocha, la tirant du bord de la panique.

Ils avancèrent ensemble, la lumière devenant plus vive à chaque instant. La lampe de poche d'Amelia était presque inutile à présent, son faisceau étant englouti par la lueur écrasante. Elle l'éteignit, se fiant plutôt à la lumière artificielle qui semblait venir de partout et de nulle part à la fois.

Alors qu'ils s'aventuraient plus loin dans la caverne, l'eau autour d'eux devint calme, presque stagnante. Le limon tourbillonnant se déposa, révélant une étendue de fond marin lisse et plate qui s'étendait devant eux. Au centre de l'espace, la lumière était la plus vive, émanant d'une grande ouverture circulaire dans le fond de l'océan.

Le pouls d'Amelia s'accéléra à mesure qu'ils s'approchaient de l'ouverture. C'était un cercle parfait, aux bords anormalement lisses, comme sculptés par une force ancienne. La lumière jaillissait de l'intérieur, illuminant la caverne avec une intensité presque aveuglante. Elle pouvait sentir son attraction, une force magnétique qui semblait l'attirer plus près, la poussant à scruter les profondeurs de l'abîme.

« Qu'est-ce que tu crois que c'est ? » demanda Amelia d'une voix à peine plus forte qu'un murmure. Elle ne pouvait pas détacher ses yeux de la lumière, même si son instinct lui disait de se méfier.

Elias hésita, resserrant sa prise sur sa main. « Je ne suis pas sûr, admit-il, la voix tendue. Mais quoi que ce soit, ce n'est pas naturel. »

Amelia hocha la tête, l'esprit en ébullition. La lumière était belle, d'une manière qui lui faisait mal au cœur, mais il y avait quelque chose qui clochait . Elle était trop parfaite, trop surnaturelle, comme un phare d'un autre monde.

Ils planèrent au bord de l'ouverture, scrutant l'abîme en contrebas. La lumière était presque aveuglante à présent, projetant de longues ombres inquiétantes sur les parois de la caverne. Amelia ressentit une étrange sensation dans sa poitrine, un mélange de peur et de curiosité qui fit battre son cœur. Elle voulait savoir ce qu'il y avait là-dessous, découvrir les secrets cachés dans les profondeurs. Mais en même temps, elle était terrifiée par ce qu'elle pourrait trouver.

« On descend ? » demanda Amelia, la voix tremblante d'incertitude. L'attrait de la lumière était presque irrésistible, mais quelque chose au fond d'elle-même lui criait de faire attention.

Elias ne répondit pas tout de suite. Il regardait fixement l'ouverture, les yeux plissés de concentration. « Nous devons le faire », dit-il finalement, sa voix emplie de détermination. « Nous sommes arrivés jusqu'ici. Nous ne pouvons plus faire marche arrière maintenant. »

Amelia hocha la tête, ravalant sa peur. Elle savait qu'il avait raison. Ils avaient fait trop de chemin pour faire marche arrière maintenant. Quoi qu'il y ait là-bas, ils devaient y faire face.

Ensemble, ils commencèrent leur descente dans l'abîme étincelant, la lumière devenant plus vive et plus intense à chaque seconde qui passait. Le monde d'en haut disparut, ne laissant derrière lui que la lueur froide et inquiétante et la pression étouffante des profondeurs de l'océan.

Au fur et à mesure qu'ils descendaient, le chant des sirènes devenait plus fort, emplissant leurs esprits de mélodies obsédantes qui rendaient la réflexion difficile. La lumière semblait pulser au rythme de la musique, comme si les deux étaient connectées, se nourrissant l'une de l'autre dans une étrange relation symbiotique.

Les pensées d'Amelia devinrent floues, son esprit sombrant dans un état onirique tandis que la lumière l'enveloppait. Elle ne pouvait pas dire jusqu'où ils étaient descendus, ni depuis combien de temps ils tombaient. Tout ce qu'elle connaissait, c'était la lumière, le chant et le sentiment accablant de quelque chose qui les attendait dans les profondeurs.

Et puis, aussi soudainement qu'elle avait commencé, la descente s'arrêta. La lumière s'éteignit, le chant des sirènes s'éteignit et le monde autour d'eux devint immobile et silencieux.

Ils avaient atteint le fond de l'abîme.

Le cimetière silencieux

Les pieds d'Amelia touchèrent le fond marin, le limon mou gonflant autour de ses bottes en un nuage qui se posa rapidement sur le sol. La lumière bleutée et inquiétante s'était atténuée, laissant l'espace baigné d'un crépuscule fantomatique. Elle observa son environnement, le calme troublant de l'endroit lui donnant l'impression d'être entrée dans un tout autre monde.

Le sol de l'abîme était plat et stérile, s'étendant dans toutes les directions. Il était d'une douceur déconcertante, comme la surface d'un lac gelé, sans aucun signe de vie, ni corail, ni plantes, rien que l'étendue froide et inflexible de limon et de pierre. La lumière surnaturelle semblait émaner du sol même sous eux, projetant de longues ombres déformées qui vacillaient comme les derniers vestiges d'un rêve qui s'estompe.

Elias atterrit à côté d'elle, ses mouvements lents et prudents. Il regarda autour de lui, son expression indéchiffrable derrière le masque de son équipement de plongée. Amelia pouvait sentir son malaise, la façon dont son corps se tendait comme s'il s'attendait à ce que quelque chose surgisse de l'ombre.

Mais il n'y avait rien. Seulement le silence.

La respiration d'Amelia se faisait par à-coups superficiels et contrôlés, chacun plus fort à ses oreilles que le précédent. Le silence oppressant de l'abîme semblait amplifier chaque son, du doux bruissement de sa combinaison au battement rythmique de son cœur. Elle se sentait exposée, vulnérable, comme si l'abîme lui-même la surveillait, attendant qu'elle fasse le premier pas.

« Cet endroit... » La voix d'Elias grésillait dans les communications, ses mots s'éteignant dans un silence inconfortable. Il n'avait pas besoin de finir sa phrase. Amelia comprenait ce qu'il voulait dire. Il y avait quelque chose de profondément anormal dans l'abîme, quelque chose qui défiait toute explication. On aurait dit un cimetière, un endroit où les morts gisaient oubliés, intacts depuis des siècles.

Amelia hocha la tête, même si ce geste semblait creux dans le vaste vide qui les entourait. Elle essaya de chasser les pensées dérangeantes de son esprit, se concentrant plutôt sur la tâche à accomplir. Ils étaient venus ici pour une raison, et ils ne pouvaient pas se permettre de la perdre de vue, aussi étrange ou terrifiant que puisse être l'endroit.

« Continuons d'avancer », dit Elias, la voix plus assurée, même s'il était clair qu'il s'efforçait de rester calme. « Il doit y avoir quelque chose ici. »

Amelia acquiesça, même si elle ne savait pas exactement ce qu'ils cherchaient. La tranchée était pleine de mystères, mais cet endroit était différent : il y avait une finalité, le sentiment que tout ce qui se trouvait ici était destiné à rester caché, enfoui sous le poids écrasant de l'océan.

Ils avancèrent, leurs lampes torches perçant l'eau trouble, révélant un paysage désolé. Le sol était jonché de formes étranges et tordues, des formations qui semblaient presque organiques, comme les restes d'une créature morte depuis longtemps. Le cœur d'Amelia fit un bond lorsqu'elle réalisa ce qu'il s'agissait : des os. Des centaines d' entre eux, éparpillés sur le fond marin comme les restes d'une bataille oubliée.

Son estomac se retourna tandis qu'elle scrutait la zone, son esprit s'efforçant d'en comprendre l'ampleur. Les os étaient vieux, leurs surfaces polies par le passage du temps. Certains étaient petits, presque délicats, tandis que d'autres étaient massifs, leur origine impossible à déterminer. C'était comme si l'abîme avait englouti les restes d'innombrables créatures, les laissant reposer dans ce cimetière silencieux.

« Amelia, par ici. » La voix d'Elias interrompit ses pensées, attirant son attention vers l'autre côté de la caverne.

Elle se retourna, le faisceau de sa lampe de poche suivant le sien, et se figea.

Au loin, à peine visible à cause de la faible lumière, se trouvait une structure massive qui s'élevait du fond marin tel un monolithe. Elle ne ressemblait à rien de ce qu'Amelia avait déjà vu : un édifice ancien en ruine, dont la surface était couverte de marques étranges et indéchiffrables. La structure les surplombait, son ombre s'étendant sur le cimetière d'ossements, comme si elle gardait les secrets de l'abîme.

Amelia sentit un frisson lui parcourir le dos alors qu'elle s'approchait de la structure, ses pieds traînant dans l'épais limon. Les marques à la surface semblaient se déplacer et changer à mesure qu'elle s'approchait, se tordant en formes et symboles qui défiaient la logique. Elle ne pouvait pas les lire, mais elle sentait leur signification au plus profond d'elle-même : un avertissement, une malédiction, un appel à rester à distance.

Elias se trouvait déjà au pied de la structure, parcourant les sculptures anciennes de ses doigts gantés. Son expression était à la fois empreinte de crainte et de crainte, un mélange d'émotions qui reflétait les siennes. « C'est... c'est incroyable », souffla-t-il, sa voix tremblante d'un mélange d'excitation et de terreur.

Amelia hocha la tête, incapable de détacher son regard des inscriptions. Elles ne ressemblaient à rien de ce qu'elle avait déjà vu – étranges et pourtant familières, comme si elles puisaient dans un souvenir enfoui depuis longtemps. Elle ressentit une attirance, une envie de déchiffrer leur signification, de découvrir la vérité enfouie dans l'abîme.

« Qu'est-ce que tu crois que c'est ? » demanda-t-elle d'une voix à peine plus forte qu'un murmure.

Elias ne répondit pas immédiatement. Il était perdu dans ses marquages, son esprit s'emballant avec toutes les possibilités. « Je ne sais pas », dit-il finalement, sa voix distante. « Mais c'est ancien. Quoi que ce soit... c'est là depuis longtemps. »

Amelia sentit un frisson la parcourir lorsqu'elle comprit les implications de ses paroles. Cette structure, ce cimetière d'ossements, étaient les vestiges d'un passé depuis longtemps oublié, d'une histoire enfouie au plus profond des océans. Et ils étaient tombés dessus, réveillant quelque chose qui dormait depuis des siècles.

Elle fit un pas en arrière, son malaise grandissant à chaque instant. Le chant des sirènes était faible à présent, presque inaudible, mais il était toujours là, persistant aux confins de son esprit. C'était comme si la structure elle-même chantait, les appelant, les incitant à s'enfoncer plus profondément dans l'abîme.

« Nous devons être prudents », dit Elias, sa voix la tirant de ses pensées. « Quoi que ce soit... nous ne sommes pas les premiers à le trouver. »

Amelia hocha la tête, les yeux toujours fixés sur les étranges marques changeantes. La vérité était là-bas, enfouie dans l'obscurité de l'abîme. Mais à quel prix ?

Alors qu'ils se tenaient là, à contempler l'ancienne structure, Amelia ne pouvait se débarrasser du sentiment qu'ils se tenaient au bord de quelque chose de bien plus grand qu'eux-mêmes - quelque chose qui les attendait, patiemment, dans les profondeurs froides et silencieuses de l'océan.

Et tandis que la lumière vacillait et pulsait en dessous, projetant d'étranges ombres dansantes sur le cimetière, elle comprit qu'ils avaient franchi une ligne. Il n'y avait plus de retour en arrière possible désormais. L'abîme les avait emportés, et ce qui les attendait allait tester leurs limites, les poussant au bord de la folie.

Le prix de leur curiosité serait bientôt révélé.

L'éveil

Les doigts d'Amelia parcouraient les anciennes gravures de la structure, sa main gantée tremblant en effleurant la pierre froide. Les étranges symboles semblaient pulser sous son toucher, comme s'ils étaient vivants, répondant à sa présence.

Elle sentit une étrange énergie émaner du monolithe, un bourdonnement qui vibrait dans tout son être, remuant quelque chose au plus profond de son âme.

Elias se tenait à côté d'elle, les yeux fixés sur les inscriptions, mais son expression avait changé. L'émerveillement et l'excitation des instants précédents s'étaient estompés, remplacés par un malaise profond et lancinant. Il jeta un coup d'œil à Amelia, son visage pâle sous la faible lumière bleutée qui s'infiltrait toujours du sol en contrebas.

« Amelia, dit-il, la voix tendue, je crois qu'il faut qu'on parte. Tout de suite. »

Elle ne répondit pas immédiatement, son esprit étant trop absorbé par les sensations étranges qui la traversaient. L'attraction des sculptures était presque écrasante, une force magnétique qui semblait lui murmurer des secrets dans une langue qu'elle ne comprenait pas vraiment. Mais il y avait aussi autre chose : un courant sous-jacent de terreur, un avertissement qui résonnait au fond de son esprit.

Mais avant qu'elle ne puisse s'éloigner, le sol sous eux commença à trembler.

Au début, ce n'était qu'une vibration subtile, un léger grondement qui résonnait dans la pierre, mais il s'intensifia rapidement, devenant plus fort à chaque seconde qui passait. La caverne entière semblait trembler, les anciens os éparpillés sur le fond marin cliquetaient comme s'ils avaient été secoués par une main invisible.

Le cœur d'Amelia bondit dans sa gorge. « Que se passe-t-il ? » haleta-t-elle, s'éloignant instinctivement du monolithe.

Elias ne répondit pas. Ses yeux étaient écarquillés par la peur, son corps tendu comme s'il se préparait au pire. Les secousses devinrent plus violentes, envoyant des vagues de limon tourbillonner dans l'eau autour d'eux, obscurcissant leur vision. La lumière inquiétante qui les avait guidés jusqu'ici vacillait, projetant d'étranges ombres disjointes sur les parois de la caverne.

« Amelia, il faut qu'on sorte d'ici ! » cria Elias, sa voix à peine audible par-dessus le rugissement croissant des secousses.

Mais avant qu'ils ne puissent bouger, un son profond et résonnant emplit l'air – un gémissement bas et plaintif qui semblait provenir du cœur même de l'abîme. C'était le son des sirènes , mais pas comme avant. Celui-ci était différent, plus intense, plus puissant, comme si l'océan tout entier criait son angoisse.

Les gravures sur le monolithe prirent vie, rayonnant d'une lumière aveuglante qui transperça l'obscurité comme un couteau. Les symboles se tordaient et se tortillaient, se réorganisant en motifs impossibles, leur signification échappant à la portée d'Amelia. L'énergie de la pierre jaillit, crépitant dans l'eau comme de l'électricité, et elle pouvait la sentir l'envelopper, l'attirer, la lier à l'ancien pouvoir qui avait été éveillé.

Amélia poussa un cri, mais le son fut englouti par l'abîme, perdu dans la cacophonie du chant des sirènes. Le monolithe semblait vibrer au rythme de la musique, vibrant au rythme de la mélodie envoûtante, et elle eut l'impression que son âme était déchirée par la force de cette musique.

Elias tendit la main vers elle, mais il était trop tard. La lumière du monolithe explosa vers l'extérieur, les engloutissant tous les deux dans un torrent d'énergie qui les fit chanceler. Amelia se sentit soulevée du sol, ballottée comme une poupée de chiffon dans le courant violent, le monde autour d'elle se dissolvant dans un tourbillon aveuglant et chaotique de lumière et de son.

Elle essaya de tendre la main vers Elias, mais sa main traversa l'eau vide. La panique l'envahit lorsqu'elle réalisa qu'elle ne pouvait pas le voir, ne pouvait pas le sentir, comme s'ils avaient été déchirés par la force même qu'ils avaient réveillée.

Et puis, aussi soudainement que cela avait commencé, c'était fini.

La lumière s'éteignit, les tremblements cessèrent et l'abîme replongea dans le silence. Le corps d'Amelia se laissa tomber lentement sur le sol, ses membres faibles et tremblants. Elle haletait, son esprit chancelant sous les sensations accablantes, son cœur battant à tout rompre dans sa poitrine.

Elle regarda autour d'elle, sa vision toujours brouillée par l'intensité de la lumière, mais il n'y avait aucun signe d'Elias. Le monolithe se tenait devant elle, sombre et silencieux à nouveau, ses anciennes marques maintenant froides et sans vie.

« Elias ? » cria-t-elle faiblement, sa voix à peine un murmure.

Mais il n'y eut aucune réponse. Le silence était assourdissant, pesant sur elle de tous côtés. La lumière qui avait jadis rempli la caverne avait disparu, ne laissant derrière elle qu'une faible lueur bleutée provenant du sol en contrebas. Le chant des sirènes s'était estompé au loin, un faible écho qui persistait aux confins de sa conscience.

La poitrine d'Amelia se serra de peur. Elle se releva, son corps douloureux à cause de la force de l'explosion, et scruta frénétiquement la zone. Le cimetière d'ossements s'étendait dans toutes les directions, mais Elias était introuvable.

Elle était seule.

« Élias ! » cria-t-elle, sa voix tremblante de désespoir.

Toujours rien. Seulement le silence sans fin de l'abîme.

Le cœur d'Amelia se serra lorsqu'elle comprit. Quoi qu'il soit arrivé, quoi qu'ils aient réveillé, cela avait pris Elias. Elle sentit une vague de désespoir la submerger, mais en dessous, une détermination d'acier commença à prendre forme. Elle ne pouvait pas le laisser derrière elle. Elle ne le ferait pas.

Rassemblant toutes les forces qui lui restaient, Amelia se força à se relever. Ses jambes vacillaient sous elle, mais elle se stabilisa, son esprit bouillonnant de détermination. Elle devait le retrouver, devait comprendre ce qui s'était passé. Elle ne pouvait pas laisser l'abîme l'emporter.

Après avoir jeté un dernier regard au monolithe sans vie, elle se retourna et commença à s'enfoncer plus profondément dans la tranchée, les ombres de l'abîme se refermant autour d'elle. Le silence était oppressant, mais elle avança, poussée par le besoin de retrouver Elias, de découvrir la vérité sur ce qu'ils avaient réveillé.

Et tandis qu'elle s'aventurait plus loin dans l'inconnu, le chant des sirènes commença à résonner à nouveau, faible mais indubitable, l'appelant plus profondément au cœur de l'abîme.

CHAPTER 9

Chapitre 8 : La vérité des sirènes

La cité cachée
Amelia dérivait dans les eaux froides et sombres de l'abîme, le cœur battant à tout rompre. L'étrange lumière qui l'avait menée jusqu'ici vacillait, projetant des ombres étranges sur les imposantes parois rocheuses qui l'entouraient. Elle pouvait à peine voir à plus de quelques mètres devant elle, l'obscurité se pressant de tous côtés. Chaque pulsation de lumière éclairait juste assez le chemin pour la faire avancer, plus profondément dans l'inconnu.

Son esprit s'emballa tandis qu'elle repassait les événements des dernières heures. Elias était parti, englouti par l'abîme, et elle était seule dans ce lieu cauchemardesque. La peur qui l'avait saisie depuis leur descente dans la tranchée la rongeait à présent, mais elle la repoussa. Elle devait le retrouver. Elle devait continuer.

L'eau devint plus froide et la pression plus intense à mesure qu'elle descendait dans la tranchée. Puis, soudain, le chemin s'élargit et les murs autour d'elle s'ouvrirent sur un vaste espace caverneux. La lumière vacillante devint plus forte, révélant un spectacle qui lui coupa le souffle.

Devant elle se trouvait une immense cité sous-marine, ses flèches imposantes et ses arches majestueuses s'élevant du fond de l'océan comme les os d'un géant depuis longtemps oublié. La cité était ancienne, ses structures couvertes des étranges symboles qu'elle avait déjà vus auparavant, les mêmes inscriptions qui avaient vibré d'énergie dans la chambre située au-dessus. Désormais, ils étaient gravés dans la pierre même de la cité, leurs motifs coulant sur les murs comme les veines d'une créature vivante.

Amelia flottait dans un silence stupéfait, les yeux écarquillés d'admiration. La ville était à la fois belle et envoûtante, un monument à la civilisation qui avait autrefois prospéré dans ces profondeurs. Mais elle était aussi étrange, abandonnée, le silence n'étant rompu que par le faible écho des courants océaniques qui balayaient les rues.

Elle nagea plus près, sa curiosité prenant le pas sur sa peur. Les structures étaient énormes, construites dans une pierre sombre et lisse qui semblait absorber la lumière plutôt que la refléter. Les motifs étaient complexes, chaque surface ornée de sculptures qui racontaient une histoire qu'elle ne parvenait pas à comprendre. Les bâtiments étaient disposés en cercles concentriques, rayonnant à partir d'un point central obscurci par l'obscurité.

En explorant les lieux, Amelia remarqua les vestiges de ce qui avait dû être une société autrefois dynamique. Des statues brisées gisaient à moitié enfouies dans la vase, leurs visages lissés par le passage du temps. D'étranges objets rouillés étaient éparpillés sur le fond marin - des outils, peut-être, ou des artefacts de quelque sorte, bien que leur utilité ait été perdue dans l'histoire.

Mais ce sont les peintures murales qui ont retenu son attention. Elles ornaient les murs de chaque bâtiment, leurs couleurs délavées mais toujours perceptibles. Elles représentaient des scènes de la vie en ville – des créatures qui ressemblaient aux sirènes qu'elle avait rencontrées, mais différentes. Elles ressemblaient davantage aux humains, leurs visages sereins, leurs expressions paisibles tandis qu'elles vaquaient à leurs occupations quotidiennes. Sur l'une d'elles, un groupe de sirènes se rassemblait autour d'une figure centrale, les mains levées dans ce qui semblait être un rituel ou une célébration.

Amelia nagea plus près, étudiant les détails de la fresque. La figure centrale tenait quelque chose – un globe lumineux, ou peut-être une flamme, même si c'était difficile à dire. La lumière de l'objet semblait rayonner vers l'extérieur, illuminant les visages des sirènes qui l'entouraient. Il y avait quelque chose de sacré dans cette image, quelque chose qui évoquait un lien profond entre les sirènes et l'océan lui-même.

Elle s'enfonça plus profondément dans la ville, la lumière diminuant à mesure qu'elle franchissait une série d'arcades. La ville lui semblait plus élaborée à mesure qu'elle s'enfonçait, les sculptures plus complexes, les peintures murales plus détaillées. Elle commença à remarquer un changement dans les représentations : là où les premières peintures murales montraient la paix et l'harmonie, celles des dernières devenaient plus sombres, plus chaotiques. Les visages des sirènes étaient déformés par la peur, leurs mains levées non pas en signe de célébration, mais de désespoir.

Le cœur d'Amelia se serra tandis qu'elle suivait le chemin des fresques, chacune racontant une histoire de déclin et de désespoir. La ville n'avait pas simplement été abandonnée, elle avait été détruite. La dernière fresque qu'elle découvrit était la plus dérangeante de toutes. Elle montrait les sirènes sous leurs formes monstrueuses, leurs yeux remplis de rage alors qu'elles s'en prenaient au monde qui les entourait. L'orbe lumineux des fresques précédentes avait été brisé, sa lumière éteinte et la ville était en ruines.

Amelia frissonna, un frisson lui parcourant l'échine. Ce qui s'était passé ici avait été catastrophique, et les sirènes en avaient payé le prix. Elle jeta un coup d'œil à la ville plongée dans l'obscurité, sa crainte remplacée par un profond sentiment de malaise. Cet endroit était un cimetière, un tombeau pour une civilisation perdue, et elle était une intruse.

Mais alors qu'elle se retournait pour partir, quelque chose attira son attention : une faible lueur provenant de la salle centrale de la ville. C'était la même lumière bleutée qui l'avait guidée jusqu'ici, mais plus forte, plus intense. L'air autour d'elle semblait vibrer d'énergie, les vibrations devenant de plus en plus fortes à mesure qu'elle approchait.

Amelia hésita, la peur se mêlant à la curiosité. Elle savait qu'elle devait partir, savait que ce qui avait détruit cette ville pouvait encore se cacher dans les profondeurs. Mais elle ne pouvait pas faire marche arrière maintenant. Elle devait connaître la vérité.

Elle inspira profondément et nagea vers la chambre centrale, la lumière devenant plus vive à chaque mouvement. La ville semblait se refermer autour d'elle à mesure qu'elle s'approchait, les murs se rétrécissant jusqu'à ce qu'elle se retrouve debout à l'entrée de la chambre.

Elle s'arrêta un instant, rassemblant son courage, puis entra.

La lumière s'alluma, emplissant la pièce d'une lueur éclatante. Amelia leva la main pour se protéger les yeux, son cœur battant à tout rompre. Et tandis que la lumière s'éteignait, elle la vit : la source de l'énergie, la clé du passé des sirènes et peut-être la réponse à leur avenir.

Devant elle se dressait un monolithe, dont la surface était couverte des mêmes symboles anciens, mais ceux-ci étaient différents, plus complexes, plus puissants. Le monolithe vibrait d'une vie propre, l'énergie qu'il contenait vibrait dans l'eau, résonnant avec une force profonde et primitive.

Amelia sentit son souffle se bloquer dans sa gorge lorsqu'elle comprit ce qu'elle voyait. Ce n'était pas un artefact ordinaire, c'était quelque chose de bien plus puissant, quelque chose qui avait été caché pendant des siècles, attendant d'être découvert.

Et maintenant, elle l'avait trouvé.

L'origine des sirènes

Amelia fixait le monolithe, sa surface scintillant d'une lueur étrange et surnaturelle. Les symboles gravés dans la pierre semblaient pulser au rythme de son cœur, l'attirant plus près comme si l'ancien artefact détenait une force magnétique. Elle ne pouvait pas détacher son regard de lui ; l'énergie qu'il émanait était écrasante, emplissant la pièce d'un sentiment palpable de puissance et de mystère.

Elle flotta prudemment vers elle, la main tendue, sentant les vibrations s'intensifier à mesure qu'elle s'approchait. Au moment où ses doigts effleurèrent la pierre froide, une vague d'énergie la traversa, électrisant ses nerfs et envoyant des ondes de choc émotionnelles dans son esprit. En un instant, elle n'était plus dans la ville abandonnée, elle était ailleurs, quelque part dans un passé lointain.

La vision fut soudaine et vive. Amelia se retrouva debout au bord d'un vaste océan, le ciel au-dessus d'elle d'un bleu azur profond. L'air était chaud, empli des sons de la vie – une civilisation animée et vibrante. Elle baissa les yeux et vit qu'elle n'était plus elle-même, mais l'une des sirènes, ses mains délicates et palmées, sa peau scintillant de la même lueur que le monolithe.

La scène autour d'elle se déroulait comme dans un livre de contes. Les sirènes, de magnifiques êtres éthérés, se déplaçaient gracieusement dans l'eau et le long du rivage, leurs mouvements fluides et harmonieux. C'était un peuple profondément lié à l'océan, vivant en harmonie avec le monde naturel. Amelia pouvait ressentir leur joie, leur sentiment d'appartenance à quelque chose de plus grand. Elles étaient les gardiennes, les protectrices des secrets de l'océan, et le monolithe était leur artefact sacré, un symbole de leur unité avec la mer.

Alors que la vision se poursuivait, Amelia vit les sirènes rassemblées dans une grande salle, très semblable à la chambre qu'elle venait de quitter. Elles faisaient la fête, leurs voix s'élevant dans un chant mélodieux qui résonnait dans l'eau, vibrant de la même énergie que le monolithe. Au centre de la salle, l'artefact brillait de mille feux, un phare de leur pouvoir et de leur connexion à l'océan.

Mais l'atmosphère changea. Le ciel s'assombrit et un sentiment d'appréhension envahit l'air. Amelia sentit un profond malaise s'installer sur les sirènes, leurs chants passant de la joie à un chant funèbre lancinant et lugubre. La lumière du monolithe vacilla, devenant de plus en plus faible à mesure que l'énergie qu'il contenait commençait à faiblir.

Soudain, un grand cataclysme éclata au loin. L'océan rugit de fureur, les vagues s'écrasèrent sur le rivage avec une force qui ébranla la terre elle-même. Le monde paisible des sirènes fut plongé dans le chaos, leur existence autrefois harmonieuse brisée par le désastre. Amelia pouvait ressentir leur terreur, leur désespoir alors qu'elles s'efforçaient de comprendre ce qui se passait.

La vision changea à nouveau, plus rapidement cette fois, montrant à Amelia des flashs de la transformation des sirènes. La catastrophe les avait altérées, déformant leurs formes et déformant leurs esprits. Les êtres autrefois beaux devinrent monstrueux, leurs traits déformés par l'énergie sombre qui avait été libérée. Le monolithe, autrefois source de vie et de lumière, pulsait désormais d'une force malveillante, se nourrissant du désespoir et de la colère des sirènes.

Le cœur d'Amelia se serra en voyant leur chute. Les sirènes étaient devenues autre chose qu'elles-mêmes, poussées par le besoin de survivre dans un monde qui s'était retourné contre elles. Leur chant, autrefois symbole d'unité et de paix, devint une arme, attirant les marins vers leur perte dans une tentative désespérée de récupérer l'énergie qu'ils avaient perdue.

La vision s'estompa et Amelia se retrouva de retour dans la chambre, la main toujours appuyée contre le monolithe. Les larmes lui montèrent aux yeux lorsqu'elle réalisa la véritable horreur de ce qui s'était passé. Les sirènes n'étaient pas mauvaises ; elles étaient des victimes, maudites par un désastre hors de leur contrôle. Leur colère et leur haine étaient nées de siècles de souffrance, leurs formes monstrueuses un cruel rappel de ce qu'elles avaient perdu.

Elle retira sa main du monolithe, son corps tremblant sous l'intensité de la vision. La lueur de l'artefact s'estompa, revenant à son état précédent, mais les images qu'il lui avait montrées étaient gravées dans son esprit. La vérité était indéniable : les sirènes étaient autrefois une race pacifique et éclairée, protectrices des secrets de l'océan. Mais à présent, elles étaient piégées dans un cauchemar, leur seul espoir de salut reposant entre les mains d'un humain qui était tombé sur leur cité oubliée.

Amelia prit une profonde inspiration tremblante, sa résolution se renforçant. Elle ne pouvait pas les laisser comme ça, pas après tout ce qu'elle avait vu. Elle devait trouver un moyen de les aider, de briser la malédiction qui les avait liés à l'abîme pendant si longtemps. Mais la question restait : comment ?

Alors qu'elle se tournait pour quitter la chambre, son esprit s'emballant avec toutes les possibilités, elle sentit une présence derrière elle. Amelia se figea, son cœur ratant un battement alors qu'elle se retournait lentement.

Là, émergeant de l'ombre, une silhouette – une des sirènes –, sa forme était un reflet déformé des êtres qu'elle avait vus dans la vision. Ses yeux brillaient d'une lumière pâle et fantomatique, et sa voix, lorsqu'elle parlait, était un écho obsédant du chant qui l'avait attirée ici.

« Nous savons ce que vous avez vu », dit la sirène, sa voix emplie à la fois de tristesse et d'espoir. « Vous avez vu la vérité sur ce que nous étions... et ce que nous sommes devenus. Maintenant, vous devez décider. Allez-vous nous aider ou allez-vous vous détourner, comme tant d'autres l'ont fait avant vous ? »

Amelia avait le souffle coupé. Le poids des paroles de la sirène pesait lourdement sur ses épaules. Elle savait que sa décision allait tout changer, pas seulement pour les sirènes, mais aussi pour elle-même.

« Je vais t'aider », murmura-t-elle, sa voix à peine audible dans la vaste pièce résonnante. « Mais je ne sais pas comment. »

Les yeux de la sirène s'adoucirent et elle hocha lentement la tête. « Le chemin n'est pas facile », dit-elle. « Mais le monolithe détient la clé. Nous pouvons vous montrer le chemin... si vous êtes prêt à le suivre. »

Amelia hocha la tête, sa peur cédant la place à la détermination. Elle était arrivée jusqu'ici, avait affronté les ténèbres de l'abîme et la vérité du passé des sirènes. Il n'y avait plus de retour en arrière possible.

« Montre-moi », dit-elle en s'avançant. « Montre-moi comment te sauver. »

L'offre de la sirène

Les yeux pâles de la sirène se fixèrent sur Amelia avec une intensité qui la fit frissonner. La lueur du monolithe projetait de longues ombres ondulantes à travers la pièce, rendant la silhouette de la sirène encore plus surnaturelle. Le cœur d'Amelia battait fort dans sa poitrine, mais elle se força à rester calme, à se concentrer sur la tâche à accomplir. Elle avait promis d'aider, et maintenant elle avait besoin de comprendre ce que cela signifiait vraiment.

La sirène se rapprocha, ses mouvements lents et délibérés. Malgré son apparence monstrueuse, il y avait une grâce dans sa façon de se déplacer, un écho persistant de la beauté qu'elle possédait autrefois. Amelia pouvait voir la tristesse gravée dans ses traits, le poids de siècles de souffrance la tirant vers le bas comme une lourde ancre.

« Nous avons attendu », commença la sirène, sa voix basse et mélodieuse résonnant dans l'eau. « Nous avons attendu quelqu'un qui pourrait entendre notre véritable chant, quelqu'un qui verrait au-delà de la malédiction qui a déformé nos formes et comprendrait la douleur qui nous anime. Tu es cette personne, Amelia. »

Amelia déglutit difficilement, essayant de comprendre l'énormité de ce que la sirène disait. « Mais... que puis-je faire ? » demanda-t-elle, la voix légèrement tremblante. « Comment puis-je t'aider ? »

Le regard de la sirène s'adoucit et elle fit un geste vers le monolithe. « La réponse se trouve dans le monolithe. C'est la source de notre pouvoir, le cœur de notre connexion avec l'océan. Mais c'est aussi la clé de notre salut – ou de notre destruction. Pendant des siècles, nous avons essayé d'exploiter son énergie, d'inverser la malédiction qui nous a frappés, mais nous avons échoué. Nous avons besoin de vous, un humain, pour faire ce que nous ne pouvons pas faire. »

Amelia fronça les sourcils, essayant de comprendre les paroles de la sirène. « Mais pourquoi moi ? Pourquoi ne pouvez-vous pas utiliser le monolithe vous-mêmes ? »

La sirène soupira, un son qui résonna de siècles de frustration et de désespoir. « Le monolithe a été créé par nos ancêtres, bien avant que la malédiction ne s'abatte sur nous. Il était censé être un phare de lumière et de puissance, un lien entre notre monde et les mystères les plus profonds de l'océan. Mais lorsque la catastrophe a frappé, le monolithe a été corrompu, son énergie déformée par la même force qui nous a déformés. »

La sirène s'arrêta, son regard se dirigeant vers le monolithe comme si elle se souvenait d'une époque révolue. « Nous avons essayé, encore et encore , de purifier son énergie, de le restaurer à son état originel. Mais la malédiction nous a rendus trop faibles, trop déformés. Nos tentatives ne font qu'alimenter l'obscurité qui l'habite, le rendant plus fort. Mais toi, Amélia, tu n'es pas touchée par la malédiction. Tu as le pouvoir d'interagir avec le monolithe d'une manière que nous ne pouvons plus faire. »

L'esprit d'Amelia s'emballa, un millier de pensées et de questions tourbillonnant dans sa tête. L'idée d'exploiter le pouvoir du monolithe était terrifiante. Et si elle faisait une erreur ? Et si elle finissait par empirer les choses ? Mais elle regarda alors dans les yeux de la sirène et vit l'étincelle d'espoir enfouie sous les couches de désespoir.

« Que dois-je faire ? » demanda-t-elle, sa voix désormais plus ferme.

Les yeux de la sirène brillèrent encore plus fort et elle tendit la main pour prendre celle d'Amelia entre ses doigts palmés et froids. « Tu dois pénétrer au cœur du monolithe », dit-elle d'une voix à peine plus forte qu'un murmure. « À l'intérieur se trouve un fragment de l'énergie originelle, pure et épargnée par la malédiction. Si tu peux le trouver et nous le rapporter, nous aurons peut-être une chance d'inverser la malédiction et de restaurer nos véritables formes. »

Le cœur d'Amelia fit un bond. Entrer dans le monolithe ? Cette seule pensée lui fit frissonner le dos. Mais elle savait qu'elle n'avait pas d'autre choix. Si elle voulait aider les sirènes, si elle voulait mettre un terme à leurs souffrances, elle devait prendre le risque.

« Je le ferai, dit-elle d'une voix ferme et résolue. Je retrouverai le fragment et je le ramènerai. »

La sirène resserra son étreinte sur sa main et, pendant un instant, Amelia crut voir une larme briller dans l'œil de la créature. « Merci, Amelia », dit-elle, sa voix tremblante d'émotion. « Tu es plus courageuse que tu ne le penses. Mais sois prévenue : le monolithe n'est pas qu'une pierre. C'est une entité vivante, et il te mettra à l'épreuve. Il te montrera tes peurs les plus profondes, tes désirs les plus sombres. Tu dois être forte, sinon il te consumera. »

Amelia hocha la tête, sentant un frisson lui parcourir l'échine. Les paroles de la sirène ne faisaient que renforcer la gravité de la tâche qui l'attendait. Mais elle était allée trop loin pour faire demi-tour maintenant.

« Montre-moi le chemin », dit-elle, sa voix ferme malgré la peur qui la rongeait de l'intérieur.

La sirène lâcha sa main et fit un geste vers le monolithe. « Suivez la lumière », dit-elle. « Elle vous guidera jusqu'à l'entrée. Une fois à l'intérieur, faites confiance à votre instinct. Le monolithe essaiera de vous embrouiller, de vous égarer, mais vous devez rester concentré. Rappelez-vous pourquoi vous faites cela. »

Amelia inspira profondément et hocha la tête en se préparant à ce qui allait arriver. Le monolithe se dressait devant elle, sa surface pulsant d'une lueur menaçante. Elle pouvait sentir son énergie vibrer dans l'eau, une force sombre et puissante qui semblait l'appeler.

Après avoir jeté un dernier regard à la sirène, qui l'observait avec un mélange d'espoir et de peur, Amelia nagea vers le monolithe. La lumière à l'intérieur devint plus vive à mesure qu'elle s'approchait, et les symboles à sa surface commencèrent à bouger et à tourbillonner, créant un motif hypnotique qui l'attira.

Elle hésita un instant, la peur lui serrant le cœur, mais elle se souvint ensuite de la vision du passé des sirènes : leur beauté, leur joie et la terrible tragédie qui leur était arrivée. Elle ne pouvait pas laisser leur souffrance continuer.

Prenant une profonde inspiration, Amelia tendit la main et toucha à nouveau le monolithe. Au moment où ses doigts entrèrent en contact, la lumière s'enflamma, l'enveloppant d'une lueur aveuglante et surnaturelle. Elle sentit l'eau autour d'elle disparaître, remplacée par une sensation d'apesanteur, comme si elle flottait dans le vide.

Et puis, aussi soudainement que cela avait commencé, la lumière s'est estompée et Amelia s'est retrouvée dans un royaume étrange et sombre, l'énergie du monolithe pulsant tout autour d'elle.

Le test avait commencé.

Le test du monolithe

Amelia se tenait figée dans le royaume des ombres, son cœur battant à tout rompre dans sa poitrine. L'eau avait disparu, remplacée par un silence étrange qui pesait sur elle comme un épais brouillard. L'obscurité autour d'elle semblait respirer, se déplaçant et tourbillonnant comme si elle était vivante. La seule source de lumière provenait du monolithe, sa surface maintenant lisse et semblable à un miroir, lui renvoyant son image.

Elle fit un pas prudent en avant, ses sens en alerte. Le royaume semblait surnaturel, son air même chargé d'une énergie menaçante qui lui faisait picoter la peau. Son reflet dans la surface du monolithe la fixait, mais il y avait quelque chose de bizarre dans son reflet, quelque chose qui la faisait hésiter.

Alors qu'elle se rapprochait, le reflet commença à changer. Ses traits se tordaient et se métamorphosaient, devenant quelque chose de monstrueux, de grotesque. Elle haleta et recula en titubant, mais l'image déformée la suivit, devenant plus grande, plus menaçante. Ce n'était plus seulement son visage ; c'était le reflet de ses peurs les plus profondes, de ses pensées les plus sombres qui prenaient vie.

« Qu'est-ce que c'est ? » murmura-t-elle, la voix tremblante.

Le reflet ne répondit pas. Au lieu de cela, il continua à se déformer et à se déplacer, lui montrant des choses qu'elle ne voulait pas voir – des souvenirs qu'elle avait enfouis au plus profond d'elle-même. La nuit où elle avait failli se noyer étant enfant, la terreur qui l'avait saisie lorsque l'eau s'était refermée sur sa tête, l'impuissance alors qu'elle luttait pour respirer. Le monolithe la forçait à revivre ce cauchemar, et elle sentait la panique monter en elle, menaçant de la submerger.

« Non, murmura-t-elle en serrant les poings. Ce n'est pas réel. C'est juste un piège. »

Mais les souvenirs ne cessaient pas de lui revenir. Le reflet se déplaça à nouveau, lui montrant une autre scène, encore plus douloureuse. Les funérailles de sa mère, le cercueil descendu dans le sol, le chagrin accablant qui l'avait consumée. Elle ne s'était jamais complètement remise de cette perte, et maintenant le monolithe l'utilisait contre elle, essayant de briser sa détermination.

Les larmes lui montèrent aux yeux tandis qu'elle fixait l'image. Elle voulait détourner le regard, fuir la douleur, mais elle savait qu'elle ne le pouvait pas. La sirène l'avait prévenue que le monolithe la mettrait à l'épreuve, qu'il lui montrerait des choses qu'elle ne voulait pas affronter. Elle devait être forte, surmonter la peur et le chagrin si elle voulait sauver les sirènes.

Amelia inspira profondément et se força à se rapprocher du monolithe. Le reflet continuait à se tordre et à se tortiller, mais elle l'ignora, se concentrant sur la tâche à accomplir. La sirène avait dit qu'il y avait un fragment d'énergie pure dans le monolithe, une clé pour inverser la malédiction. Elle devait le trouver, quoi qu'il arrive.

Alors qu'elle tendait la main pour toucher la surface du monolithe, le reflet changea à nouveau. Cette fois, il lui montra quelque chose de différent, quelque chose qui lui glaça le sang. C'était une vision du futur, un avenir où elle n'avait pas réussi à récupérer le fragment. L'océan était en plein chaos, la malédiction des sirènes s'était aggravée et les ténèbres s'étaient répandues, consumant tout sur son passage. Amelia regarda avec horreur le monde qu'elle connaissait s'effondrer en ruines, englouti par l'abîme.

« Non ! » s'écria-t-elle, sa voix résonnant dans le vide. « Cela n'arrivera pas. Je ne le permettrai pas ! »

Mais la vision continuait de se dérouler devant elle, un aperçu terrifiant de ce qui pourrait arriver. Le monolithe lui montrait les conséquences d'un échec, les enjeux de sa mission. Il essayait de briser sa volonté, de la faire abandonner avant même d'avoir commencé.

Amelia serra les dents, sa détermination renforçant sa résolution. « Tu ne me briseras pas, murmura-t-elle férocement. Je n'échouerai pas. »

D'un dernier effort déterminé, elle pressa sa main contre la surface du monolithe. La pierre froide et lisse envoya une décharge d'énergie dans son bras et, pendant un instant, elle eut l'impression d'être aspirée au cœur même du monolithe. Le monde autour d'elle devint flou, les ombres se refermèrent et elle se sentit tomber, tomber dans les profondeurs du pouvoir du monolithe.

Et puis, tout aussi soudainement, l'obscurité se brisa. Amelia se retrouva dans une pièce lumineuse et rayonnante, le poids oppressant du royaume des ombres ayant disparu. Au centre de la pièce, flottant dans une flaque de lumière chatoyante, se trouvait un petit fragment lumineux : l'énergie pure dont la sirène avait parlé.

Amelia retint son souffle tandis qu'elle avançait, les yeux fixés sur le fragment. Il était magnifique, rayonnant d'une chaleur et d'une lumière qui la remplissaient d'espoir. Elle tendit la main, ses doigts tremblants, et lorsqu'elle toucha le fragment, elle sentit une poussée de puissance comme elle n'en avait jamais ressenti. Elle la traversa, la remplissant de force et de clarté, bannissant les peurs et les doutes qui l'avaient tourmentée.

Le test du monolithe était terminé et elle l'avait réussi.

Tandis qu'elle tenait le fragment dans sa main, la pièce commença à s'estomper, la lumière diminuant. Amelia se sentit attirée en arrière, de retour dans le royaume des ombres, de retour dans le monde qu'elle connaissait. L'énergie du monolithe pulsait autour d'elle, guidant son retour, et elle savait que la partie la plus difficile de son voyage était encore à venir.

Mais elle savait aussi qu'elle avait la force d'y faire face. Le monolithe avait essayé de la briser, de la noyer dans ses peurs, mais elle l'avait surmonté. Elle avait trouvé la lumière dans l'obscurité, et maintenant, avec le fragment en main, elle pouvait enfin commencer à sauver les sirènes.

Avec un dernier éclair de lumière aveuglante, Amelia fut extraite du monolithe et ramenée dans la chambre sous-marine où la sirène l'attendait. Le test était terminé, mais le véritable défi ne faisait que commencer.

La révélation des sirènes

Amelia émergea de l'étreinte du monolithe avec un halètement, ses poumons se remplissant de l'eau fraîche et salée de l'océan. Pendant un moment, elle flotta là, désorientée et bouleversée, le fragment lumineux serré fermement dans sa main. Le monde autour d'elle redevint lentement net : la chambre sombre et ombragée, l'ancien monolithe et le bourdonnement faible et rythmé des profondeurs de l'océan.

La sirène l'attendait, ses yeux lumineux la regardant attentivement tandis qu'elle reprenait ses esprits. Elle s'approcha, sa forme éthérée projetant une douce lueur surnaturelle à travers la pièce. Le regard d'Amelia rencontra celui de la sirène , et elle vit l'anticipation et l'espoir reflétés dans son expression.

« Tu as réussi », murmura la sirène, sa voix emplie d'admiration et d'une sorte de révérence. « Tu as trouvé le fragment. »

Amelia hocha la tête, retenant toujours son souffle alors qu'elle tenait l'éclat brillant. Le fragment émettait une lumière douce et chaude, l'énergie pure qui en émanait bannissait l'obscurité qui s'était autrefois accrochée aux murs de la chambre.

« Je l'ai fait », répondit-elle, la voix tremblante d'un mélange d'épuisement et de triomphe. « Je l'ai trouvé... mais ce n'était pas facile. Le monolithe... il m'a montré des choses. Des choses terribles. »

Le regard de la sirène s'adoucit et elle tendit la main palmée pour effleurer le fragment d'un geste délicat. « Le monolithe met à l'épreuve tous ceux qui recherchent son pouvoir, murmura-t-elle. Il révèle nos peurs, nos doutes, nos désirs les plus sombres. Il est à la fois un gardien et un juge. Mais toi... tu as été assez fort pour l'affronter. »

Amelia frissonna en se remémorant les visions, les images obsédantes de son passé et l'aperçu terrifiant d'un avenir rempli de ruines. « J'avais peur », admit-elle d'une voix à peine plus forte qu'un murmure. « Mais je ne pouvais pas laisser cela m'arrêter. Je devais t'aider. »

Les yeux de la sirène brillèrent d'une émotion inexprimée, et pendant un instant, il sembla qu'elle allait crier. « Tu as fait plus que nous aider, Amelia, dit-elle doucement. Tu nous as donné de l'espoir. Grâce à ce fragment, nous aurons peut-être enfin une chance de défaire la malédiction qui nous afflige depuis des siècles. »

La sirène prit doucement le fragment des mains d'Amelia, le berçant comme s'il s'agissait de la chose la plus précieuse au monde. La lumière du fragment sembla s'éclairer lorsqu'il entra en contact avec la sirène, projetant une lueur chaleureuse sur ses traits autrefois monstrueux. Amelia regarda avec admiration la forme de la sirène commencer à changer, la chair tordue et maudite se lissant lentement, révélant des aperçus de la beauté qu'elle avait autrefois possédée.

Mais la transformation était incomplète. La malédiction était trop profondément enracinée, trop puissante pour être annulée par un seul fragment. Les traits de la sirène oscillaient entre sa forme maudite et sa véritable nature, un douloureux rappel du chemin qu'il leur restait à parcourir.

« Il nous en faut plus », dit la sirène, sa voix teintée de tristesse. « Le fragment est puissant, mais ce n'est qu'une partie de ce qui a été perdu. Pour briser complètement la malédiction, nous devons trouver les autres fragments, dispersés dans les profondeurs. »

Le cœur d'Amelia se serra lorsqu'elle réalisa l'énormité de la tâche qui l'attendait encore. Le voyage pour récupérer ce fragment avait été assez éprouvant, et maintenant, il leur faudrait tout recommencer, plusieurs fois peut-être, avant que la malédiction ne soit levée.

« Mais nous ne savons pas où ils sont », dit Amelia, la voix lourde d'incertitude. « Comment allons-nous les trouver ? »

Les yeux de la sirène s'assombrirent de détermination. « Le monolithe est connecté aux secrets les plus profonds de l'océan. Il peut nous guider, si nous savons écouter. Grâce au fragment que tu as récupéré, son pouvoir est désormais plus fort. Je pourrai sentir l'emplacement des morceaux restants, mais cela demandera de grands efforts et le voyage sera périlleux. »

Amelia hocha la tête, comprenant la gravité de ce que la sirène lui demandait. « Je suis prête à aider », dit-elle, sa voix ferme malgré la peur qui la rongeait de l'intérieur. « Quoi qu'il en coûte, nous trouverons les fragments et lèverons cette malédiction. »

La sirène la regarda avec un regard empreint de profond respect et de gratitude. « Tu es courageuse, Amelia. Plus courageuse que quiconque que j'aie jamais connu. Mais sache ceci : plus nous descendons en profondeur, plus cela devient dangereux. L'océan garde jalousement ses secrets, et des forces sont à l'œuvre qui ne souhaitent pas que la malédiction soit brisée. »

Amelia déglutit difficilement, le poids des paroles de la sirène s'abattant lourdement sur ses épaules. Elle savait que le chemin qui l'attendait serait semé d'embûches, mais elle était allée trop loin pour faire demi-tour. Les sirènes comptaient sur elle, et elle ne pouvait pas les laisser tomber.

« Je comprends, répondit-elle d'une voix ferme et résolue. Mais je n'abandonnerai pas. Nous trouverons les fragments et nous briserons la malédiction. »

La sirène lui fit un signe de tête solennel, ses yeux brillants d'un nouveau sens du but. « Alors commençons », dit-elle d'une voix forte et résolue. « La première étape a été franchie, et il n'y a plus de retour en arrière possible. Les secrets de l'océan nous attendent, et ensemble, nous les découvrirons. »

Amelia sentit une vague de détermination s'emparer d'elle alors que les paroles de la sirène résonnaient en elle. Elle avait affronté ses peurs, passé le test du monolithe et récupéré le premier fragment. Maintenant, avec la sirène à ses côtés, elle était prête à plonger encore plus profondément dans l'abîme, à découvrir les mystères qui se cachaient dans les profondeurs et à mettre un terme à la malédiction qui hantait les sirènes depuis si longtemps.

Après avoir jeté un dernier regard déterminé au monolithe, Amelia se tourna vers la sirène et hocha la tête. « Allons-y », dit-elle, sa voix emplie d'une détermination inébranlable. « Nous avons une malédiction à briser. »

CHAPTER 10

Chapitre 9 : La tentation finale

La Descente au Cœur de l'Abîme

L'eau devint plus froide tandis qu'Amelia et la sirène descendaient dans l'abîme, les derniers vestiges de lumière s'effaçant dans une obscurité oppressante. Le poids écrasant de l'océan pressait le corps d'Amelia, sa respiration venant par gorgées superficielles et contrôlées à travers le respirateur. Les seuls sons étaient le rythme régulier de son cœur, qui martelait ses oreilles, et le bourdonnement faible et étrange de l'abîme qui les entourait.

La sirène nageait à ses côtés, ses yeux lumineux perçant l'obscurité comme deux phares jumeaux. Amelia pouvait sentir le malaise de la créature, ses mouvements autrefois gracieux maintenant tendus et délibérés. Le voyage dans l'abîme avait été périlleux dès le début, mais alors qu'ils s'aventuraient plus profondément, l'océan lui-même semblait résister à leur progression. Les courants tourbillonnaient de manière imprévisible, des rochers déchiquetés saillaient comme les dents d'une ancienne bête, et l'eau semblait s'épaissir avec une force invisible qui sapait leur force.

Un frisson glacial parcourut la colonne vertébrale d'Amelia, même si elle ne savait pas si c'était dû à la température ou à quelque chose de plus primitif – une peur instinctive des profondeurs inconnues qui l'attendaient. Elle jeta un coup d'œil à la sirène, cherchant à se rassurer, mais l'expression de la créature était indéchiffrable, entièrement concentrée sur le chemin devant eux.

« Nous sommes proches », murmura la sirène, sa voix à peine audible au-dessus du silence environnant. « Le cœur de l'abîme est proche . Reste près de moi. »

Amelia hocha la tête, même si elle doutait que la sirène puisse voir son geste dans l'obscurité. Elle ajusta sa prise sur la corde qui les attachait ensemble, une bouée de sauvetage dans l'obscurité implacable. Alors qu'ils avançaient, l'abîme commença à se refermer autour d'eux, les parois du canyon sous-marin se rétrécissant pour former un tunnel claustrophobe.

La pression était intense, chaque mouvement vers l'avant était comme une bataille contre le poids de l'océan tout entier. Les muscles d'Amelia brûlaient sous l'effort, son corps s'efforçait de se déplacer dans l'eau dense. C'était comme si l'abîme lui-même essayait de les forcer à reculer, de les empêcher d'atteindre ce qui se cachait dans ses profondeurs.

Un murmure commença à emplir l'eau, un murmure doux et insidieux qui semblait émaner des parois mêmes de l'abîme. Amelia fronça les sourcils, s'efforçant d'entendre, mais les mots étaient confus, indistincts. Elle secoua la tête, essayant de clarifier ses pensées, mais les murmures persistaient, devenant plus forts à chaque instant qui passait.

« Qu'est-ce que c'est ? » demanda-t-elle, la voix légèrement tremblante alors qu'elle tendait la main vers la sirène.

La sirène ne répondit pas immédiatement, ses yeux se rétrécirent tandis qu'elle scrutait l'obscurité. « L'abîme », répondit-elle finalement, sa voix empreinte de tension. « Elle sait que nous sommes là. Elle nous teste. »

Nous tester ? Amelia répéta ces mots dans sa tête, le malaise s'installant dans sa poitrine comme un poids de plomb. Les murmures devinrent plus intenses, tourbillonnant autour d'elle comme un brouillard de pensées et de souvenirs à moitié formés. Ils étaient envahissants, fouinaient dans son esprit, apportant avec eux un flot d'émotions qu'elle avait depuis longtemps enfouies : la peur, le regret, la solitude.

Elle frissonna, essayant de repousser ces sentiments, mais ils s'accrochaient à elle, s'infiltrant dans ses pensées comme une noirceur d'encre. Les murmures commencèrent à former des mots cohérents, doux et séduisants, promettant des choses à la fois réconfortantes et terrifiantes.

Tu peux en finir, Amélia, semblaient-ils dire. Tu n'as pas à continuer. Il y a la paix au-dessus de la surface. Une vie que tu pourrais avoir si tu revenais en arrière.

Amelia serra les poings et secoua la tête pour résister à l'attrait séduisant des voix. « Elle essaie de nous piéger », dit-elle d'une voix ferme tandis qu'elle s'adressait à la sirène, même si le doute rongeait les limites de sa détermination.

La sirène se tourna vers elle, ses yeux brillants remplis de détermination. « Résiste, Amélia. L'abîme va essayer de te briser, de te faire tout remettre en question. Mais tu es plus forte que lui. Nous sommes plus forts. »

Amelia hocha la tête, même si les murmures résonnaient encore dans son esprit. Elle se concentra sur la sirène, sur le lien qu'ils avaient forgé au cours de leur voyage. Ensemble, ils avaient affronté d'innombrables dangers, et ensemble, ils affronteraient cette épreuve finale. Elle ne laisserait pas l'abîme gagner.

Avec une détermination renouvelée, Amelia avança, chaque mouvement de ses bras coupant l'eau avec détermination. Les murmures essayèrent de s'accrocher à elle, de la tirer en arrière, mais elle se concentra sur la voix de la sirène, sur la mission qui les avait amenés jusqu'ici. L'abîme ne la briserait pas.

Alors qu'ils continuaient leur descente, l'eau devenait de plus en plus froide, l'obscurité de plus en plus étouffante. Le chemin devant eux semblait sans fin, le tunnel s'étirant à perte de vue, mais Amelia ne faiblit pas. Elle pouvait sentir la présence de l'abîme tout autour d'eux, une force malveillante attendant qu'ils fassent une erreur.

Mais elle ne voulait pas lui donner cette satisfaction. Le dernier fragment était à portée de main, et rien, aussi profond ou sombre soit-il, ne l'empêcherait de le récupérer.

Ensemble, ils s'enfoncèrent plus profondément dans le cœur de l'abîme, les murmures devenant de plus en plus faibles alors qu'ils résistaient à ses tentations. L'obscurité les entourait de tous côtés, mais la détermination d'Amelia brillait de plus en plus à chaque instant qui passait. L'abîme les avait peut-être mis à l'épreuve, mais il avait sous-estimé leur force.

Ils trouveraient le fragment final et briseraient la malédiction.

L'illusion de la paix

Une chaleur soudaine enveloppa Amelia, le froid glacial de l'abîme cédant la place à quelque chose de complètement différent. Elle cligna des yeux, désorientée, tandis que l'obscurité suffocante disparaissait, remplacée par la douce lueur du soleil filtrant à travers un ciel bleu clair. Elle ne nageait plus dans les profondeurs de l'océan, elle se tenait sur une plage, les douces vagues clapotant à ses pieds.

Le cœur d'Amelia s'emballa tandis qu'elle regardait autour d'elle, admirant la scène. Le sable sous ses orteils était chaud et doré, s'étendant dans les deux sens aussi loin que l'œil pouvait voir. L'océan devant elle était calme, sa surface scintillant au soleil comme une mer de diamants. L'air était rempli du son des mouettes qui s'appelaient les unes les autres alors qu'elles planaient au-dessus, leurs cris se mêlant au fracas rythmé des vagues.

Elle sentit une brise sur son visage, chaude et parfumée, chargée d'un parfum de sel et de fleurs sauvages. C'était comme si elle avait été transportée dans un endroit dont elle avait toujours rêvé – un paradis épargné par les dures réalités du monde.

La confusion d'Amelia s'accentua lorsqu'elle se regarda. Elle ne portait plus la lourde combinaison de plongée qui la protégeait des profondeurs écrasantes. À la place, elle était vêtue d'une simple robe d'été blanche, dont le tissu était léger et aéré tandis qu'il flottait dans la brise. Ses pieds étaient nus, le sable doux et souple sous eux.

« Qu'est-ce que... qu'est-ce que c'est ? » murmura-t-elle pour elle-même, sa voix sonnant étrangement à l'air libre.

Cela n'avait aucun sens. Quelques instants plus tôt, elle se trouvait au fond des abysses, luttant contre le poids de l'océan. Et maintenant... maintenant elle était là, sur cette plage, dans cet endroit impossible.

Elle fit un pas hésitant en avant, s'attendant presque à ce que l'illusion se brise et à se retrouver de nouveau dans les profondeurs froides et sombres. Mais la scène resta inchangée, aussi réelle que le souffle qu'elle inspirait dans ses poumons. Son cœur battait fort dans sa poitrine, un mélange de peur et d'émerveillement tourbillonnant en elle.

« Amélia. »

La voix qui l'appelait par son nom était douce et familière, tirant sur quelque chose de profond en elle. Elle se retourna, le souffle coupé dans sa gorge lorsqu'elle le vit.

Nathan.

Il se tenait à quelques pas d'elle, lui souriant avec ce même charme facile qui avait toujours fait battre son cœur. Ses cheveux noirs étaient ébouriffés par la brise, ses yeux chaleureux et pleins d'affection lorsqu'ils rencontrèrent les siens. Il était habillé de façon décontractée, d'une manière qu'elle ne l'avait pas vu depuis leurs premiers jours ensemble, quand la vie était plus simple - avant la malédiction, avant les sirènes, avant que tout ne change.

« Est-ce que c'est réel ? » demanda Amelia, la voix tremblante alors qu'elle faisait un pas vers lui.

« C'est aussi réel que tu le souhaites », répondit Nathan, son sourire ne faiblissant jamais. « Tu n'as plus besoin de te battre, Amelia. Tu n'as plus besoin de porter le poids de l'océan sur tes épaules. Tu peux le laisser partir. Nous pouvons être heureux ici, ensemble. »

Ses paroles étaient comme un baume pour son âme, apaisant les bords effilochés par le voyage. La tentation était presque insupportable, l'idée de simplement lâcher prise et de pénétrer dans cette vie parfaite et paisible. Elle pouvait sentir la tension dans son corps se relâcher, la fatigue de sa lutte sans fin s'estomper.

« On pourrait rester ici ? » demanda-t-elle, sa voix à peine un murmure alors qu'elle tendait la main vers lui.

Nathan hocha la tête et lui prit la main. Son contact était chaleureux et réconfortant, un rappel de la vie qu'ils avaient autrefois partagée. « Nous pourrions. Tout ce que tu as toujours voulu est ici, Amelia. Tu dois juste le choisir. »

Amelia sentit les larmes lui monter aux yeux. C'était si tentant, si parfait. Une vie sans sirènes, sans malédiction, sans les batailles sans fin contre des forces qu'elle comprenait à peine. Elle pouvait être libre, vraiment libre. Avec Nathan, avec la vie dont ils avaient rêvé avant que tout ne tourne mal.

Mais au fond d'elle-même, un doute la rongeait. C'était tout ce qu'elle avait toujours voulu... trop parfait, trop facile. Cette pensée lui fit sentir un malaise, une petite voix lui murmurait que quelque chose n'allait pas.

Elle hésita, son regard se déplaçant vers l'horizon où l'océan rencontrait le ciel. C'était beau, serein. Mais ce n'était pas réel. Ce n'était pas possible.

« Ce n'est pas bien, murmura Amelia, plus pour elle-même que pour Nathan. C'est... un piège. »

Le sourire de Nathan vacilla pendant un bref instant, une lueur sombre traversa ses traits. Mais il disparut aussi vite qu'il était apparu, remplacé par sa chaleur habituelle. « Amelia, ne te fais pas ça. Ne mérites-tu pas d'être heureuse ? D'avoir la paix ? »

Les mots ébranlèrent sa détermination, mais elle s'accrocha au doute, au sentiment lancinant que ce n'était pas réel. Elle retira sa main, secouant la tête et s'éloigna de lui.

« Non, dit-elle d'une voix plus forte. Ce n'est pas réel. C'est l'abîme qui essaie de me faire oublier. Il essaie de me faire abandonner. »

L'expression de Nathan changea, la chaleur dans ses yeux fut remplacée par une froide indifférence. L'illusion autour d'elle commença à vaciller, la journée ensoleillée s'assombrit tandis que les nuages s'amoncelaient au-dessus de sa tête. La chaleur du sable disparut, remplacée par le froid mordant de l'océan.

« Tu es plus forte que ça », se dit-elle en fermant les yeux pour se protéger de l'obscurité qui s'installait. « Ce n'est pas réel. Je dois trouver le fragment. Je dois continuer. »

Lorsqu'elle rouvrit les yeux, la plage avait disparu. Elle était de retour dans l'abîme, l'obscurité étouffante la pressant de tous côtés. La sirène était à côté d'elle, ses yeux emplis d'inquiétude tandis qu'elle la surveillait de près.

« Tu as résisté, dit la sirène, d'une voix mêlant soulagement et admiration. L'abîme a essayé de t'attirer, mais tu as résisté. »

Amelia hocha la tête, même si son cœur était encore meurtri par le souvenir de ce qu'elle venait de vivre. La tentation avait été si forte, si parfaite. Mais ce n'était rien d'autre qu'une illusion, un piège tendu par l'abîme pour l'empêcher d'accomplir sa mission.

« Je suis toujours avec toi », dit-elle, sa voix ferme malgré la tristesse persistante. « Continuons. »

La sirène hocha la tête et ensemble, ils continuèrent leur descente au cœur de l'abîme, laissant derrière eux le faux paradis.

L'abîme contre-attaque

L'obscurité était plus épaisse à présent, presque tangible, alors qu'Amelia et la sirène s'enfonçaient plus profondément dans l'abîme. Le poids oppressant de l'océan pesait sur elles, chaque mouvement étant une lutte contre la force invisible qui semblait déterminée à écraser leur esprit. Le bref répit de l'illusion avait laissé Amelia plus vulnérable que jamais, mais elle savait qu'elle devait aller de l'avant. Le fragment final était proche, et avec lui, la chance de briser la malédiction qui la hantait depuis si longtemps.

Mais l'abîme n'en avait pas encore fini avec elle.

Sans prévenir, l'eau autour d'eux se mit à bouillonner violemment, un courant puissant surgissant des profondeurs. Amelia haleta alors qu'elle était tirée en arrière, son corps s'effondrant dans l'eau comme pris dans l'emprise d'une main géante. La corde qui l'attachait à la sirène se raffermit, la faisant s'arrêter brusquement, mais la force du courant était implacable, l'entraînant plus profondément dans l'obscurité.

La sirène s'efforçait de nager à contre-courant, ses yeux lumineux écarquillés d'inquiétude alors qu'elle luttait pour l'atteindre. Mais l'abîme semblait avoir pris vie, l'eau tourbillonnant d'une énergie chaotique, les séparant.

L'esprit d'Amelia s'emballa tandis qu'elle luttait pour garder le cap, ses bras s'agitant alors qu'elle essayait de se stabiliser. Elle pouvait sentir les vrilles froides de la peur s'enrouler autour de son cœur, menaçant de la paralyser de terreur. Le courant était trop fort, trop sauvage. C'était comme si l'abîme lui-même était devenu un être vivant, déterminé à l'arracher de son chemin.

« Amélia ! » La voix de la sirène s'éleva brusquement dans le chaos, d'une voix aiguë et pressante. « Ne lâche rien ! Quoi qu'il arrive, ne lâche rien ! »

Mais la force de l'abîme était écrasante, éloignant Amelia de plus en plus loin. La corde brûlait sa peau alors qu'elle s'efforçait de les maintenir ensemble, mais elle pouvait la sentir glisser, le nœud se défaisant à chaque seconde qui passait.

L'eau autour d'elle devint plus froide, l'obscurité plus épaisse, alors qu'elle était entraînée dans une étroite crevasse dans la paroi du canyon. La voix de la sirène s'affaiblit, perdue dans le rugissement du courant, et bientôt elle disparut complètement. Le cœur d'Amelia battait fort dans sa poitrine alors qu'elle était entraînée plus profondément dans la crevasse, les parois étroites la pressant de tous côtés.

Elle lutta pour reprendre son souffle, l'eau pressant sa poitrine comme un étau. La crevasse se tordait et tournait, un labyrinthe de roches déchiquetées qui semblait s'étendre à l'infini. La corde glissa de ses mains, le dernier fil qui la reliait à la sirène se brisa alors qu'elle était entraînée dans les profondeurs.

Amelia essaya de ralentir sa descente, ses mains s'agrippant aux parois rugueuses, mais en vain. Le courant était trop fort, l'abîme trop implacable. Elle sentait ses forces diminuer, ses poumons brûler alors qu'elle luttait pour chaque respiration.

Elle était seule dans l'obscurité, cernée par le poids écrasant de l'océan, le silence assourdissant. La panique l'envahit, une peur primitive qui menaçait de la consumer entièrement. Elle devait trouver une issue, mais l'abîme était un labyrinthe, une étendue infinie de noirceur qui n'offrait aucune issue.

Les pensées d'Amelia s'affolaient alors qu'elle s'efforçait de rester calme, de penser clairement. L'abîme lui avait montré son pouvoir, sa capacité à manipuler son esprit et son corps. Mais elle ne pouvait pas le laisser gagner. Elle était allée trop loin, s'était battue trop durement pour laisser l'abîme la vaincre maintenant.

Elle ferma les yeux, se concentrant sur le rythme régulier de sa respiration, le battement sourd de son cœur. L'abîme essayait de la briser, de la faire abandonner. Mais elle ne le laisserait pas faire.

Lentement, elle commença à nager à contre-courant, ses muscles protestant à chaque mouvement. L'eau lui résistait, l'obscurité la pressait de tous côtés, mais elle avançait, déterminée à retrouver son chemin. La crevasse se tordait et tournait, un labyrinthe de roches et d'eau, mais elle suivit la plus faible lueur, une lueur lointaine qui l'invitait à avancer.

Le courant continuait de l'attirer, l'abîme refusant de la laisser partir, mais Amelia luttait contre lui, sa détermination grandissant à chaque coup. La lueur devenait plus vive, une lumière faible mais indubitable traversant l'obscurité. Elle se concentra sur elle, la laissant la guider à travers le labyrinthe, l'esprit clair et résolu.

Les parois de la crevasse commencèrent à s'élargir, l'eau devenant moins turbulente tandis qu'elle nageait vers la lumière. Ses poumons brûlaient sous l'effort, ses muscles hurlaient de soulagement, mais elle continua, refusant de céder à l'abîme.

Finalement, la crevasse s'ouvrit , le passage étroit laissant place à une vaste caverne sous-marine. La lumière était plus vive ici, illuminant la caverne d'une douce lueur éthérée. Amelia s'arrêta, son souffle se faisant en halètements irréguliers alors qu'elle admirait la scène.

La caverne était immense, ses murs étaient tapissés de plantes bioluminescentes qui projetaient une lumière pâle et surnaturelle. L'eau était calme, le courant qui l'avait entraînée à travers la crevasse avait complètement disparu. C'était comme si elle était entrée dans un autre monde, un endroit épargné par le chaos de l'abîme.

Mais la paix était trompeuse. Amelia sentait la présence de l'abîme tout autour d'elle, une force malveillante qui se cachait juste au-delà des limites de la lumière. Elle l'observait, attendant qu'elle fasse une erreur.

Elle devait rester vigilante. L'abîme était loin d'en avoir fini avec elle, et elle savait que cette caverne n'était qu'une autre partie de son jeu pervers.

Mais pour l'instant, elle avait un moment de répit. Un moment pour reprendre son souffle, pour rassembler ses forces pour ce qui l'attendait.

Amélia flottait dans l'eau calme, le regard fixé sur les parois luisantes de la caverne. L'abîme avait essayé de la déchirer, de briser sa volonté. Mais elle était toujours là, toujours en train de se battre.

Et elle n'avait pas encore fini.

Un aperçu de la vérité

Amelia flottait dans le silence de la caverne sous-marine, sa respiration se régularisant lentement tandis que l'écho de l'assaut de l'abîme s'estompait. Les plantes bioluminescentes bordant les murs de la caverne projetaient une douce lumière, offrant une étrange sensation de calme au milieu de la tourmente à laquelle elle venait d'échapper. Elle avait l'impression d'être entrée dans un autre monde, un endroit où le temps s'écoulait différemment et où l'emprise impitoyable de l'océan s'était relâchée.

La lumière dans la caverne était apaisante, presque hypnotique, car elle se reflétait sur les murs, créant des motifs qui dansaient sur l'eau. Le rythme cardiaque d'Amelia ralentit progressivement, la panique provoquée par son expérience de quasi-noyade s'estompant. Pour la première fois depuis le début de son voyage dans l'abîme, elle ressentit un semblant de paix.

Mais cette paix était fragile. Elle savait que l'abîme n'en avait pas fini avec elle et que ce moment de tranquillité n'était que le calme avant la tempête. Pourtant, elle ne pouvait s'empêcher d'être fascinée par la beauté de la caverne. Les plantes brillaient d'une douce lumière bleue et de minuscules poissons lumineux filaient dans l'eau comme des étoiles vivantes.

Les pensées d'Amelia se tournèrent vers la sirène, son mystérieux guide dans ce voyage cauchemardesque. Elle se demanda si la sirène avait pu la suivre ou si le courant les avait emportées dans des directions opposées. Le silence de la caverne n'offrait aucune réponse, seulement le rappel constant de l'isolement qui l'entourait.

Tandis qu'elle explorait prudemment la caverne, Amelia remarqua un léger scintillement au fond, une lueur subtile qui semblait l'attirer plus près. Ce n'était pas la même chose que les plantes bioluminescentes ; cette lumière était différente, plus intense, comme un phare. Sa curiosité piquée au vif, elle nagea dans sa direction, l'eau se séparant doucement autour d'elle alors qu'elle se déplaçait.

Plus elle s'approchait, plus la lueur s'intensifiait, révélant un petit piédestal de pierre finement sculpté au cœur de la caverne. Sur le piédestal reposait un objet qui semblait vibrer de lumière, irradiant une chaleur qui transperçait l'eau froide. Amelia hésita un instant, son instinct lui conseillant d'être prudente, mais l'attraction de l'objet était trop forte pour résister.

Elle tendit la main, ses doigts tremblant légèrement lorsqu'ils effleurèrent la surface de l'objet. Au moment où elle entra en contact, une vague d'énergie la traversa, un mélange de chaleur et de froid, de lumière et d'obscurité. C'était comme si l'objet contenait l'essence même de l'abîme, un fragment de son pouvoir distillé dans cette petite forme sans prétention.

La lumière autour d'elle s'est atténuée et la caverne sembla se déplacer, les murs se refermant tandis que le pouvoir de l'objet s'écoulait en elle. Des images lui traversèrent l'esprit : des visions des profondeurs de l'océan, anciennes et vastes, remplies de créatures à la fois belles et terrifiantes. Elle vit les sirènes, non pas telles qu'elles lui apparaissaient maintenant, mais telles qu'elles étaient autrefois : puissantes, vénérées et craintes.

Les visions la submergeaient, l'entraînant plus profondément dans l'histoire de l'abîme. Elle vit la naissance des sirènes, leur ascension au pouvoir et la malédiction qui les avait liées aux profondeurs, les transformant en créatures qu'elles étaient désormais. La douleur et le chagrin de leur existence la submergèrent, et Amelia se retrouva à sympathiser avec elles, comprenant leur sort comme elle ne l'avait jamais fait auparavant.

Mais derrière la tristesse se cachait quelque chose de plus sombre : une malveillance qui avait bouleversé le destin des sirènes, une force qui les avait transformées en tentatrices qu'elles étaient redoutées. C'était une force plus ancienne que l'océan lui-même, une obscurité qui prospérait dans les abysses, se nourrissant du désespoir et de la souffrance de ceux qui s'approchaient trop près de son emprise.

Le cœur d'Amelia s'emballa lorsqu'elle comprit que l'abîme n'était pas seulement un lieu, c'était une entité vivante, une force malveillante qui avait corrompu les sirènes et cherchait à lui faire la même chose. C'était la source des cauchemars, des murmures qui l'avaient attirée au bord de l'océan, des tentations qui l'avaient entraînée plus profondément dans ses profondeurs.

L'objet dans sa main pulsa de nouveau et les visions s'évanouirent, laissant Amelia seule dans la caverne une fois de plus. La lumière revint, douce et réconfortante, mais la connaissance qu'elle détenait désormais rendait la caverne froide et vide. Elle relâcha l'objet, le laissant se reposer sur le piédestal, sa lueur s'affaiblissant alors qu'elle retirait sa main.

Le poids de la vérité pesait sur elle, l'énormité de ce qu'elle avait découvert était presque insupportable. Les sirènes étaient des victimes, maudites par l'abîme, mais elles en étaient aussi les instruments, piégées dans un cycle de tentation et de destruction. Et maintenant, cette même force essayait de la piéger, de faire d'elle un autre pion dans son jeu sans fin.

La détermination d'Amelia se renforça. Elle ne pouvait pas se permettre de tomber dans le piège de l'abîme. Elle devait trouver un moyen de briser la malédiction, de libérer les sirènes et elle-même des ténèbres qui cherchaient à les consumer. Mais avant tout, elle devait survivre à l'abîme et à toutes les autres épreuves qu'il lui réservait.

Amelia inspira profondément et se détourna du piédestal. La faible lumière de la caverne la guidait vers l'entrée. Le calme de l'eau ne lui semblait plus réconfortant. C'était le calme avant la tempête, et elle savait que l'abîme était loin d'en avoir fini avec elle. Mais elle avait maintenant quelque chose qu'elle n'avait pas auparavant : la connaissance. Et avec cette connaissance, une lueur d'espoir lui vint.

Le chemin qui l'attendait était incertain, mais Amelia était déterminée à le suivre. L'abîme lui avait révélé sa vérité, et c'était maintenant à son tour de se défendre.

Retrouvailles avec la sirène

Amelia émergea de la caverne, la douce lueur des plantes bioluminescentes s'estompant derrière elle alors qu'elle pénétrait à nouveau dans les profondeurs abyssales. L'obscurité était à nouveau omniprésente, mais elle semblait désormais différente – moins comme un vide et plus comme une présence, une entité qui surveillait chacun de ses mouvements. Le poids des connaissances qu'elle avait acquises dans la caverne pesait lourd sur ses épaules, mais il alimentait également sa détermination. Elle savait maintenant qu'elle se battait non seulement pour elle-même mais aussi pour les sirènes, piégées et tourmentées par la force même qui cherchait à la consumer.

Elle scruta l'eau trouble, à la recherche d'un signe de la sirène qui l'avait guidée jusqu'ici. L'idée d'être seule dans l'abîme, sans les conseils de la sirène, lui fit froid dans le dos. Mais elle ne pouvait pas laisser la peur la contrôler ; elle devait rester concentrée, trouver un moyen de continuer le voyage.

Au moment où le doute commençait à s'installer, une mélodie faible et familière parvint à ses oreilles, portée par les courants des profondeurs. La chanson était envoûtante mais réconfortante, ses notes serpentant dans l'eau comme une bouée de sauvetage. Le cœur d'Amelia bondit de reconnaissance. La sirène était proche .

Elle suivait la chanson, ses mouvements réguliers et déterminés, ses yeux s'efforçant de voir à travers l'épaisse obscurité. La mélodie devenait plus forte, plus distincte, la conduisant vers une silhouette sombre qui prenait peu à peu forme dans l'obscurité. C'était la sirène, ses yeux brillants perçant l'obscurité alors qu'elle planait dans l'eau, l'attendant.

Amelia se sentit soulagée lorsqu'elle s'approcha de la sirène. « Tu es là », murmura-t-elle, la voix légèrement tremblante. La présence de la sirène était un réconfort, un rappel qu'elle n'était pas entièrement seule dans cette bataille.

Le regard lumineux de la sirène s'adoucit et elle tendit la main, ses doigts fins effleurant le bras d'Amelia. « Je t'ai dit que je te guiderais », murmura la sirène, sa voix basse et mélodieuse. « Mais l'abîme... il est imprévisible. Tu dois rester à proximité. »

Amelia hocha la tête, sa résolution se renforçant. « J'ai trouvé quelque chose dans la caverne », dit-elle, sa voix se stabilisant. « Un aperçu de la vérité. L'abîme... il est vivant, n'est-ce pas ? Une force qui s'attaque à tout ce qui se trouve sur son chemin. »

L'expression de la sirène s'assombrit et elle hocha lentement la tête. « Oui. L'abîme est ancien, plus vieux que l'océan lui-même. C'est une force des ténèbres, qui se nourrit des peurs et des désirs de ceux qui s'en approchent trop. Elle nous a transformés, nous les sirènes, en ce que nous sommes aujourd'hui : des créatures de tentation et de chagrin. Mais elle peut être vaincue, Amelia. Tu as le pouvoir de le faire. »

« Comment ? » demanda Amelia, l'urgence palpable dans sa voix. « Comment puis-je l'arrêter ? »

La sirène hésita, ses yeux brillants d'incertitude. « L'abîme est puissant, mais il n'est pas invincible. Il est attiré par toi parce que tu es différent, parce que tu as la force de lui résister. Tu dois trouver le cœur de l'abîme, la source de son pouvoir, et le détruire. Mais ce ne sera pas facile. L'abîme jettera tout ce qu'il a sur toi pour t'arrêter. »

L'esprit d'Amelia s'emballa tandis qu'elle assimilait les paroles de la sirène. Elle s'en doutait, mais le fait d'entendre cela se confirmer rendait la tâche encore plus ardue. Pourtant, elle ne pouvait pas laisser cela l'arrêter. Elle était allée trop loin pour faire demi-tour maintenant.

« Où est le cœur de l'abîme ? » demanda Amélia d'une voix ferme.

Le regard de la sirène se dirigea vers les profondeurs les plus sombres de l'océan. « Tout en bas, dans la partie la plus profonde de l'abîme. C'est un lieu de cauchemars, où l'obscurité est si épaisse qu'elle donne l'impression d'une présence physique. Mais c'est là que tu dois aller. »

Amelia déglutit difficilement, son cœur battant à l'idée de descendre encore plus profondément dans l'abîme. Mais il n'y avait pas d'autre solution. Si elle voulait mettre un terme à ce cauchemar, elle devait affronter le cœur des ténèbres.

« Je le ferai », dit-elle, la détermination gravée dans chaque mot. « Mais j'ai besoin de toi avec moi. Je ne peux pas y arriver seule. »

Les yeux de la sirène s'adoucirent et elle hocha la tête. « Je te guiderai, Amélia. Mais souviens-toi, l'abîme essaiera de te tromper, de te retourner contre toi-même. Tu dois avoir confiance en ta force et en moi. »

Amélia croisa le regard de la sirène, trouvant un étrange réconfort dans la présence de la créature. Il y avait désormais une compréhension entre elles, un lien forgé dans les profondeurs de l'océan, sous le poids de l'obscurité des abysses. Quoi qu'il en soit, elles y feraient face ensemble.

La sirène se tourna, sa forme glissant sur l'eau avec une grâce étrange, et Amelia la suivit, sa résolution inébranlable. Le chemin qui l'attendait était semé d'embûches, mais elle était prête. L'abîme lui avait montré sa vérité, et maintenant elle allait se battre contre lui.

Alors qu'ils descendaient plus profondément dans les profondeurs, l'obscurité devenait plus épaisse, plus oppressante, mais Amelia gardait les yeux fixés sur la forme lumineuse de la sirène, la laissant la guider à travers l'obscurité. Elle pouvait sentir l'abîme se refermer autour d'eux, sa présence malveillante peser sur elle, mais elle refusait de se laisser briser.

Ils nageaient en silence, le seul bruit étant le battement régulier du cœur d'Amelia et le faible murmure du courant. L'eau devenait plus froide, la pression plus intense, mais Amelia continuait à avancer, poussée par la certitude que le cœur de l'abîme était à portée de main.

Finalement, l'obscurité commença à s'estomper, le poids oppressant se soulageant légèrement alors qu'ils s'approchaient d'un gouffre immense et béant qui semblait s'étendre sans fin vers le bas. La sirène s'arrêta au bord, ses yeux brillants dans la faible lumière.

« C'est ici », dit la sirène, sa voix à peine plus qu'un murmure. « L'entrée du cœur de l'abîme. »

Amelia prit une profonde inspiration, se préparant à ce qui l'attendait. « Finissons-en », dit-elle d'une voix résolue.

La sirène hocha la tête et ensemble ils plongèrent dans le gouffre, l'obscurité se refermant autour d'eux alors qu'ils descendaient au cœur même de l'abîme.

CHAPTER 11

Chapitre 10 : Briser la malédiction

Descente dans le noyau abyssal

L'eau autour d'Amelia devint plus froide tandis qu'elle et la sirène descendaient plus loin dans l'abîme. Les murmures autrefois faibles des profondeurs s'étaient transformés en un chœur obsédant, résonnant dans les cavernes de son esprit. Les plantes bioluminescentes qui avaient offert une faible lueur dans les niveaux supérieurs avaient maintenant disparu depuis longtemps, remplacées par une obscurité oppressante qui la pressait de tous côtés. Le vide était vivant, et il l'observait.

Amelia respirait lentement et à intervalles réguliers, tandis qu'elle luttait pour contenir sa peur. La sirène flottait devant elle, ses yeux brillants perçant l'obscurité comme des balises. Malgré la pression incessante de l'abîme, sa présence était constante, une assurance silencieuse face à l'inconnu. Mais même la sirène semblait tendue, ses mouvements plus délibérés, comme si chaque coup dans l'eau était une bataille contre la force qui les entourait.

Plus ils descendaient, plus l'obscurité semblait s'épaissir, devenant presque tangible. Ce n'était pas seulement l'absence de lumière, c'était une présence, un poids qui s'installait sur la poitrine d'Amelia, rendant sa respiration plus difficile. Elle le sentait s'insinuer dans ses pensées, murmurant des doutes et des peurs qui rongeaient sa détermination.

« Vers quoi nous rapprochons-nous ? » demanda Amélia, sa voix à peine un murmure.

« Le cœur de l'abîme », répondit la sirène, d'une voix basse et mélodieuse, mais teintée d'une pointe d'inquiétude. « La source de la malédiction qui nous tient captifs depuis des siècles. »

Amelia déglutit difficilement, essayant de repousser la terreur qui menaçait de la submerger. Elle avait affronté de nombreux dangers depuis qu'elle s'était lancée dans ce voyage, mais cette fois-ci, c'était différent. L'abîme n'était pas seulement un lieu, c'était une entité vivante, qui respirait, qui se nourrissait de ses peurs les plus profondes.

Alors qu'ils continuaient leur descente, les courants devenaient plus turbulents, tourbillonnant autour d'eux selon des schémas chaotiques. C'était comme si l'abîme lui-même essayait de les séparer, de les tirer dans des directions différentes, de les séparer. Amelia resserra sa prise sur la main de la sirène, déterminée à ne pas perdre son seul guide dans cet endroit sombre et impitoyable.

Les murmures devinrent plus forts, plus insistants, formant des mots cohérents qui se glissaient dans son esprit. « Tu n'es pas assez forte, sifflaient-ils. Tu échoueras, tout comme les autres. Cette obscurité te consumera. »

Amelia secoua la tête, essayant de dissiper les voix, mais elles devinrent de plus en plus insistantes. Elles semblaient si réelles, si convaincantes, que pendant un instant, elle faillit les croire. Mais ensuite, elle regarda la sirène, ses yeux lumineux emplis d'une détermination silencieuse, et elle se rappela pourquoi elle était là. Elle ne se battait pas seulement pour elle-même, elle se battait pour les sirènes, pour leur liberté et pour avoir la chance de briser la malédiction qui les avait emprisonnées si longtemps.

L'obscurité continuait de l'envahir, mais Amelia se força à la traverser, à ignorer les voix qui cherchaient à la faire tomber. Elle se concentra sur la présence constante de la sirène, sur la chaleur de sa main dans la sienne et sur le fait de savoir qu'elles se rapprochaient de leur but à chaque coup de main.

Finalement, après ce qui m'a semblé une éternité à nager dans l'obscurité étouffante, l'abîme s'est ouvert sur un vaste espace caverneux. L'eau y était étrangement calme, comme si même les courants avaient peur de perturber le silence. Au centre de la pièce, une faible lueur pulsait, projetant de longues ombres qui dansaient sur les murs.

« Nous sommes arrivés », annonça la sirène, sa voix à peine audible dans le silence oppressant. « Le cœur de l'abîme se trouve devant nous. »

Le cœur d'Amelia battait fort dans sa poitrine alors qu'elle fixait la masse lumineuse devant eux. C'était bien cela, la source de la malédiction, la chose même qu'elle recherchait. Elle pouvait sentir l'obscurité qui en émanait, une force malveillante qui semblait s'étendre vers elle, essayant de l'attirer à elle.

Elle se força à prendre son courage à deux mains et respira profondément avant de se préparer à l'affrontement final. Le voyage avait été long et semé d'embûches, mais il était temps à présent d'affronter l'abîme et de mettre un terme à son règne de terreur une fois pour toutes.

« Allons-y », murmura Amélia, la voix tremblante mais résolue.

Avec la sirène à ses côtés, elle nagea en avant, déterminée à affronter le cœur de l'abîme et à briser la malédiction qui hantait les profondeurs depuis des siècles.

L'abîme révèle sa véritable forme

Alors qu'Amelia et la sirène s'approchaient de la lueur pulsante au cœur de l'abîme, l'eau autour d'elles commença à vibrer d'une vibration basse et résonnante. Plus elles se rapprochaient, plus les vibrations s'intensifiaient, résonnant dans les os d'Amelia et lui donnant l'impression que le cœur même de l'océan était vivant et palpitant d'énergie sombre.

La lueur, qui semblait lointaine et atténuée de loin, brillait maintenant avec une intensité qui illuminait toute la caverne, projetant des ombres nettes et déchiquetées qui se tordaient et se tortillaient le long des parois rocheuses. Les yeux d'Amelia s'écarquillèrent lorsqu'elle vit la source de la lumière : un tourbillon d'obscurité et de lumière, un maelström d'énergie qui tourbillonnait et rugissait dans l'eau. C'était comme si l'abîme avait déchiré le tissu de la réalité, révélant le vide chaotique qui se trouvait au-delà.

La sirène s'arrêta brusquement et Amelia sentit une tension monter à côté d'elle. « C'est le cœur de l'abîme, dit-elle d'une voix emplie d'une révérence teintée de peur. L'endroit où la malédiction est née. »

Amelia retint son souffle tandis qu'elle observait le vortex. C'était fascinant, un tourbillon d'ombres qui semblait s'étendre à l'infini, attirant tout autour. Des vrilles d'énergie noire jaillissaient de son centre, tourbillonnant dans l'eau comme des serpents, leur contact laissant des traces de froid glacial dans leur sillage. Mais dans l'obscurité, Amelia pouvait voir des éclairs de lumière, de brèves images vacillantes qui apparaissaient et disparaissaient dans son champ de vision.

« Quoi... qu'est-ce qu'il y a ? » murmura Amélia, la voix tremblante.

Les yeux de la sirène se rétrécirent tandis qu'elle observait le vortex. « C'est l'essence même de l'abîme. L'aboutissement de siècles de douleur, de peur et de désespoir. La malédiction qui nous lie tous à cette obscurité. »

Comme en réponse aux paroles de la sirène, le vortex commença à se déplacer et à se transformer. Les éclairs de lumière à l'intérieur devinrent plus brillants, plus fréquents, jusqu'à se solidifier en images cohérentes. Amelia haleta en voyant la première vision : sa mère, debout sur le rivage, regardant l'océan avec des larmes dans les yeux. L'image était si vive, si réelle, qu'elle fit souffrir le cœur d'Amelia d'un désir qu'elle n'avait pas ressenti depuis des années.

Mais l'image se déforma, se transformant en quelque chose de grotesque. Le visage de sa mère se tordit en un masque de chagrin, ses yeux creux et vides. La vision changea, se déplaçant pour montrer Amelia elle-même, debout seule sur une plage désolée, le ciel au-dessus d'elle sombre et orageux. Au loin, une vague monstrueuse se profilait, prête à s'écraser et à la consumer.

« Non... » murmura Amelia en secouant la tête comme si elle pouvait dissiper la vision. « Ce n'est pas réel. »

La voix de la sirène était calme mais ferme. « L'abîme se nourrit de vos peurs. Il vous montre ce que vous redoutez le plus, ce que vous désirez le plus, et le transforme en quelque chose qui brisera votre esprit. »

Amelia essaya de détourner le regard, mais les visions la retenaient captive. Le vortex se déplaça à nouveau, lui montrant d'autres scènes, chacune plus dérangeante que la précédente. Elle se vit piégée dans une mer sombre et sans fin, entourée des corps sans vie de ceux qu'elle aimait. Elle vit le monde d'en haut consumé par l'abîme, le ciel s'assombrir, les océans s'élever pour engloutir la terre. Les voix revinrent, murmurant dans son esprit, lui disant que tel était son destin, qu'elle n'échapperait jamais à l'obscurité.

« Ça suffit ! » s'écria Amélia en se tenant la tête comme pour faire taire les voix. « Je n'écouterai pas ça ! »

Mais le vortex ne fit que s'intensifier, ses spirales sombres l'entourant, la tirant plus près de son centre. Elle sentit le froid s'infiltrer dans ses os, sentit le poids de l'abîme la tirer vers le bas. Pendant un instant, elle craignit d'être perdue, engloutie par les ténèbres.

Puis, une main chaude saisit la sienne, la tirant en arrière. La voix de la sirène coupa le chaos, claire et forte. « Ne cède pas, Amélia. L'abîme est puissant, mais il n'est pas invincible. Tu as la force d'y résister. »

Amelia respira profondément, se forçant à se concentrer sur les paroles de la sirène. Elle ferma les yeux, chassant les visions, et se concentra sur la chaleur de la main de la sirène, le rythme régulier de son propre battement de cœur. Lentement, les voix commencèrent à s'estomper, le froid s'éloigna et l'attraction du vortex s'affaiblit.

Lorsqu'elle rouvrit les yeux, les visions avaient disparu, remplacées par les ombres tourbillonnantes de l'abîme. Le vortex vibrait toujours d'énergie noire, mais il ne semblait plus aussi terrifiant. Amelia savait qu'il essayait de la briser, de la faire douter d'elle-même. Mais elle savait aussi qu'elle était allée trop loin pour céder maintenant.

« Je n'ai pas peur de toi, murmura-t-elle d'une voix ferme. J'ai affronté des situations pires que toi et je suis toujours debout. »

Le vortex sembla siffler en réponse, ses vrilles se déchaînant une dernière fois avant de se retirer dans l'obscurité. La caverne devint silencieuse, le poids oppressant se soulevant légèrement alors que l'abîme réalisait qu'il n'avait pas réussi à la briser.

Amelia se tourna vers la sirène, qui hocha la tête en signe d'approbation. « Tu es plus forte qu'elle ne le pense. Mais ce n'est que le début. Le cœur de l'abîme ne lâchera pas son pouvoir si facilement. »

« Je suis prête », dit Amelia, sa résolution se renforçant. « Mettons fin à tout ça. »

Avec la sirène à ses côtés, elle se préparait à affronter la véritable force derrière la malédiction, déterminée à briser son emprise et à libérer les sirènes de leur tourment éternel.

Le gardien de l'abîme

Amelia et la sirène avancèrent, leur détermination se renforçant à chaque instant. Le chemin devant elles se rétrécit, les murs de la caverne abyssale se refermant comme pour étouffer tout espoir restant. L'atmosphère oppressante s'épaissit, l'obscurité palpitant maintenant d'une malveillance presque consciente. La lueur du vortex s'estompa derrière elles, remplacée par un autre type de lumière - une luminescence faible et inquiétante qui semblait s'infiltrer hors des murs mêmes.

Soudain, la caverne s'ouvrit sur une vaste salle, bien plus grande que celle qu'ils venaient de quitter. Le silence était assourdissant, un vide qui engloutissait le moindre bruit. Amelia sentait une présence ici, quelque chose d'ancien et de puissant, se cachant juste au-delà des limites de sa perception. C'était comme si l'abîme lui-même avait pris conscience de leur intrusion.

La sirène s'arrêta, ses yeux scrutant la pièce avec méfiance. « Nous ne sommes pas seuls », murmura-t-elle, sa voix à peine audible.

Le cœur d'Amelia battait fort dans sa poitrine tandis qu'elle mettait tous ses sens à rude épreuve, essayant de détecter ce que la sirène avait ressenti. Puis elle le vit : un mouvement dans l'ombre, quelque chose d'énorme et de serpentin, enroulé autour des murs de la chambre. Il se déplaçait avec une grâce lente et délibérée, sa forme sombre se fondant parfaitement dans l'obscurité environnante. La seule chose qui le trahissait était le faible scintillement de bioluminescence qui traçait le long de ses écailles, comme des veines de poison brillant.

« Qu'est-ce que c'est ? » demanda Amélia, la voix tremblante malgré tous ses efforts pour rester calme.

« Le Gardien, répondit la sirène d'un ton grave. Il protège le cœur de l'abîme et veille à ce que personne ne puisse jamais en sortir. »

Le souffle d'Amelia s'arrêta lorsque la tête du Gardien émergea de l'ombre, révélant un visage à la fois terrifiant et hypnotisant. Ses yeux étaient de vastes orbes de ténèbres tourbillonnants, avec des points de lumière qui semblaient transpercer son âme. Sa bouche était bordée de rangées de dents acérées comme des rasoirs, chacune luisant d'une faim froide et prédatrice. Mais ce n'était pas seulement son apparence qui la troublait, c'était le sentiment d'une intelligence ancienne derrière ces yeux, un esprit qui avait vu d'innombrables âmes tomber sous sa puissance.

Le Gardien se déroula des murs, son corps massif se déplaçant avec une grâce fluide qui trahissait sa taille. Il fit le tour de la chambre, sans jamais quitter Amelia et la sirène des yeux. L'eau autour d'eux devint plus froide, la pression augmentant à mesure que la présence de la créature remplissait l'espace.

« Vous êtes venu de loin », dit le Gardien, sa voix était une vibration profonde et grondante qui résonnait dans l'eau. « Mais votre voyage s'arrête ici. Aucun de ceux qui défient l'abîme ne survit. »

Amelia déglutit difficilement, son courage vacillant sous le regard du Gardien. Mais elle savait qu'il n'y avait plus de retour en arrière possible. Elle avait fait trop de chemin, affronté trop de dangers, pour se laisser arrêter par cet ultime obstacle.

« Nous ne sommes pas ici pour vous défier, dit Amelia, la voix ferme malgré la peur qui la rongeait de l'intérieur. Nous sommes ici pour briser la malédiction qui lie les sirènes depuis des siècles. »

Les yeux du Gardien se rétrécirent, la lumière qui brillait à l'intérieur d'eux semblait indiquer un certain amusement. « Tu parles de briser la malédiction comme si c'était une tâche simple. L'abîme ne lâche pas prise à la légère. Tu seras consumé, comme tous les autres. »

La sirène se rapprocha d'Amelia, sa présence constituant une ancre apaisante face à la puissance écrasante du Gardien. « Nous ne sommes pas comme les autres », dit-elle d'une voix forte et résolue. « Nous avons la force de mettre un terme à tout cela. De nous libérer nous-mêmes et de libérer l'abîme de cette obscurité éternelle. »

Pendant un moment, le Gardien resta silencieux, les yeux plissés tandis qu'il les étudiait. Puis, avec une vitesse soudaine et terrifiante, il s'élança en avant, ses mâchoires s'ouvrant largement. Amelia eut à peine le temps de réagir avant que la sirène ne la tire sur le côté, les dents du Gardien se refermant à quelques centimètres de l'endroit où elle se trouvait.

Le cœur d'Amelia s'emballa tandis qu'elle retrouvait son équilibre, son esprit s'empressant de trouver un moyen d'affronter cette ancienne bête. La sirène, cependant, semblait imperturbable, ses mouvements fluides et contrôlés alors qu'elle faisait face au Gardien de front.

« Nous ne pouvons pas le vaincre par la force », dit la sirène d'une voix calme mais pressante. « Le Gardien est une manifestation de l'abîme lui-même. Nous devons trouver un autre moyen. »

Amelia hocha la tête, comprenant de plus en plus. Le Gardien n'était pas seulement une créature, c'était un symbole, une manifestation de la malédiction qui avait retenu les sirènes captives pendant si longtemps. S'ils voulaient la vaincre, ils ne pourraient pas compter uniquement sur la force brute.

Le Gardien les encercla de nouveau, ses mouvements plus lents cette fois, comme pour tester leur détermination. « Tu penses pouvoir trouver un moyen de briser la malédiction ? » siffla-t-il, sa voix ruisselante de dédain. « L'abîme a emporté bien des gens avant toi. Qu'est-ce qui te fait croire que tu es différent ? »

Amelia respira profondément, sa peur s'évanouissant tandis qu'une nouvelle détermination prenait le dessus. « Parce que nous avons quelque chose que l'abîme n'a pas », dit-elle d'une voix forte et claire. « L'espoir. »

Le mot flottait entre eux, un défi qui semblait résonner dans toute la pièce. Le Gardien s'arrêta, ses yeux se rétrécissant comme s'il réfléchissait à ses paroles. Pour la première fois, il y avait de l'incertitude dans son regard, une lueur de doute qui n'était pas là auparavant.

« L'espoir, répéta le Gardien d'une voix sourde. C'est un sentiment insensé. Mais peut-être… » Il s'interrompit, son regard passant d'Amelia à la sirène. « Peut-être que tu es plus riche que je ne le pensais. »

Amelia et la sirène échangèrent un regard, et une certaine compréhension passa entre elles. Le Gardien n'était pas invincible : il était lié par la même malédiction qui avait piégé les sirènes. Et comme les sirènes, il aspirait à la liberté, même s'il ne pouvait l'admettre.

« Nous briserons la malédiction », dit Amelia, s'avançant avec une détermination renouvelée. « Et quand nous y parviendrons, l'abîme sera libéré. »

Le Gardien la fixa un long moment, ses yeux emplis d'une émotion qu'elle ne parvenait pas à définir. Puis, d'un mouvement lent et délibéré, il se retira, sa forme massive s'éloignant dans l'ombre.

« Très bien, dit-il d'une voix plus douce, presque contemplative. Prouve-le. »

Sur ce, le Gardien disparut dans l'obscurité, laissant Amélia et la sirène seules dans la chambre. Le poids oppressant de l'abîme se souleva légèrement, comme si l'obscurité elle-même avait reconnu leur force.

Amelia laissa échapper un soupir qu'elle n'avait pas remarqué avoir retenu, son corps tremblant sous l'adrénaline de la rencontre. « Nous l'avons fait », murmura-t-elle, plus pour elle-même que pour la sirène.

La sirène hocha la tête, l'air fier et tranquille. « Oui, mais le plus dur reste à venir. Le cœur de l'abîme nous attend toujours. »

Amelia se redressa, sa résolution se renforçant. « Alors finissons-en. »

Alors que l'avertissement du Gardien résonnait dans son esprit, Amelia se prépara à la confrontation finale, sachant que le sort des sirènes - et peut-être de l'océan tout entier - dépendait de l'issue de leurs prochaines étapes.

L'abîme révélé

Amelia et la sirène poursuivirent leur route, la chambre du Gardien n'étant plus qu'un lointain souvenir alors qu'elles s'aventuraient plus profondément dans l'abîme. L'eau devint plus froide, plus dense, et l'obscurité autour d'elles semblait vibrer d'une vie propre. La faible lumière qui les avait guidées plus tôt avait maintenant disparu, les laissant dans un vide si complet que même la lueur bioluminescente de la sirène semblait faible.

Malgré l'obscurité accablante, Amelia ressentait une étrange sensation de clarté. La peur qui l'avait saisie plus tôt s'était transformée en une détermination farouche. Elle avait affronté le Gardien et avait survécu ; maintenant, elle allait affronter tout ce que l'abîme avait à lui réserver.

Tandis qu'ils nageaient, les parois de la caverne commencèrent à changer. La roche rugueuse et déchiquetée céda la place à quelque chose de plus lisse, plus poli. Amelia passa ses doigts sur la surface, surprise de trouver une texture presque semblable à du verre. C'était comme si la roche elle-même avait fondu puis s'était solidifiée à nouveau, formant un tunnel surnaturel et surnaturel.

« Quel est cet endroit ? » demanda Amélia, la voix étouffée dans le silence étrange.

« C'est le cœur de l'abîme », répondit la sirène d'un ton respectueux et prudent. « Rares sont ceux qui ont atteint ce point. C'est là que la malédiction a pris naissance, là où la première sirène a conclu son pacte avec l'abîme. »

Le cœur d'Amelia fit un bond. Elle avait entendu parler de la première sirène, celle qui avait échangé sa liberté contre le pouvoir, condamnant son espèce à une éternité de ténèbres. Mais se retrouver à l'endroit même où tout avait commencé, là où l'abîme avait murmuré ses tentations pour la première fois, était quelque chose de complètement différent.

Le tunnel s'élargissait vers une autre salle, mais celle-ci ne ressemblait à aucune de celles qu'ils avaient rencontrées auparavant. Les murs scintillaient d'une lumière éthérée, projetant d'étranges ombres ondulantes qui dansaient comme des fantômes. Au centre de la salle, un cristal massif sortait du sol, sa surface lisse et translucide. À l'intérieur du cristal, quelque chose de sombre et de tourbillonnant se déplaçait, comme pris au piège dans une tempête éternelle.

Amelia et la sirène s'approchèrent avec précaution, l'air – ou plutôt l'eau – autour d'elles vibrait d'énergie. Il y avait ici une sensation palpable de puissance, quelque chose d'ancien et d'insondable. C'était le cœur de l'abîme, la source de la malédiction qui affligeait les sirènes depuis des siècles.

« C'est ici », murmura la sirène, sa voix teintée de crainte et de crainte. « Le cœur de l'abîme. La source de notre malédiction. »

Amelia fixait le cristal, son esprit s'emballant. Il était à la fois magnifique et terrifiant, un phare de ténèbres qui vibrait d'une vie propre. Elle pouvait le sentir l'appeler, lui murmurant des promesses de pouvoir et de connaissance, tout comme il l'avait fait à la première sirène.

Mais Amélia savait que ce n'était pas le cas. Elle avait vu ce que l'abîme avait fait aux sirènes, comment il les avait transformées en ombres d'elles-mêmes. Elle avait vu la douleur et la souffrance qu'il avait causées, et elle ne permettrait pas qu'il fasse d'autres victimes.

« Nous devons le détruire », dit Amelia d'une voix ferme.

La sirène la regarda, les yeux écarquillés de surprise. « La détruire ? Mais c'est la source de notre pouvoir. Sans elle, nous ne serons rien. »

« Non, » Amelia secoua la tête. « Sans cela, tu seras libre. Libre de la malédiction, libre de vivre ta vie comme tu le souhaites. »

La sirène hésita, son regard passant d'Amelia au cristal. Il était clair qu'elle était déchirée, prise entre le pouvoir qu'elle connaissait depuis si longtemps et la promesse d'une liberté qui semblait presque trop belle pour être vraie.

« Nous ne pouvons pas y arriver seuls », dit finalement la sirène. « Le cœur de l'abîme est trop fort. Il ripostera. »

Amelia hocha la tête, comprenant la gravité de ce qu'ils s'apprêtaient à faire. Mais elle savait aussi qu'ils n'avaient pas le choix. S'ils ne détruisaient pas le cœur de l'abîme, le cycle continuerait et les sirènes resteraient prisonnières de leur existence maudite.

« Alors nous nous battrons ensemble », dit Amelia d'une voix ferme. « Nous sommes arrivés jusqu'ici. Nous pouvons en finir. »

La sirène croisa son regard, une nouvelle résolution brillait dans ses yeux. « Ensemble », acquiesça-t-elle.

Ils reportèrent alors leur attention sur le cristal. L'obscurité qui l'entourait semblait sentir leur intention, ses tourbillons devenant plus frénétiques, plus chaotiques. La chambre autour d'eux tremblait, les murs gémissaient comme si l'abîme lui-même réagissait à leur défi.

Amélia sentit la pression monter, le poids de l'abîme peser sur elle, mais elle refusa de reculer. Elle tendit la main, la sirène fit de même, et ensemble elles touchèrent le cristal.

Une onde de choc les traversa, d'une force presque écrasante. Mais Amelia tint bon, concentrant toute sa volonté sur la rupture de la malédiction. Elle pouvait sentir le cœur de l'abîme se défendre, ses ténèbres se déchaîner, essayant de les repousser. Mais elle et la sirène étaient plus fortes ensemble, leur force combinée créant une fissure dans la surface du cristal.

La fissure s'élargit, les ténèbres à l'intérieur du cristal se débattirent sauvagement comme si elles souffraient. La chambre entière trembla, les murs commencèrent à s'effondrer, mais Amelia ne lâcha pas prise. Elle versa tout ce qu'elle avait dans cette fissure, souhaitant que la malédiction se brise, souhaitant que les ténèbres relâchent leur emprise sur les sirènes.

Finalement, avec un bruit semblable à celui d'un verre brisé, le cristal explosa, l'obscurité qu'il contenait se dissipant dans l'eau, ne laissant derrière elle qu'une faible lueur de lumière. La chambre s'immobilisa, le poids oppressant de l'abîme se soulageant, remplacé par un sentiment de calme, de paix.

Amelia et la sirène flottaient au centre de la pièce désormais vide, toutes deux respirant difficilement, leurs corps tremblant d'épuisement. Mais il y avait aussi autre chose : un sentiment de victoire, de triomphe. Elles avaient réussi. Elles avaient brisé la malédiction.

Amelia regarda la sirène, un sourire éclairant son visage. « Nous l'avons fait », dit-elle, sa voix emplie d'incrédulité et de joie.

La sirène lui rendit son sourire, avec une expression de soulagement et de gratitude. « Oui, dit-elle doucement. Nous sommes libres. »

Pour la première fois depuis son entrée dans l'abîme, Amelia ressentit un sentiment d'espoir. L'obscurité avait disparu, remplacée par la promesse d'un nouveau départ. Ensemble, elle et la sirène avaient changé le cours de l'histoire, et elles pouvaient désormais enfin entamer le voyage de retour vers la surface, vers la lumière.

La lumière au-delà

Amelia et la sirène restèrent là, dans les séquelles de leur triomphe, toutes deux encore sous le choc du pouvoir qu'elles avaient libéré. L'abîme qui les entourait, autrefois un lieu d'obscurité étouffante, semblait maintenant étrangement serein. Le poids oppressant qui les avait accablées tout au long de leur voyage avait disparu, remplacé par une sensation de légèreté qu'Amelia n'avait pas ressentie depuis qu'elle était entrée dans cet endroit maudit.

Le cœur de l'abîme avait été brisé, son énergie sombre dissipée, et avec elle, la malédiction qui liait les sirènes depuis des siècles. Mais alors que le silence s'installait autour d'elles, Amelia savait que leur voyage n'était pas encore terminé.

« Nous devons quitter cet endroit », dit Amelia, sa voix résonnant doucement dans la pièce.

La sirène hocha la tête, ses yeux luminescents reflétant la faible lumière qui semblait maintenant émaner des parois mêmes de l'abîme. « Les autres nous attendront. Ils doivent savoir que la malédiction est brisée. »

Ensemble, ils regagnèrent le tunnel à la nage, les murs autrefois imposants scintillant désormais d'une douce lueur. Tandis qu'ils avançaient, l'eau semblait plus chaude, plus accueillante, comme si l'abîme lui-même les libérait de son emprise. Amelia pouvait presque sentir le soupir de soulagement qui semblait onduler à travers les courants, comme si l'abîme, lui aussi, était heureux d'être libéré de son fardeau.

Lorsqu'ils atteignirent la chambre du Gardien, Amélia s'arrêta. Le Gardien, autrefois une présence effrayante, était maintenant endormi, sa forme colossale n'émettant plus l'énergie sombre qui avait pulsé à travers l'abîme. Ses yeux, autrefois brillants d'une lumière sinistre, étaient maintenant fermés, son corps immobile et paisible.

« Le Gardien... » murmura Amélia, sa voix teintée de tristesse.

« Il était lié à la malédiction autant que nous », expliqua la sirène. « Maintenant que la malédiction est brisée, il est libre aussi. »

Amelia hocha la tête, compréhensive. Le Gardien avait participé aux ténèbres de l'abîme, mais il avait aussi été une victime. Maintenant, comme les sirènes, il pouvait enfin se reposer.

Ils continuèrent leur ascension, l'eau devenant plus claire à mesure qu'ils s'approchaient de la surface. Le cœur d'Amelia s'accéléra d'impatience. Elle n'avait pas réalisé à quel point le soleil, le ciel ouvert, la sensation du vent sur son visage lui avaient manqué. L'obscurité lui avait semblé interminable, mais maintenant, après ce qui lui avait semblé une éternité, elle retournait enfin dans le monde d'en haut.

Lorsqu'ils percèrent la surface, la transition fut si soudaine qu'il fallut un moment à Amelia pour s'y habituer. La lumière du soleil était aveuglante, le ciel d'un bleu éclatant qui s'étendait à l'infini au-dessus d'eux. Amelia cligna des yeux, se protégeant les yeux alors qu'elle flottait à la surface de l'eau, s'imprégnant de la beauté du monde qu'elle avait presque oublié.

La sirène apparut à ses côtés, sa forme désormais entièrement illuminée par le soleil. Sans le poids oppressant de la malédiction, sa beauté était à couper le souffle. Ses écailles scintillaient au soleil, reflétant toutes les nuances de bleu et de vert, et ses yeux, autrefois ombragés par l'abîme, étaient désormais clairs et brillants.

Amelia et la sirène échangèrent un regard, une compréhension silencieuse s'établit entre elles. Elles avaient partagé quelque chose d'extraordinaire, quelque chose qui les avait changées toutes les deux. Le lien qu'elles avaient formé dans les profondeurs de l'abîme était indestructible, forgé dans les feux de leur lutte commune.

Alors qu'ils dérivaient en pleine mer, les pensées d'Amelia se tournèrent vers les sirènes qui avaient été abandonnées. La malédiction était brisée, mais leur voyage n'était pas terminé. Elles avaient besoin de retourner auprès des autres, de partager la nouvelle, de les aider à s'adapter à cette nouvelle réalité.

La sirène replongea sous la surface, ses mouvements gracieux et fluides, comme pour faire signe à Amelia de la suivre. Amelia hésita un instant avant de replonger dans l'eau, son cœur battant à tout rompre avec un mélange d'excitation et d'appréhension. Elle avait affronté l'obscurité et gagné, mais maintenant elle devait faire face à ce qui allait suivre.

Tandis qu'ils nageaient vers le repaire de la sirène, Amelia s'émerveillait de la différence que l'océan avait à présent. Les eaux qui avaient été autrefois froides et hostiles semblaient maintenant chaudes et vivantes. Des bancs de poissons s'élançaient autour d'eux, leurs écailles scintillaient au soleil, et les récifs coralliens en contrebas étaient éclatants de couleurs. C'était comme si l'océan lui-même célébrait leur victoire.

Lorsqu'elles atteignirent le repaire, les autres sirènes les attendaient. Amelia vit immédiatement le changement en elles. Leurs yeux, autrefois embrumés par le désespoir, étaient désormais remplis d'espoir. Le poids de la malédiction avait été levé, et avec lui, l'obscurité qui les avait hantés si longtemps.

« Tu l'as fait », murmura l'une des sirènes, la voix tremblante d'émotion.

Amelia hocha la tête, la poitrine gonflée de fierté et de soulagement. « Nous l'avons fait », corrigea-t-elle, son regard se dirigeant vers la sirène qui était restée à ses côtés tout au long de l'épreuve. « Nous avons brisé la malédiction ensemble. »

Les sirènes se rassemblèrent autour d'eux, leurs expressions mêlant crainte et gratitude. Pour la première fois depuis des siècles, ils étaient libres, vraiment libres. Les ténèbres de l'abîme étaient derrière eux, et un nouvel avenir les attendait.

Amelia sentit une main sur son épaule et se tourna pour voir la sirène avec laquelle elle avait voyagé . Ses yeux étaient remplis d'une chaleur qu'Amelia n'avait jamais vue auparavant, une connexion qui allait au-delà des mots.

« Que vas-tu faire maintenant ? » demanda la sirène d'une voix douce.

Amelia contemplait l'immensité de l'océan, son esprit s'emballant de possibilités. Elle était venue dans l'abîme en quête de réponses, et elle avait trouvé bien plus qu'elle n'aurait pu l'imaginer. Mais maintenant, elle savait que sa place n'était pas sous les vagues.

« Je vais retourner à la surface », dit doucement Amelia. « Mais je n'oublierai jamais ce que nous avons fait ici. Cela fait désormais partie de moi. »

La sirène hocha la tête en signe de compréhension. « Et nous serons toujours là, si vous avez besoin de nous. »

Amelia sourit, ressentant un sentiment de clôture auquel elle ne s'attendait pas. Le voyage avait été long et difficile, mais il l'avait menée vers un lieu de paix et de compréhension. L'abîme l'avait mise à l'épreuve, mais il lui avait aussi donné quelque chose de précieux : un lien avec un monde qu'elle n'avait jamais connu et la force d'affronter ce qui allait suivre.

Après avoir jeté un dernier regard aux sirènes, Amelia commença son ascension, le cœur plus léger qu'il ne l'avait été depuis des années. La lumière du soleil devenait plus vive alors qu'elle nageait vers la surface, chaque mouvement la rapprochant du monde qu'elle avait laissé derrière elle. Elle ne savait pas ce que l'avenir lui réservait, mais elle savait qu'elle était prête à l'affronter. L'obscurité était derrière elle, et devant elle, il n'y avait que la lumière.

CHAPTER 12

Chapitre 11 : Les conséquences

Le retour

Les pieds d'Amelia s'enfoncèrent dans le sable chaud et familier de l'île, les grains s'accrochant à elle comme s'ils essayaient de l'ancrer à la terre après son voyage à travers l'abîme. La lumière du soleil la baignait de sa lueur dorée, un contraste frappant avec l'obscurité étouffante à laquelle elle venait d'échapper. L'île, qui semblait toujours vibrer d'une énergie mystérieuse, semblait maintenant calme, sereine, comme si elle aussi était soulagée par son retour.

Elle s'arrêta au bord de l'eau, les vagues clapotant doucement sur ses chevilles, et regarda l'océan. Les eaux étaient plus claires que dans ses souvenirs, leur surface lisse et calme, reflétant le ciel bleu au-dessus. Il n'y avait aucune trace de l'influence malveillante de l'abîme, aucune trace des forces obscures qui s'étaient autrefois cachées sous les vagues. C'était comme si l'océan était né de nouveau, purifié par les événements qui s'étaient déroulés en dessous.

Un groupe d'insulaires l'attendait près de la limite des arbres, leurs expressions mêlant inquiétude et espoir. Parmi eux se trouvaient les visages familiers de ceux qu'elle avait rencontrés au cours de son séjour sur l'île – des pêcheurs, des anciens, des enfants – tous cherchant auprès d'elle des réponses, du réconfort. Tandis qu'elle s'approchait d'eux, son cœur se gonflait d'un mélange d'émotions : le soulagement d'avoir survécu, la gratitude pour les liens qu'elle avait noués et une tristesse inexprimée pour le monde qu'elle avait laissé derrière elle.

« Amélia ! » s'écria une voix, brisant le silence. C'était Elena, l'aînée qui lui avait raconté la première les légendes des sirènes. Les yeux de la vieille femme brillaient d'un mélange de soulagement et d'inquiétude alors qu'elle s'avançait, la main tendue.

Amelia prit la main d'Elena, sentant la chaleur du contact de l'aînée s'infiltrer dans sa peau froide. « Je suis de retour », dit-elle, la voix enrouée par le manque d'usage.

Elena hocha la tête, son regard scrutant le visage d'Amelia comme si elle essayait de lire l'histoire écrite dans ses yeux. « Nous l'avons senti, le changement dans l'océan. C'est... différent maintenant. »

Amelia hocha lentement la tête, ses pensées remontant au cœur de l'abîme, au moment où la malédiction avait finalement été brisée. « L'obscurité a disparu, murmura-t-elle. L'abîme a été... libéré. »

Un murmure se répandit parmi les insulaires rassemblés, une vague de soulagement les submergea. Ils avaient tous ressenti le changement, le moment où l'énergie oppressante qui pesait sur l'île depuis des générations s'était dissipée, remplacée par quelque chose de plus léger, de plus paisible. Mais il restait encore des questions, des peurs qui persistaient dans l'air comme les restes d'une tempête.

« C'est fini ? » demanda un pêcheur, s'avançant avec un mélange d'inquiétude et d'espoir. « Est-ce que les sirènes... ? »

« Ils sont libres », répondit Amelia d'une voix ferme. « La malédiction qui les liait est brisée. Ils ne représentent plus une menace pour l'île. »

La foule semblait pousser un soupir de soulagement collectif qui résonna dans l'air immobile. Les visages qui avaient été crispés par l'inquiétude se détendirent et quelques sourires commencèrent à percer la tension.

Elena serra la main d'Amelia, ses yeux s'adoucissant de gratitude. « Tu as fait quelque chose d'extraordinaire, ma fille. L'île n'oubliera jamais ce que tu as fait. »

Amelia baissa les yeux, le cœur lourd sous le poids de ces mots. Elle avait fait ce qu'elle avait prévu de faire, mais le voyage lui avait coûté plus cher que prévu. L'abîme lui avait pris quelque chose, un morceau de son âme laissé dans ses profondeurs obscures. Et pourtant, elle savait qu'elle avait aussi gagné quelque chose – un lien avec l'océan, les sirènes et l'île elle-même, qui resterait avec elle pour toujours.

« J'ai juste fait ce qu'il fallait faire », dit Amelia à voix basse, son regard se tournant vers l'océan. Les vagues scintillaient sous le soleil de l'après-midi, leur rythme doux et apaisant, bien loin des eaux turbulentes qu'elle avait autrefois redoutées.

Les habitants de l'île commencèrent à se disperser, le moral rehaussé par le retour d'Amelia et la certitude que le pire était derrière eux. Mais alors qu'ils partaient, un sentiment de finalité flottait dans l'air, comme s'ils comprenaient tous que quelque chose avait changé de manière irréversible, pas seulement dans l'océan, mais chez Amelia elle-même.

Alors que les derniers villageois rentraient chez eux, Amelia resta au bord de l'eau, Elena à ses côtés. L'aînée l'observa en silence pendant un moment avant de parler.

« Tu n'es plus la même depuis ton départ, observa Elena d'une voix douce mais ferme. L'océan t'a marquée. »

Amelia hocha la tête, ne se sentant pas capable de parler. Elle le sentait dans ses os, la façon dont l'appel de l'océan avait changé : d'un attrait de sirène à une douce invitation, un lien forgé dans les profondeurs de l'abîme.

« Quoi qu'il arrive ensuite, continua Elena, sache que tu seras toujours la bienvenue ici. Cette île est autant ta maison que la nôtre. »

La poitrine d'Amelia se serra sous l'effet de l'émotion. Elle était venue sur l'île en tant qu'étrangère, en quête de réponses. Maintenant, après tout ce qui s'était passé, elle réalisait qu'elle avait trouvé quelque chose de bien plus précieux : un endroit où elle avait vraiment sa place.

« Merci », murmura-t-elle, sa voix à peine audible par-dessus le bruit des vagues. « Pour tout. »

Elena sourit, les yeux plissés . « Non, ma chère. Merci. »

Avec un dernier hochement de tête, l'aînée se retourna et retourna au village, laissant Amélia seule avec ses pensées. L'océan s'étendait devant elle, vaste et infini, plein de possibilités.

Amelia savait qu'elle devait prendre des décisions – concernant son avenir, la direction qu'elle prendrait à partir de maintenant. Mais pour l'instant, elle s'autorisait un moment de paix, debout au bord du monde qu'elle avait appris à aimer, le cœur rempli de gratitude et d'espoir. L'obscurité était derrière elle, et devant elle s'étendait un horizon rempli de lumière et de nouveaux commencements.

Confrontation avec Lysandra

Eamon marchait à grands pas devant la tente de Lysandra, l'air frais de la nuit lui mordant la peau alors qu'il s'efforçait de rassembler ses pensées. Les étoiles au-dessus de lui semblaient lointaines et indifférentes à l'agitation qui faisait rage en lui. Sa récente découverte et le sombre secret qu'elle révélait l'avaient laissé agité et mal à l'aise. Il avait espéré affronter Lysandra dans un moment de calme, loin des regards indiscrets de leurs compagnons.

Finalement, il prit une grande inspiration et écarta le rabat de la tente. À l'intérieur, la douce lueur d'une lanterne projetait une lumière chaleureuse sur l'intérieur. Lysandra était assise à une petite table, penchée sur un ensemble de documents. Elle leva les yeux, son expression passant de la surprise à un calme prudent lorsqu'Eamon entra.

« Eamon, » salua-t-elle d'une voix ferme. « Qu'est-ce qui t'amène ici à cette heure-ci ? »

Eamon referma le rabat derrière lui et respira profondément. « Il faut qu'on parle, Lysandra. De ce qu'on a trouvé. »

Les yeux de Lysandra se plissèrent légèrement, mais elle hocha la tête. « Très bien. De quoi souhaitez-vous discuter ? »

Eamon s'approcha, ses émotions remontant à la surface. « Nous avons découvert quelque chose d'important, quelque chose qui était censé rester caché. Les parchemins et l'artefact... ce ne sont pas que des reliques. Ils sont liés à un pouvoir qui pourrait tout changer. »

Le regard de Lysandra resta fixe, mais une lueur de tension apparut dans ses yeux. « Oui, je suis consciente de ce que nous avons découvert. Et je suis également consciente des dangers que cela représente. »

« Alors pourquoi ne nous as-tu rien dit ? » La voix d'Eamon s'éleva de frustration. « Pourquoi nous garder dans l'ignorance ? Nous avons risqué nos vies sur la base d'informations incomplètes. »

L'expression de Lysandra se durcit, son sang-froid s'effritant un instant. « Il y a des raisons pour lesquelles certaines choses sont gardées secrètes. L'artefact n'est pas n'importe quel objet. Il a le potentiel de causer de graves dommages s'il est mal utilisé. Je ne voulais pas risquer de paniquer ou, pire, de compromettre notre mission. »

Les poings d'Eamon se serrèrent à ses côtés. « Alors, tu nous as menti pour notre bien ? Tu penses qu'il vaut mieux qu'on ne sache pas la vérité ? »

Les yeux de Lysandra s'adoucirent, mais sa voix resta ferme. « Je ne t'ai pas menti, Eamon. J'ai caché des informations parce que je devais m'assurer que nous ne serions pas influencés par la peur ou la confusion. Le succès de la mission est crucial, et je devais garder le contrôle. »

Eamon secoua la tête, la frustration bouillonnant. « Tu as mis en péril notre confiance, Lysandra. Nous avons suivi les ordres aveuglément, sans comprendre l'ampleur de ce à quoi nous avons affaire. Comment pouvons-nous nous battre pour une cause alors que nous ne savons même pas ce que nous protégeons ? »

Lysandra se leva de sa chaise et traversa le petit espace qui les séparait d'un pas décidé. Ses yeux se posèrent sur les siens, un mélange de détermination et de regret gravé sur ses traits. « Je comprends ta colère, Eamon. Mais tu dois comprendre que cette mission ne concerne pas seulement l'artefact, mais aussi la prévention d'une catastrophe plus grande encore. L'artefact a été caché pour une raison, et il doit rester en sécurité. »

L'esprit d'Eamon s'emballa, luttant pour concilier sa loyauté envers Lysandra avec la trahison qu'il ressentait. « Et si nous échouons ? Et si l'artefact tombe entre de mauvaises mains ? Tu ne peux pas t'attendre à ce que nous acceptions simplement ta parole que tout ira bien. »

Lysandra soupira, le regard baissé vers le sol. « Je ne m'attends pas à ce que tu l'acceptes sans poser de questions. Je m'attends à ce que tu comprennes que mes décisions sont prises avec les meilleures intentions. Cet artefact était un dernier recours, quelque chose à n'utiliser qu'en cas d' absolue nécessité . Notre objectif principal est de nous assurer qu'il ne tombe pas entre les mains de l'ennemi. »

Eamon sentit un doute l'envahir, mais il se força à rester déterminé. « Je veux croire que tu fais ça pour les bonnes raisons, Lysandra. Mais j'ai besoin de plus que de simples assurances. J'ai besoin de savoir que nous ne sommes pas entraînés dans un piège. »

L'expression de Lysandra s'adoucit et elle posa une main sur l'épaule d'Eamon. « Eamon, je te demande de me faire confiance, même quand c'est difficile. Les enjeux sont élevés et les choix que nous ferons auront des conséquences profondes. Je te promets que je fais tout ce qui est en mon pouvoir pour assurer notre succès. »

Eamon la regarda dans les yeux, cherchant la vérité derrière ses paroles. Il voulait la croire, croire qu'elle avait leurs intérêts à cœur. Mais le poids du secret qu'ils avaient découvert rendait difficile d'accepter quoi que ce soit au premier abord.

Après un long silence tendu, Eamon acquiesça enfin. « Je ferai tout ce que je peux pour soutenir la mission, mais j'ai besoin d'être informé. Je ne peux pas me battre pour quelque chose si je ne le comprends pas. »

Les yeux de Lysandra reflétaient une lueur de soulagement. « D'accord. Je partagerai ce que je peux, dans la mesure du raisonnable. Nous sommes tous dans le même bateau et nous devons travailler ensemble si nous voulons réussir. »

Alors qu'Eamon se tournait pour partir, il ressentait un mélange de détermination et d'incertitude. La confrontation avait dissipé une partie du brouillard dans son esprit, mais elle avait également soulevé de nouvelles questions. L'artefact était un secret puissant et dangereux, et le chemin à parcourir était semé d'embûches.

Eamon recula dans l'air frais de la nuit, les étoiles au-dessus de lui semblant lui offrir peu de réconfort. Il savait que la mission était plus cruciale que jamais et que les choix qu'ils feraient façonneraient leur destin. Alors qu'il s'éloignait de la tente de Lysandra, il ne pouvait se défaire du sentiment que leur voyage ne faisait que commencer et que la véritable nature de leur quête était encore enveloppée de ténèbres.

Révélations non-dites

La petite cabane circulaire où se réunissaient les anciens de l'île était faiblement éclairée par des lampes à huile vacillantes. L'air à l'intérieur était chargé d'une odeur de sauge brûlante, un rituel de purification pratiqué depuis des siècles pour éloigner les mauvais esprits. Amelia était assise à la table basse en bois, les mains serrées sur ses genoux, tandis qu'elle attendait que les anciens prennent la parole. Le poids de ce qu'elle avait vécu pesait sur elle et, pendant un instant, elle se sentit à nouveau comme une enfant, assise devant ses grands-parents pour expliquer un méfait.

L'aînée d'entre eux, Elena, était assise juste en face d'Amelia. Son visage ridé était un masque de calme, mais ses yeux exprimaient une profonde compréhension qui donnait à Amelia l'impression que son âme était examinée. À la gauche d'Elena était assis Isak, un pêcheur grisonnant qui avait passé plus d'années en mer que sur terre, et à sa droite se trouvait Maren, une femme calme connue pour sa sagesse et son lien profond avec les anciennes traditions de l'île.

« Nous sommes heureux de te revoir en toute sécurité, Amelia, commença Elena d'une voix douce mais résonnante. L'océan a changé, et nous savons que c'est à cause de ce que tu as fait. »

Amélia hocha la tête, la gorge serrée. Elle s'était préparée à raconter son voyage dans l'abîme, à partager chaque détail, mais maintenant qu'elle était là, les mots semblaient coincés dans sa gorge. Comment pouvait-elle expliquer ce qu'elle avait vu ? Comment pouvait-elle exprimer par des mots la terreur, la beauté, la puissance écrasante des sirènes ?

« La malédiction est brisée », dit-elle enfin, sa voix à peine plus forte qu'un murmure. « L'abîme... n'est plus une menace. »

Isak se pencha en avant, ses mains ridées reposant sur la table. « Et les sirènes ? Et elles ? »

« Ils sont libres », répondit Amelia en croisant son regard. « Ils étaient liés par la malédiction, mais maintenant... ils sont en paix. »

Un silence s'abattit sur la salle tandis que les anciens absorbaient ses paroles. Ils avaient tous grandi avec les histoires de sirènes, les avertissements transmis de génération en génération. Entendre que ces créatures, autrefois craintes et méprisées, étaient désormais libérées de leur sombre destin était presque incompréhensible.

Maren, qui était restée silencieuse jusqu'à présent, prit la parole. « Il y a plus, n'est-ce pas, Amelia ? On le voit dans tes yeux. Tu nous as rapporté bien plus qu'une histoire. »

Amelia hésita, son pouls s'accélérant. Elle savait ce que Maren demandait, elle savait que les anciens pouvaient sentir le lien qu'elle avait forgé avec les sirènes. Mais comment le leur expliquer ? Comment leur dire qu'elle avait ressenti la douleur des sirènes, leur désir, leur amour pour l'océan et tous ses mystères ? Comment leur révéler les vérités qu'elle avait découvertes dans les profondeurs, des vérités qui avaient ébranlé sa compréhension même du monde ?

« Il y a plus », admit Amelia, la voix tremblante. « Mais... c'est difficile à expliquer. Ce que j'ai vécu là-bas... c'était au-delà de tout ce que j'aurais pu imaginer. »

Elena tendit la main par-dessus la table et posa une main rassurante sur celle d'Amelia. « Tu n'es pas obligée de tout partager si tu n'es pas prête. Nous sommes simplement reconnaissantes que tu sois revenue parmi nous. »

Amelia ressentit une vague d'émotion face à la gentillesse d'Elena. Elle voulait tout leur dire, se décharger du fardeau de son savoir, mais quelque chose la retenait. Peut-être était-ce la peur qu'ils ne comprennent pas, ou le fait de savoir que certaines vérités étaient censées rester secrètes, connues uniquement de ceux qui les avaient vécues.

« L'île est sûre maintenant », dit-elle d'une voix plus ferme. « C'est ce qui compte. »

Les anciens échangèrent des regards et une conversation silencieuse se déroulait entre eux. Finalement, Isak hocha la tête. « Oui, c'est vrai. Et pour cela, nous vous devons nos plus sincères remerciements. »

Amelia eut un petit sourire crispé. « Je ne l'ai pas fait seule », dit-elle en pensant aux sirènes, à la façon dont leurs voix l'avaient guidée dans l'obscurité. « L'océan m'a aidée. Et eux aussi. »

Les yeux d'Elena se plissèrent légèrement. « Les sirènes ? »

Amelia hocha la tête. « Ils ne sont pas ce que nous pensions. Ils étaient piégés, tout comme nous. Mais maintenant, ils sont libres. »

Elena se renversa dans son fauteuil, l'air pensif. « Il est peut-être temps de réexaminer notre compréhension des vieilles légendes. Le monde change, Amelia, et nous devons être prêtes à changer avec lui. »

Maren hocha la tête en signe d'accord. « Nous devons trouver un moyen de protéger l'île sans recourir à la peur. L'océan est notre vie, notre lien avec le monde extérieur. Nous ne pouvons pas nous permettre d'être en désaccord avec lui. »

Amelia sentit un poids se soulever de ses épaules à leurs paroles. Ils ne comprenaient peut-être pas tout à fait ce qu'elle avait traversé, mais ils étaient prêts à lui faire confiance, à croire qu'elle avait fait ce qu'il fallait. C'était plus que ce qu'elle aurait pu espérer.

« Merci », dit-elle, la voix pleine de gratitude. « D'avoir cru en moi. »

Elena sourit doucement. « Tu as fait tes preuves, Amelia. L'île est sûre, et pour cela, nous te serons éternellement reconnaissants. »

Alors que la réunion touchait à sa fin, les anciens commencèrent à discuter des aspects pratiques de la protection de l'île à l'avenir. Amelia écoutait, contribuant là où elle le pouvait, mais ses pensées dérivaient déjà vers l'océan, vers les sirènes. Il y avait encore tant de choses qu'elle ne comprenait pas, tant de choses qu'elle voulait apprendre. Mais pour l'instant, elle savait qu'elle avait fait ce qu'elle pouvait.

En quittant la cabane et en s'exposant à nouveau au soleil, Amelia sentit un sentiment de calme l'envahir. L'île était en paix, et elle aussi, pour la première fois depuis longtemps.

Un murmure dans le vent

Le soleil commençait à descendre lentement vers l'horizon, projetant de longues ombres sur l'île. Amelia marchait sur le sentier familier qui la menait à son endroit préféré, près des falaises, où les vagues s'écrasaient contre les rochers en contrebas. Le bruit de l'océan, rythmé et éternel, avait toujours été pour elle une source de réconfort. Aujourd'hui, cependant, il semblait différent – plus profond, plus résonnant, comme si la mer elle-même essayait de lui parler.

Elle atteignit le bord des falaises et s'assit sur l'herbe fraîche et humide, les jambes pendantes sur le côté. De là, elle pouvait voir la vaste étendue d'eau s'étendre jusqu'au ciel, la ligne entre eux devenant floue dans la lumière déclinante. L'océan avait toujours été un mystère pour elle, plein de secrets et d'histoires attendant d'être découverts. Mais maintenant, après tout ce qu'elle avait traversé, elle avait l'impression de faire partie de ce mystère, liée à la mer d'une manière qu'elle n'aurait jamais pu imaginer.

Une légère brise souffla depuis l'eau, apportant avec elle l'odeur salée de l'océan et quelque chose d'autre, quelque chose de faible, presque imperceptible, mais indubitable pour ses sens. Amelia ferma les yeux et inspira profondément, laissant le vent la balayer. La sensation était à la fois apaisante et troublante, comme si la brise effleurait les bords de sa conscience, réveillant des souvenirs dont elle n'était pas sûre de vouloir se souvenir.

Puis elle l'entendit : un murmure, si doux qu'on aurait pu le prendre pour le vent lui-même. Mais Amélia savait que ce n'était pas le cas. Elle avait déjà entendu cette voix auparavant, au plus profond des vagues, au cœur de l'abîme. C'était la voix des sirènes, qui l'appelaient à nouveau.

Son cœur s'accéléra et elle ouvrit les yeux, scrutant l'horizon à la recherche d'un quelconque signe de mouvement. L'océan était calme, sa surface intacte, à l'exception du doux mouvement des vagues. Pourtant, le murmure persistait, devenant plus clair à chaque instant, jusqu'à former des mots – des mots qui lui firent frissonner le long de la colonne vertébrale.

« Amélia... viens à nous... »

La voix était d'une beauté envoûtante, emplie d'un désir qui tirait jusqu'à son âme. C'était la même voix qui l'avait guidée à travers les ténèbres, qui l'avait conduite à briser la malédiction. Mais à présent, elle semblait différente, plus pressante, plus insistante, comme si les sirènes la rejoignaient à travers l'immensité de la mer.

Elle se leva, son pouls s'accélérant tandis que la voix continuait à l'appeler par son nom, l'invitant à se rapprocher du bord de l'eau. Chaque instinct lui disait de rester sur place, de résister à l'attraction des sirènes, mais le lien qu'elle ressentait avec elles était trop fort pour être ignoré. C'était comme si une partie d'elle avait été abandonnée dans l'abîme, et maintenant, cette partie la poussait à revenir.

« Amélia... s'il te plaît... »

La supplication dans sa voix était indéniable, emplie d'une émotion qui coupa son hésitation. Elle fit un pas hésitant vers le bord des falaises, le cœur battant dans sa poitrine. Que voulaient-ils d'elle maintenant ? N'avait-elle pas fait assez ? Elle les avait libérés, brisé la malédiction qui les avait liés pendant des siècles. Mais les sirènes n'en avaient pas fini avec elle.

Elles avaient encore beaucoup à lui montrer, beaucoup à lui révéler.

L'esprit d'Amelia s'emballa tandis qu'elle envisageait ses options. Elle pouvait ignorer l'appel, s'éloigner des falaises et faire comme si elle n'avait rien entendu. Mais au fond, elle savait que ce n'était pas possible. Le lien qu'elle partageait avec les sirènes était trop puissant, trop profondément ancré en elle pour être simplement mis de côté. Si elles l' appelaient , il devait y avoir une raison.

« Amélia... fais-nous confiance... »

Ces mots étaient comme une douce caresse, apaisant ses craintes tout en réveillant quelque chose au plus profond d'elle-même : une curiosité, un désir d'en savoir plus. Les sirènes lui avaient révélé la vérité sur la malédiction, l'avaient guidée à travers les profondeurs périlleuses de l'océan. Elles lui avaient sauvé la vie. Et maintenant, elles lui demandaient de leur faire à nouveau confiance.

Prenant une profonde inspiration, Amelia prit sa décision. Elle suivrait l'appel, peu importe où cela la mènerait. Elle était allée trop loin, avait trop appris pour faire marche arrière maintenant.

Après avoir jeté un dernier coup d'œil au soleil couchant, elle commença à s'engager sur le sentier étroit qui menait à la plage en contrebas. La voix des sirènes devenait plus forte à chaque pas, un écho mélodieux qui semblait résonner jusque dans ses os. Le vent se leva, tourbillonnant autour d'elle dans une danse de sel et de brume, comme si l'océan lui-même la poussait en avant.

Lorsqu'elle atteignit le rivage, elle hésita, l'eau clapotant à ses pieds. Le chant des sirènes était plus fort, plus insistant, mais il était tempéré par une douceur qui calmait ses nerfs. Quoi qu'il en soit, elle savait qu'elle n'y ferait pas face seule.

« Amélia... nous attendons... »

Ces mots furent le coup de pouce dont elle avait besoin. Prenant une profonde inspiration, elle s'engouffra dans l'eau, les vagues fraîches se levant à sa rencontre alors qu'elle s'enfonçait plus profondément dans la mer. Le ciel au-dessus était baigné des couleurs du crépuscule, les étoiles commençaient à percer à travers la lumière déclinante. Et tandis qu'elle nageait vers l'eau libre, les murmures des sirènes l'entouraient, la guidant vers l'avant.

Amelia ferma les yeux, cédant à l'attraction de l'océan. Elle ne savait pas où les sirènes la conduisaient, ni ce qu'elles voulaient lui faire voir. Mais elle savait, sans l'ombre d'un doute, qu'elle devait les suivre.

Parce que les réponses qu'elle cherchait – les vérités qu'elle avait besoin de découvrir – étaient là, attendant dans les profondeurs.

L'abîme nous appelle

L'eau était plus froide que ce qu'Amelia avait prévu, le froid s'infiltrait à travers ses vêtements et jusque dans ses os alors qu'elle s'éloignait du rivage. Le paysage autrefois familier de l'île disparaissait derrière elle, englouti par l'obscurité de la nuit. Elle se concentra sur le rythme de ses mouvements, la poussée et l'attraction constantes de l'océan sous elle. Mais alors qu'elle s'aventurait plus profondément dans la mer, le calme qu'elle avait ressenti au début commença à céder la place à un sentiment croissant de malaise.

Les voix des sirènes résonnaient encore dans son esprit, une mélodie envoûtante qui semblait monter et descendre au rythme des vagues. Elles la guidaient, leur chant à la fois réconfortant et avertissement, la poussant à avancer tout en lui rappelant les dangers qui l'attendaient. Elle avait brisé leur malédiction, les avait libérés des chaînes qui les avaient attachés à l'abîme. Mais que voulaient-ils maintenant ? Que pouvaient-ils lui demander de plus ?

La réponse se trouvait quelque part dans les profondeurs, dans les eaux noires qui s'étendaient à perte de vue dans l'inconnu. Cette pensée lui fit froid dans le dos. Elle avait toujours été attirée par l'océan, fascinée par ses mystères, mais elle n'avait jamais vraiment compris son pouvoir jusqu'à présent. C'était plus qu'une vaste étendue d'eau ; c'était un lieu vivant, respirant et rempli de secrets qu'il valait mieux ne pas déranger.

Et pourtant, elle était là, plongeant volontairement la tête la première dans ses profondeurs, guidée par une force qu'elle ne pouvait pas entièrement comprendre.

Alors qu'elle s'éloignait, l'eau devenait de plus en plus sombre, la lumière du soleil s'estompait tandis que les dernières traces du jour disparaissaient à l'horizon. Les étoiles au-dessus d'elle ne fournissaient que peu de lumière, leur faible scintillement étant englouti par l'obscurité infinie en dessous. Amelia ne pouvait plus voir le fond, le fond marin perdu dans un vide qui semblait s'étendre à l'infini. Le sentiment d'isolement était accablant, le silence n'étant rompu que par le bruit de sa propre respiration et le clapotis occasionnel d'une vague.

Mais les sirènes étaient avec elle, leurs voix étaient constamment présentes dans son esprit, la poussant à aller de l'avant.

« Amélia... tu y es presque... »

Ces mots étaient comme une bouée de sauvetage, la tirant à travers l'obscurité. Elle leur faisait confiance, même si son instinct lui disait de faire demi-tour. Elle était allée trop loin pour abandonner maintenant. Peu importe ce qui l'attendait, elle devait y faire face. Les sirènes l'avaient amenée ici pour une raison, et elle avait besoin de comprendre pourquoi.

Soudain, l'eau autour d'elle commença à changer. Les vagues, autrefois douces et rythmées, devinrent plus agitées, leurs mouvements plus erratiques. Amelia sentit un fort courant l'attirer vers elle, l'entraînant vers une force invisible dans les profondeurs. Elle lutta pour garder la tête hors de l'eau, l'attraction de l'océan devenant plus forte à chaque instant.

La panique commença à s'installer lorsqu'elle réalisa qu'elle n'avait plus le contrôle. Le courant était trop fort, trop puissant, et il l'entraînait vers le fond. Elle donna des coups de pied et se débattit, essayant de lutter contre l'attraction, mais en vain. L'océan la tenait dans son étreinte et ne la lâchait pas prise.

« Amélia... ne résiste pas... »

Les voix des sirènes parvinrent à couper court à la panique, leur ton apaisant mais ferme. Elles lui disaient de lâcher prise, de s'abandonner au courant. Mais comment le pourrait-elle ? L'idée de céder, de laisser l'océan l'entraîner dans l'abîme était terrifiante. Pourtant, au fond d'elle-même, elle savait qu'elle n'avait pas le choix. Les sirènes l'avaient amenée ici pour une raison, et elle devait leur faire confiance.

Prenant une profonde inspiration, Amelia cessa de se débattre. Elle laissa son corps se relâcher, se laissant emporter par le courant. La sensation était à la fois terrifiante et libératrice, comme si elle flottait dans un rêve. L'eau se referma sur sa tête, le dernier morceau de ciel disparaissant alors qu'elle s'enfonçait dans les profondeurs.

Pendant un instant, il n'y eut que l'obscurité, l'étreinte froide de l'océan qui la pressait de tous côtés. Mais alors qu'elle pensait être perdue à jamais, les voix des sirènes revinrent, plus fortes que jamais.

« Amélia... nous sommes là... »

Une faible lueur apparut au loin, une lumière douce et pulsée qui traversa l'obscurité. Elle devint plus brillante à mesure qu'elle descendait, illuminant l'eau autour d'elle de nuances de bleu et de vert. Le courant ralentit, devenant une douce attraction qui la guida vers la lumière. La peur qui l'avait saisie quelques instants auparavant commença à s'estomper, remplacée par un étrange sentiment de paix.

La lumière devint plus vive, révélant les contours des silhouettes dans l'eau. Amelia plissa les yeux, essayant de distinguer leurs formes. Lorsqu'elles devinrent nettes, elle réalisa avec un sursaut qu'il ne s'agissait pas de n'importe quelles silhouettes, mais des sirènes.

Ils l'entouraient, leurs corps lisses et élégants, leurs yeux brillant d'une lumière surnaturelle. Leurs cheveux flottaient autour d'eux comme des vrilles d'algues, se déplaçant avec les courants dans une danse hypnotique. Ils étaient plus beaux qu'elle ne l'avait jamais imaginé, leur présence à la fois impressionnante et terrifiante.

« Amélia... bienvenue... »

La sirène qui parlait flottait plus près, ses yeux se fixant sur ceux d'Amelia avec une intensité qui lui fit frissonner. Il y avait quelque chose dans ces yeux, quelque chose d'ancien et de puissant, une sagesse qui transcendait le temps et l'espace.

« Pourquoi m'as-tu amené ici ? » demanda Amélia, sa voix à peine murmurée.

La sirène sourit, une courbe lente et énigmatique de ses lèvres.

« Pour te montrer la vérité », répondit-elle, sa voix résonnant dans l'esprit d'Amelia. « Pour révéler ce qui se cache sous la surface. »

Avant qu'Amelia ne puisse répondre, la lumière autour d'elles devint encore plus vive, l'enveloppant d'une lueur chaude et rayonnante. Les voix des sirènes s'élevèrent en un chœur harmonieux, leur chant la remplissant d'un sentiment d'émerveillement et de crainte.

Et puis, la lumière a explosé, emportant l'obscurité, le froid et la peur, ne laissant derrière elle que la vérité.

Une révélation sous les vagues

Amelia flottait dans un état de rêve, ses sens submergés par l'éclat de la lumière et l'harmonie apaisante du chant des sirènes. C'était comme si elle était entrée dans un autre monde, un royaume caché sous les vagues où le temps et l'espace n'avaient plus de sens. Elle se sentait en apesanteur, comme si elle dérivait à travers le cosmos, libre et sans attaches.

La lumière commença à changer, sa luminosité s'adoucissant tandis qu'elle se transformait en un paysage sous-marin chatoyant. Le souffle d'Amelia se bloqua dans sa gorge alors qu'elle contemplait le spectacle qui s'offrait à elle. Le fond marin était couvert de forêts de varech luxuriantes et ondulantes, leurs frondes émeraude s'élevant vers la surface comme des doigts saisissant le soleil. Des bancs de poissons s'élançaient dans l'eau, leurs écailles captant la lumière et la dispersant dans toutes les directions, créant un kaléidoscope de couleurs.

Mais ce qui la captivait vraiment, c'étaient les ruines, d'anciennes structures que la mer avait depuis longtemps envahies. Des colonnes de pierre s'élevaient du sable, leurs surfaces polies par des siècles de marées. D'anciens temples, aujourd'hui en ruine et à moitié enterrés, étaient ornés de sculptures de créatures à la fois familières et étranges. Amelia pouvait à peine distinguer les détails, mais elle reconnut les motifs comme ceux d'une ancienne civilisation, une civilisation qui avait été perdue dans l'histoire.

Les sirènes l'entouraient, leurs mouvements gracieux et fluides la guidaient vers le cœur des ruines. Amélia la suivit, sa curiosité piquée au vif. Elle avait toujours été attirée par les mystères du passé, et cette découverte lui semblait l'aboutissement d'une quête de toute une vie.

Alors qu'ils s'approchaient d'un grand temple central, la sirène qui lui avait parlé plus tôt se détacha du groupe et nagea vers une porte massive en pierre. Elle posa sa main sur la surface et les sculptures commencèrent à briller d'une douce lumière dorée. La porte s'ouvrit lentement en grinçant, révélant une chambre baignée d'un rayonnement éthéré.

Amelia hésita, un mélange de crainte et d'inquiétude la parcourut. La sirène se tourna vers elle, les yeux brillants d'encouragement.

« Viens, Amélia, dit-elle doucement. C'est ce que tu étais censée voir. »

Prenant une profonde inspiration, Amelia franchit la porte et entra dans la chambre. La lumière à l'intérieur était presque aveuglante, mais à mesure que ses yeux s'habituaient, elle commença à distinguer les détails de la pièce. Les murs étaient couverts de sculptures complexes, représentant des scènes de la vie sous-marine : des sirènes et des tritons dansant dans les courants, des dauphins et des baleines se déplaçant en harmonie, et au centre de tout cela, une silhouette qui ne pouvait être que la Reine des Sirènes.

L'image de la reine était à la fois majestueuse et envoûtante, ses yeux emplis d'une sagesse qui transcendait les âges. Dans ses mains, elle tenait un orbe lumineux, dont la lumière pulsait à un rythme qui correspondait au battement de cœur d'Amelia.

En s'approchant de la silhouette, Amelia sentit une étrange attraction, comme si l'orbe l'appelait. Elle tendit la main, tremblante, et au moment où ses doigts effleurèrent la surface, une vague d'énergie traversa son corps.

Des visions envahirent son esprit, des flashs d'une époque révolue, où la Reine des Sirènes régnait sur les profondeurs de l'océan. Elle vit l'ascension et la chute d'un ancien empire, la joie de son peuple et la tragédie qui s'était abattue sur lui. Elle fut témoin du moment où la Reine avait fait le sacrifice ultime, se liant elle-même et sa famille aux abysses pour protéger le monde d'en haut d' un grand mal.

Amélia haleta, le poids de la révélation pesant sur elle. Les sirènes n'avaient pas toujours été les séductrices de la légende ; elles avaient autrefois été les gardiennes, les protectrices de l'équilibre entre la terre et la mer. Mais quelque chose avait terriblement mal tourné, et leur noble mission s'était transformée en une malédiction qui les avait piégées pendant des siècles.

La lumière de l'orbe s'intensifia et Amelia ressentit un lien profond avec la Reine des Sirènes, un lien qui transcendait le temps et l'espace. La voix de la Reine résonna dans son esprit, douce et pleine de tristesse.

« Tu nous as libérés, Amelia, mais notre tâche n'est pas encore achevée. Le mal que nous avons jadis tenu à distance est à nouveau en train de se réveiller. Tu es la clé pour empêcher son retour. »

Le cœur d'Amelia battait fort dans sa poitrine alors que tout le poids de sa responsabilité pesait sur elle. Elle avait été amenée ici pour une raison, guidée par des forces au-delà de sa compréhension. Les sirènes l'avaient choisie pour perpétuer leur héritage, pour protéger le monde d'une obscurité qui menaçait de ressurgir.

« Mais comment ? » murmura-t-elle, la voix tremblante d'incertitude. « Que puis-je faire ? »

Le regard de la reine des sirènes s'adoucit et la lumière de l'orbe s'est atténuée jusqu'à devenir une douce lueur.

« Fais-toi confiance, Amélia. Les réponses viendront en temps voulu. Pour l'instant, tu dois quitter cet endroit et te préparer à ce qui t'attend. Les profondeurs de l'océan recèlent de nombreux secrets, mais elles détiennent également un grand pouvoir. Tu dois apprendre à les maîtriser si tu veux réussir. »

La vision commença à s'estomper et Amelia sentit le lien s'estomper. Elle essaya de se retenir, mais la voix de la Reine des Sirènes devint lointaine, comme un murmure porté par le vent.

« Souviens-toi, Amélia... le destin des deux mondes repose entre tes mains. »

La lumière disparut et Amélia se retrouva de nouveau dans les ruines, les sirènes la regardant avec des expressions solennelles. Le poids de ce qu'elle avait vu persistait dans son esprit, les échos des paroles de la reine résonnant dans son âme.

Elle savait désormais que son voyage était loin d'être terminé. L'abîme avait révélé ses secrets, mais il avait aussi tracé un nouveau chemin devant elle, un chemin qui la mettrait à l'épreuve d'une manière qu'elle n'aurait pas encore pu imaginer.

Après avoir jeté un dernier regard aux ruines, Amelia se retourna et commença la longue nage vers la surface, le cœur lourd de ce qui allait arriver. Les sirènes la suivirent, leur chant étant une mélodie envoûtante qui resterait avec elle pour toujours.

CHAPTER 13

Épilogue : La Veille éternelle

Retour à la surface
Amelia perça la surface de l'eau, haletant pour reprendre son souffle tandis que le ciel nocturne l'accueillait sous sa couverture d'étoiles. L'air froid et salé emplissait ses poumons, un contraste frappant avec les profondeurs épaisses et humides d'où elle venait de sortir. Chaque respiration était laborieuse, son corps souffrant de la tension de son voyage dans l'abîme. Mais elle était vivante, vivante et libérée de l'attraction suffocante des profondeurs.

Le bruit familier des vagues s'écrasant sur le rivage parvint à ses oreilles et elle tourna la tête, cherchant le littoral. C'était là, la plage qu'elle avait quittée il y avait une éternité, et qui brillait doucement sous le clair de lune. Elle commença à nager, ses membres lourds mais déterminés, la propulsant vers le rivage. Chaque mouvement la rapprochait du sable, de la sécurité, mais aussi d'une réalité qui lui semblait étrangement lointaine.

Lorsque les pieds d'Amelia touchèrent enfin le fond sablonneux, elle trébucha, manquant de s'effondrer d'épuisement. Elle se força à continuer d'avancer, l'eau se retirant de ses jambes alors qu'elle pataugeait vers la terre ferme. Le sable était frais et réconfortant sous ses pieds, un changement bienvenu par rapport aux eaux froides et oppressantes qu'elle avait laissées derrière elle. Elle s'effondra sur le rivage, son corps s'enfonçant dans le sable, laissant les vagues lui lécher doucement les jambes tandis qu'elle regardait le ciel.

Les étoiles clignotaient vers elle, indifférentes à ses luttes, leur lumière froide et lointaine. Mais à cet instant, Amelia trouva du réconfort dans leur constance. Le monde au-dessus des vagues n'avait pas changé, même si elle avait changé. Elle n'était plus la même personne qui s'était aventurée dans l'abîme. L'océan l'avait changée, l'avait touchée d'une manière qu'elle commençait seulement à comprendre.

Les bruits de la nuit l'entouraient : le fracas rythmé des vagues, les cris lointains des oiseaux de mer, le bruissement du vent dans les dunes. C'était paisible ici, loin des dangers et des mystères des profondeurs. Pourtant, alors qu'elle était allongée là, Amelia ne pouvait se défaire du sentiment qu'elle était toujours observée, que l'océan ne l'avait pas vraiment libérée de son emprise.

Elle ferma les yeux, laissant l'air frais de la nuit apaiser son corps meurtri. Son esprit retourna vers les profondeurs, vers les mélodies envoûtantes des sirènes qui résonnaient encore faiblement à ses oreilles. Leur chant avait été à la fois un leurre et un guide, la conduisant à travers l'obscurité, lui révélant des secrets qu'elle pouvait à peine comprendre. Et maintenant, sur le rivage, leur présence persistait, un rappel que l'appel de l'océan ne pouvait jamais être totalement ignoré.

Amelia ouvrit les yeux et contempla l'horizon sombre où le ciel rencontrait la mer. La vaste étendue d'eau était calme à présent, la surface à peine troublée par la douce brise. Mais elle savait que sous cet extérieur calme, l'océan regorgeait de vie et de secrets, de dangers qui pouvaient l'entraîner dans l'abîme à tout moment. Les sirènes étaient toujours là, observant, attendant, leur chant une présence éternelle au fond de son esprit.

Amelia respira profondément et se releva du sable. Son corps protesta, ses muscles hurlèrent d'épuisement, mais elle ignora la douleur. Elle avait survécu à l'abîme et elle survivrait à celui-ci. Le voyage n'était pas terminé, loin de là. Les sirènes lui avaient confié leurs secrets et, désormais, c'était à elle de décider quoi faire de ce savoir.

Tandis qu'elle se tenait debout, la lune projetait une longue ombre derrière elle, s'étendant vers l'océan. Elle se retourna une dernière fois, sentant le poids du regard de l'océan sur son dos. Puis, avec un dernier souffle résolu, elle se détourna de la mer et commença la longue marche vers la maison, sachant que l'océan et les sirènes qui l'habitaient feraient toujours partie d'elle.

Le dernier rassemblement

Amelia remonta le sentier étroit qui menait à la falaise isolée. Le sentier rocailleux lui était familier, un chemin qu'elle avait déjà emprunté de nombreuses fois auparavant, mais ce soir, il lui semblait différent. Le vent fouettait ses cheveux, emportant avec lui l'odeur du sel et des algues, et le bruit lointain des vagues en contrebas lui rappelait la présence de l'océan, toujours vigilant. Elle serra plus fort sa veste autour d'elle, comme si elle pouvait la protéger du poids du savoir qu'elle portait désormais.

Devant elle, un petit groupe de silhouettes se tenait en cercle, leurs visages illuminés par la douce lueur d'une lanterne qui vacillait dans la brise nocturne. C'étaient ses amis de confiance, ceux qui l'avaient soutenue, qui avaient cru en elle, même quand elle avait douté d'elle-même. Leurs yeux se tournèrent vers elle alors qu'elle s'approchait, un mélange de soulagement et d'appréhension dans leurs regards. Elle était de retour, mais ils sentaient qu'elle n'était plus la même.

« Amelia », la salua Finn en s'avançant. Sa voix était ferme, mais l'inquiétude était évidente dans ses yeux. Il avait toujours été pragmatique, l'ancre qui la maintenait sur terre quand ses pensées devenaient trop chaotiques. « Tu as réussi. »

« Je l'ai fait », répondit-elle, sa voix portant le poids de l'abîme. Elle lui offrit un petit sourire, même s'il n'atteignit pas ses yeux. « C'est fini... pour l'instant. »

Les autres se rapprochaient d'elle, leurs questions flottant dans l'air, muettes mais palpables. Lila, sa meilleure amie depuis l'enfance, posa une main réconfortante sur son épaule. « Que s'est-il passé là-bas ? » La voix de Lila était douce, remplie du genre d'empathie que seule une personne qui la connaissait vraiment pouvait offrir.

Amelia hésitait, cherchant les mots justes pour exprimer la gravité de ce qu'elle venait de vivre. Comment pourrait-elle expliquer l'immensité des secrets de l'océan, le pouvoir ancien de la Reine des Sirènes, la beauté envoûtante de leur chant ? Comment pourrait-elle leur faire comprendre l'équilibre délicat qui avait été trouvé, la fine ligne qu'elle parcourait désormais entre deux mondes ?

« Je l'ai rencontrée, commença Amelia, la voix ferme mais calme. La Reine des Sirènes. Elle... elle m'a montré des choses. Elle m'a dit des choses que je... » Elle s'arrêta, avalant la boule dans sa gorge. « Des choses que nous devons savoir, pour nous préparer. »

Le groupe se tut, le poids de ses paroles pesant sur eux. Même le vent semblait s'être calmé, comme si le monde autour d'eux retenait son souffle, attendant qu'elle continue.

« Quel genre de choses ? » demanda Max, le plus jeune du groupe. Sa voix était empreinte à la fois de curiosité et de peur. Il avait toujours été du genre à repousser les limites, à rechercher l'inconnu, mais maintenant, même lui semblait hésitant.

— Des choses sur l'océan, sur les sirènes, dit Amelia en choisissant soigneusement ses mots. Il y a un pouvoir ancien là-dessous, quelque chose de plus vieux et de plus dangereux que nous n'aurions jamais pu imaginer. La Reine des Sirènes en est la gardienne, mais... c'est instable. Il a été perturbé, et maintenant il est éveillé.

Finn fronça les sourcils, son esprit réfléchissant déjà aux implications de cette phrase. « Réveillé ? Que veux-tu dire ? »

Amelia soupira en passant une main dans ses cheveux humides. « Cela signifie que l'équilibre entre notre monde et le leur est fragile. Les sirènes... elles ne sont pas seulement un mythe ou une légende. Elles sont réelles et elles nous surveillent. Si nous ne faisons pas attention, si nous allons trop loin, elles n'hésiteront pas à protéger les leurs. »

Un lourd silence s'abattit sur le groupe, l'énormité des paroles d'Amelia s'imprégnant. Ils avaient tous entendu les histoires, les légendes transmises de génération en génération, mais les entendre confirmées, savoir que ces mythes étaient réels... c'était presque trop difficile à comprendre.

Lila serra l'épaule d'Amelia, sa voix tremblante de peur et de détermination. « Alors, qu'est-ce qu'on fait maintenant ? »

« Nous nous préparons, répondit Amélia d'une voix ferme. Nous apprenons tout ce que nous pouvons sur l'océan, sur les sirènes. Nous trouvons un moyen de maintenir l'équilibre, de protéger à la fois notre monde et le leur. La Reine des Sirènes m'a confié ce savoir, et nous ne pouvons pas la décevoir. »

Le groupe hocha la tête, un accord silencieux se fit jour entre eux. Ils savaient que ce n'était que le début, que le voyage à venir serait rempli de dangers et d'incertitudes. Mais ils savaient aussi qu'ils ne pouvaient plus faire marche arrière. L'océan avait révélé ses secrets, et il leur appartenait de protéger ceux qui ne pouvaient pas voir les menaces qui se cachaient sous les vagues.

Alors que le vent se levait, emportant avec lui la mélodie lointaine et envoûtante du chant des sirènes, Amelia contemplait l'océan sombre. Les vagues scintillaient sous le clair de lune, vastes et infinies, cachant des mystères indicibles dans leurs profondeurs. Le voyage qui les attendait ne serait pas facile, mais elle savait qu'avec ses amis à ses côtés, ils pourraient affronter tout ce que l'océan leur réservait.

La menace invisible

Amelia était allongée dans son lit, éveillée, les yeux fixés sur le plafond tandis que les événements de la nuit se rejouaient dans son esprit. Le silence de la pièce, rompu seulement par les craquements occasionnels de la vieille maison, ne parvenait pas à apaiser le malaise qui la rongeait. Elle pouvait encore sentir l'attraction de l'océan, ses courants invisibles qui la tiraient, même ici, à des kilomètres du rivage. La voix de la Reine des Sirènes résonnait dans ses pensées, ses mots un avertissement énigmatique qui laissait Amelia agitée et méfiante.

La maison était sombre, à l'exception d'un rayon de lune qui filtrait à travers les rideaux, projetant de longues ombres à travers la pièce. L'environnement familier ne la réconfortait guère. Au contraire, il lui semblait étranger, comme si le monde dans lequel elle était revenue était en quelque sorte différent, souillé par le savoir qu'elle portait désormais en elle. Elle avait toujours ressenti un lien avec la mer, mais à présent, ce lien ressemblait plus à une malédiction qu'à un cadeau.

Un léger bruissement à l'extérieur de sa fenêtre attira son attention, la tirant de ses pensées. Elle se redressa, son cœur s'arrêtant un instant alors qu'elle s'efforçait d'écouter. Le son était faible, comme le murmure du vent dans les feuilles, mais il était trop délibéré, trop déplacé dans la nuit silencieuse.

Amelia se glissa hors du lit, ses pieds nus silencieux sur le parquet. Elle s'approcha de la fenêtre avec précaution, tous ses sens en alerte. Regardant à travers les rideaux, elle scruta la cour en contrebas, ses yeux s'habituant à la faible lumière. Au début, elle ne vit rien, juste la silhouette sombre des arbres se balançant dans la brise. Mais ensuite, une ombre se déplaça, glissant sur le sol avec une grâce surnaturelle.

Elle avait le souffle coupé. La silhouette était à peine visible, se fondant presque parfaitement dans l'obscurité. Elle se déplaçait avec une fluidité qui lui faisait froid dans le dos, sa forme changeant et ondulant comme de l'eau. Elle ne distinguait aucun trait distinctif, mais sa présence était indubitable – une énergie froide et malveillante qui lui faisait dresser les cheveux sur la tête.

La silhouette s'arrêta, comme si elle sentait son regard, et pendant un moment, les deux restèrent enfermées dans une impasse silencieuse. Le cœur d'Amelia battait fort dans sa poitrine, la peur et l'adrénaline inondant ses veines. Elle avait affronté la Reine des Sirènes dans son propre royaume, mais ça... c'était quelque chose de différent, quelque chose pour lequel elle n'était pas préparée.

La silhouette se remit à bouger, glissant dans la cour avec une détermination inquiétante . Elle se dirigea vers le bord de la propriété, là où les arbres s'épaississaient et où commençait le chemin vers les falaises. Amelia ressentit une envie irrésistible de la suivre, de voir où elle allait, mais la peur la retenait. Elle savait qu'il valait mieux ne pas affronter l'inconnu sans plan, surtout maintenant qu'elle comprenait à quel point les secrets de l'océan pouvaient être dangereux.

Au lieu de cela, elle regarda la silhouette disparaître dans l'ombre, engloutie par la nuit. La cour était à nouveau silencieuse, le seul bruit était celui du fracas lointain des vagues contre les falaises. Mais le malaise persistait, rappelant que la portée de l'océan s'étendait bien au-delà du rivage.

Amelia s'éloigna de la fenêtre, l'esprit en ébullition. L'avertissement de la Reine des Sirènes résonna dans ses pensées, plus menaçant que jamais. *Méfiez-vous des ombres, car elles cachent plus que ce que l'œil peut voir.* Qu'avait-elle déclenché en s'aventurant dans l'abîme ? Quelles forces invisibles avaient été réveillées par son intrusion ?

Elle retourna au lit, même si le sommeil était désormais hors de question. Le poids des secrets de l'océan pesait sur elle, rendant sa respiration difficile. Elle avait pensé que la Reine des Sirènes était la plus grande menace à laquelle elle serait confrontée, mais maintenant, elle n'en était plus si sûre. Les ombres contenaient leurs propres dangers, et elles étaient bien plus proches qu'elle ne l'avait imaginé.

Alors qu'elle était allongée là, le regard perdu dans l'obscurité, Amelia réalisa que son voyage était loin d'être terminé. L'océan avait ses griffes sur elle et ne la lâcherait pas facilement. Quoi qu'il en soit, il venait la chercher dans l'ombre et elle devait être prête. La Reine des Sirènes lui avait confié le savoir nécessaire pour protéger les deux mondes, mais maintenant, c'était à elle de trouver un moyen d'y parvenir.

La nuit se prolongea, longue et oppressante, tandis qu'Amelia restait éveillée, l'esprit bourdonnant de possibilités et de craintes. La silhouette dans la cour avait été un avertissement, un signe que le pouvoir de l'océan ne se limitait pas aux profondeurs. Il était là, dans son monde, et il l'observait. La vérité des Sirènes était bien plus complexe qu'elle ne l'avait imaginé, et le véritable défi ne faisait que commencer.

Le journal oublié

Le lendemain matin, Amelia avait l'impression d'avoir à peine dormi. Ses rêves étaient hantés par la silhouette sombre, dont les mouvements fluides se répétaient dans son esprit, toujours hors de portée. Le souvenir de cette silhouette persistait alors qu'elle se préparait pour la journée, jetant un voile sur ses pensées. Elle avait besoin de réponses, de quelque chose pour l'ancrer dans cette mer grandissante d'incertitude.

Après un petit déjeuner rapide, Amelia se dirigea vers le petit bureau qui avait appartenu à son grand-père. La pièce était encombrée de vieilles cartes, d'instruments nautiques et d'étagères remplies de livres usés par les intempéries, chacun témoignant de l'obsession de son grand-père pour la mer. Amelia avait toujours ressenti un lien avec lui, persuadée d'avoir hérité de son amour profond pour l'océan. Mais maintenant, elle se demandait si elle avait également hérité de ses secrets.

Elle s'approcha du grand bureau en chêne qui dominait le centre de la pièce. C'était là que son grand-père avait passé d'innombrables heures, à étudier ses dossiers et à prendre des notes dans son journal. Amelia avait toujours été fascinée par son travail, mais il était resté sur ses gardes, ne partageant avec elle que des bribes de ses recherches. Après sa mort, elle avait hérité de la maison et de tout ce qu'elle contenait, mais elle n'avait jamais exploré complètement son bureau. Maintenant, elle avait l'impression que le moment était venu de se plonger dans les mystères qu'il avait laissés derrière lui.

Amelia ouvrit les tiroirs du bureau, fouillant dans de vieux papiers et des photos décolorées. Elle y trouvait des notes sur les marées, des croquis de la vie marine et des pages remplies d'observations sur le comportement de l'océan. Mais ce n'est qu'en atteignant le tiroir du bas qu'elle trouva ce qu'elle cherchait : un journal relié en cuir, dont la couverture était usée par des années de manipulation. Le journal de son grand-père.

Elle le sortit, ressentant un étrange mélange d'impatience et d'inquiétude. Le journal était épais, rempli de l'écriture méticuleuse dont elle se souvenait si bien. C'était la clé pour comprendre l'héritage que son grand-père lui avait laissé, et peut-être la clé pour comprendre les événements qui se déroulaient maintenant autour d'elle.

Amelia s'assit à son bureau, le journal ouvert devant elle. Les pages étaient remplies de notes, de croquis et de réflexions, toutes écrites dans l'écriture caractéristique de son grand-père. Elle commença à lire, ses yeux parcourant les entrées, espérant trouver quelque chose qui ferait la lumière sur la silhouette sombre et l'avertissement de la Reine des Sirènes.

Les premières entrées correspondaient à ce qu'elle attendait : des relevés de marées, des descriptions d'expéditions maritimes et des récits d'événements étranges en mer. Mais au fur et à mesure de sa lecture, le ton commença à changer. Les notes devenaient plus énigmatiques, le langage plus pressant. Son grand-père avait commencé à écrire sur ce qu'il appelait « le pouvoir profond », une force présente dans l'océan qui défiait toute explication.

Le cœur d'Amelia s'emballa lorsqu'elle tomba sur une entrée qui mentionnait les Sirènes. Son grand-père les avait rencontrées, tout comme elle. L'entrée décrivait un voyage qu'il avait effectué de nombreuses années auparavant, au cours duquel son navire avait été détourné de sa route par leur chant. Il avait à peine réussi à s'en sortir, mais cette expérience l'avait changé. Il était devenu obsédé par les Sirènes, convaincu qu'elles étaient les gardiennes de quelque chose d'ancien et de puissant, quelque chose qui pouvait faire pencher la balance entre le monde naturel et l'inconnu.

En poursuivant sa lecture, Amelia trouva des notes sur un pacte, un accord fragile entre les Sirènes et ceux qui s'aventuraient sur leur territoire. Le pacte avait maintenu l'équilibre pendant des générations, mais son grand-père craignait qu'il ne s'affaiblisse. Ses dernières entrées étaient remplies d'avertissements, exhortant quiconque trouverait le journal à être prudent, à respecter l'océan et les forces qui l'habitent.

Les mains d'Amelia tremblaient lorsqu'elle atteignit la dernière entrée, datée d'une semaine seulement avant la mort de son grand-père. L'écriture tremblait, comme si elle avait été écrite à la hâte. Il avait mentionné une ombre, quelque chose qui le suivait depuis sa dernière rencontre avec les Sirènes. Il croyait que c'était un signe avant-coureur de la fin du pacte, un signe que le pouvoir profond se réveillait et que les Sirènes ne pouvaient plus le contenir.

Elle retint son souffle. L'ombre… pouvait-elle être la même silhouette qu'elle avait vue dans la cour ? Le lien était indéniable, mais que signifiait-il ? La silhouette était-elle un avertissement ou quelque chose de plus sinistre ?

Amelia ferma le journal, l'esprit en ébullition. Son grand-père en savait plus qu'il ne l'avait jamais laissé entendre, et maintenant elle suivait ses traces, prise dans le même réseau de mystères et de dangers. Mais elle ne pouvait pas laisser la peur l'arrêter. La Reine des Sirènes lui avait confié le savoir, et il était de sa responsabilité de protéger l'équilibre contre lequel son grand-père l'avait mise en garde.

Assise dans le bureau, entourée des vestiges de l'œuvre de son grand-père, Amelia sentit sa détermination se renforcer. L'ombre était peut-être un présage, mais c'était aussi un défi, une épreuve pour sa détermination. Elle ferait face à tout ce qui l'attendrait, armée du savoir que son grand-père lui avait transmis, et elle trouverait un moyen de tenir l'obscurité à distance.

Le cadeau de la sirène

Le vent s'était levé au moment où Amelia se dirigeait vers la plage, les vagues s'écrasant sur le rivage avec une force qui reflétait ses pensées turbulentes. Le ciel était d'un gris acier, lourd de promesses de pluie, mais elle était trop préoccupée pour s'en soucier. Le journal lui avait donné un sentiment d'urgence, le sentiment que le temps lui était compté et qu'elle avait besoin de réponses.

Elle marchait sur le sentier familier, le sable frais sous ses pieds, l'odeur du sel dans l'air. La plage était déserte, comme c'était souvent le cas à cette heure de la journée, et elle en était reconnaissante. Elle avait besoin de solitude pour assimiler tout ce qu'elle avait appris et pour donner un sens au chemin qui s'offrait à elle.

Lorsqu'elle atteignit le bord de l'eau, elle s'arrêta et contempla l'immensité de l'océan. C'était à la fois beau et terrifiant, une force de la nature qu'on ne pouvait ni apprivoiser ni comprendre. Les sirènes étaient là, quelque part, en attente. Mais pourquoi ? Et pourquoi l'ombre était-elle venue à elle, ici, dans le monde des hommes ?

Elle repensa à sa rencontre avec la Reine des Sirènes, à l'avertissement énigmatique qui lui avait laissé plus de questions que de réponses. « *Attention aux ombres.* » Les mots résonnèrent dans son esprit, devenant plus forts à chaque instant. Il y avait quelque chose qui lui manquait, une pièce du puzzle qui lui échappait. Et puis, presque comme en réponse à sa question tacite, la mer commença à s'agiter.

Les vagues devenaient de plus en plus grosses, plus violentes, s'écrasant contre le rivage avec un rugissement assourdissant. Amelia fit un pas en arrière, le cœur battant à tout rompre alors que l'eau commençait à se retirer, s'éloignant de la plage comme si elle était attirée par une main invisible. Elle regarda avec émerveillement l'océan révéler un petit affleurement rocheux qui avait été caché sous les vagues, sa surface lisse et brillante dans la lumière déclinante.

Le pouls d'Amelia s'accéléra. Elle avait marché sur cette plage des milliers de fois, mais elle n'avait jamais vu ça auparavant. L'affleurement avait l'air ancien, érodé par la force implacable de la mer, mais il avait une certaine mystique, comme s'il l'attendait. Attirée par une attraction inexplicable, elle s'approcha des rochers, ses pieds éclaboussant l'eau peu profonde qui restait.

Alors qu'elle s'approchait de l'affleurement, quelque chose attira son attention : une lueur au milieu des rochers. Elle s'agenouilla , écarta le sable mouillé et les algues pour révéler une petite boîte finement sculptée. Elle était faite de bois sombre, la surface gravée de symboles à la fois familiers et étrangers. Son souffle s'arrêta lorsqu'elle reconnut les motifs ; ils étaient similaires à ceux qu'elle avait vus dans le journal de son grand-père, des inscriptions qui avaient été associées aux Sirènes.

Les mains tremblantes, Amelia souleva la boîte, dont le poids était surprenant pour sa taille. L'air autour d'elle semblait devenir plus froid, le vent fouettant ses cheveux alors qu'elle ouvrait soigneusement le couvercle. À l'intérieur, niché dans un lit de tissu doux et humide, se trouvait un collier – un pendentif en pierre polie, en forme de larme et brillant d'une lumière éthérée. La pierre ne ressemblait à rien de ce qu'elle avait déjà vu, sa surface changeant de couleurs qui semblaient se déplacer comme un liquide.

Les doigts d'Amelia effleurèrent le pendentif et une décharge d'énergie la traversa, si forte qu'elle lui coupa le souffle. Des images défilèrent dans son esprit : un vaste océan sombre, une silhouette debout sur le rivage, observant, attendant. L'ombre.

Le pendentif vibrait de vie, comme en réponse à son contact, et elle savait, sans l'ombre d'un doute, qu'il s'agissait du cadeau des Sirènes. Il avait été laissé là pour elle, caché sous les vagues, en attendant le moment où elle en aurait le plus besoin. Mais à quoi servait-il ? Quel pouvoir détenait-il, et pourquoi les Sirènes avaient-elles choisi de le lui donner ?

Les questions se bousculaient dans son esprit, mais elle n'avait pas le temps de s'y attarder. L'océan commençait à monter à nouveau, les vagues se rapprochaient, comme si elles la poussaient à partir. Elle serra le pendentif, ferma la boîte et la glissa soigneusement sous son bras alors qu'elle se dépêchait de retourner sur le rivage.

Lorsqu'elle atteignit la plage en toute sécurité, l'affleurement avait de nouveau disparu sous les vagues, ne laissant aucune trace de son existence. Amelia se tenait là, le cœur battant, le pendentif chaud contre sa paume. Les Sirènes lui avaient donné une arme, ou peut-être un bouclier, contre les ténèbres qui la menaçaient. Mais pourquoi ? Quelle était la véritable nature de ce don, et comment était-elle censée l'utiliser ?

Alors que les premières gouttes de pluie commençaient à tomber, Amelia se retourna et retourna à la maison, son esprit bourdonnant de nouvelles possibilités. L'ombre était là, attendant dans les coulisses, mais elle n'était plus sans défense. Le cadeau de la Sirène était un signe, une promesse qu'elle n'était pas seule dans ce combat. Quoi que l'obscurité ait prévu, elle serait prête.

La pluie tombait plus fort alors qu'elle atteignait le sentier qui menait aux falaises, mais Amelia s'en rendit à peine compte. Sa prise sur le pendentif se resserra, sa chaleur lui procurant un réconfort constant. L'océan avait ses secrets, mais elle aussi. Et maintenant, avec le don des Sirènes en main, elle allait découvrir la vérité qui se cachait dans les profondeurs, quel qu'en soit le prix.